李洪华，男，1971 年出生，江西瑞昌人，文学博士，南昌大学谷霁光人文高等研究院副院长、教授、博士生导师、"香樟英才"，江西省"百千万"人才工程人选，复旦大学中文系博士后，美国杜克大学访问学者，中国作家协会会员，江西省作家协会副主席，江西省文艺评论家协会副主席，江西省当代文学学会会长，世界华文文学学会学术工作委员会副主任委员，中国小说学会理事，出版专著《上海文化与现代派文学》《生命意识与文化启蒙》《古典韵致与现代焦虑的双重变奏》《中国左翼文化思潮与现代主义文学嬗变》《20 世纪以来中国大学叙事研究》《20 世纪中国作家的都市体验与文学想象》等，在《人民日报》《光明日报》《文艺研究》《中国现代文学丛刊》《小说评论》等发表各类学术文章 160 余篇，主持国家社科基金项目、教育部人文社科规划项目等 20 余项，先后获江西省谷雨文学奖、江西省社会科学优秀成果奖、江西省高校人文社科优秀成果奖、南昌大学谷霁光人文社会科学奖、中兴奖等。

《安宁秋水》
与当代小说地域价值探索

李洪华　主编

上海文艺出版社
Shanghai Literature & Art Publishing House

图书在版编目（ＣＩＰ）数据

《安宁秋水》与当代小说地域价值探索 / 李洪华主
编. -- 上海：上海文艺出版社, 2023
　　ISBN 978-7-5321-8734-8

　　Ⅰ. ①安… Ⅱ. ①李… Ⅲ. ①长篇小说—小说评论—
中国—当代 Ⅳ. ①I207.425

中国国家版本馆 CIP 数据核字 (2023) 第 059834 号

发 行 人：毕　胜
策 划 人：杨　婷
责任编辑：李　平　程方洁
封面设计：悟阅文化
图文制作：悟阅文化

书　　名：《安宁秋水》与当代小说地域价值探索
主　　编：李洪华
出　　版：上海世纪出版集团　上海文艺出版社
地　　址：上海市闵行区号景路 159 弄 A 座 2 楼
发　　行：上海文艺出版社发行中心发行
　　　　　上海市闵行区号景路 159 弄 A 座 2 楼 206 室　201101　www.ewen.co
印　　刷：成都市兴雅致印务有限责任公司
开　　本：710×1000　1/16
印　　张：12
字　　数：227 千
印　　次：2023 年 4 月第 1 版　2023 年 4 月第 1 次印刷
ＩＳＢＮ：978-7-5321-8734-8
定　　价：59.80 元

告读者：如发现本书有质量问题请与印刷厂质量科联系　T：028-83181689

目 录

CONTENTS

序

　　自五四以来，风格各异的地域书写成就了多姿多彩的现代文学景观，甚至在某种意义上可以说，凡是经典作家的经典作品无不与地域有着密切的关联，譬如鲁迅之于绍兴，废名之于黄梅，沈从文之于湘西，老舍之于北京，张爱玲之于上海，赵树理之于山西，汪曾祺之于高邮，莫言之于高密，路遥、陈忠实、贾平凹之于陕西，等等。不同地域的景致和风习滋养着各自文学的品貌和个性。

　　对此，严家炎先生说，地域对文学的影响是一种综合性的影响，决不仅止于地形、气候等自然条件，更包括历史形成的人文环境的种种因素，例如该地区特定的历史沿革、民族关系、人口迁徙、教育状况、风俗民情、语言乡音等；而越到后来，人文因素所起的作用也越大。

　　确切说，地域对文学的影响，实际上通过区域文化这个中间环节而起作用。即使自然条件，后来也是越发与本区域的人文因素紧密联结，透过区域文化的中间环节才影响和制约着文学的。处在当下这样一个百年未有之大变局的时代，作为一个写作者，如何用自己独特的方式讲好一方水土一方人的故事，无疑是值得深思和探讨的。

　　李吉顺的长篇小说《安宁秋水》2019年8月由四川民族出版社出版，全书分三部九卷，150万字。作者把笔触从乡野延伸到了城市、工厂、机关、学校、部队、商界、官场，以如椽巨笔描绘了川西南安宁河流域丰富多彩的生活景观和时代画卷，生动反映了改革开放时代的城乡社会图景和一代青年的成长历程。《安宁秋水》的题材内容与叙述方式很容易让人联想到路遥的《平凡的世界》。

　　事实上，李吉顺也的确有着致敬经典、记录时代的自觉和"野心"。他曾直言不讳路遥对自己的影响："当年的《平凡的世界》激发了我写《安宁秋水》的激情。"尽管李吉顺说，"《平凡的世界》是路遥先生的经典之作，我没有能力去续写，也无法续写"，但他仍然以执着的姿态，接续着《平凡的世界》向远处行走，以现实主义笔触和理想主义情怀，反映了20世纪80年代中期至新世纪初20多年间的生活图景，以张清明等70后青年群体的成长历程、爱情婚姻和命运遭际为线索，立体呈现了改革开放的制度性变革给中国社会各阶层民众所带来的生存方式和情感心理的巨大变化，既是一部激励青年成长的励志小说，也是一部记录时代变迁的史志作品。

李吉顺生于农村长于农村，是一个从农村厚实而富有营养的沃土里走出来的简单而质朴的作家。《安宁秋水》是他对一方土地、一个时代的人们的情爱、婚姻、梦想，生存与发展现实状态的淳朴书写，翻阅它，能听到、看到、感受到一方水土的悲欢吟唱，一代青年的挣扎沉浮，一个时代的春秋潮声。我们常说，文如其人，或如18世纪法国著名作家布封所说，风格即人。

在《安宁秋水》三部九卷的超长篇幅里，每一处字里行间都隐现着一种让人感动的朴实和真诚，这种感动既来自作品中的人物故事，更产生于现实中的作者生活，从《安宁秋水》开始动笔的1996年，至初稿完成的2009年，再到修订出版的2019年，李吉顺一路写来，"从小伙子写成了中年人"，其中甘苦岂可为外人道之。在当下这样一个追名逐利的浮躁时代，能在文学世界里如此沉心静气地打磨一部作品，实在是让人不得不感佩的举动。

曹丕在《典论·论文》中强调，"盖文章，经国之大业，不朽之盛事"，显然有夸饰之处，但又说"年寿有时而尽，荣乐止乎其身，二者必至之常期，未若文章之无穷"，的确为不刊之论。

鲁迅先生曾说："我们自古以来，就有埋头苦干的人，有拼命硬干的人，有为民请命的人，有舍身求法的人。"在文学不断走向边缘、逐渐失去"轰动效应"的当下，笔者在此要向如李吉顺这样仍孜孜以求、默默奉献在文学路途上的写作者致敬。

《〈安宁秋水〉与当代小说地域价值探索》正是在这种情境下产生的一个见证。本书汇集了近年来一些评论家、媒体、听友、读者和作者对《安宁秋水》的评说和感想，旨在为读者朋友走进《安宁秋水》提供一条便捷的通道。

是为序。

李洪华于南昌

2022年10月16日

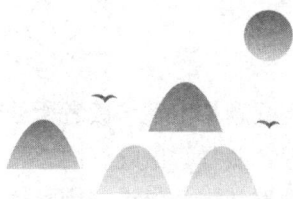

上篇

大家观点

人生的长河总在破浪前行

——长篇小说《安宁秋水》的时代与地方叙事

◎ 李明泉　唐浩源

　　当代题材由于与读者所处时空相近，甚至人们都感同身受地经历过刚刚过去的境况，要抒写出既有同感又出乎意外的当代长篇小说，非常考验作家的认知水平和把握故事的叙事能力。这种"陌生化"的稀释和"距离感"的切近，使得不少作家望而却步。这也是我们呼唤更多现实题材、记录时代的根本原因。

　　记录和反映时代，有多种抒写方式。或从一个时代标志性事件入手，或站在社会发展山峰俯瞰形制变化，或选取具有引爆性的某一人物事件推及时代变革，或从某一地域全方位的变迁浓缩时代影像等，以深刻而细微地揭示时代走势和表达时代情绪，从而为时代造像、为时代抒怀。文学的这种时代使命感是值得人们礼敬的。

　　正是在这个意义上，我们以为攀枝花作家李吉顺的《安宁秋水》（四川民族出版社）是一部具有鲜明时代和地方特色的长篇小说。全书分为三部九卷约 150万字，以川西南民众生活为背景，主要反映二十世纪八十年代末至二十一世纪初（1986—2006 年）中国改革开放浪潮的艰难发展和普通百姓的悲欢离合。

情节环环相扣，事件发展真实曲折

　　《安宁秋水》主要以张家四兄弟——张清明、张清泉、张清河、张清阳四弟兄的成长经历与不同历程为线索，穿插他们对人生的选择，对爱情的思索，对命运的抗争。1986—2006 年这二十年来，中国发生着翻天覆地的变化。故事的起始就是家境艰难的张清明与糖坊老板女儿李晓雪倾心相爱的故事，然后随着糖坊的破产，使得本来相爱的恋人不得不分开，去饱尝生活的辛劳与家庭的困顿，甚至不得不面临生命的无常。张清泉为了分担家里的经济压力，选择进入县城学习裁缝技术，经历了茶馆卖艺补贴生活、裁缝师傅被捕入狱、选入铁路护路连的一系列事件，同时穿插他与三位爱慕他的女子的曲折故事。张家其他兄弟从苍龙镇白龙村纷纷走出，在新的生活大地活出自己精彩的人生。

　　在小说故事演进中，李吉顺并没有试图让主人公张家四兄弟人生顺风顺水，恰恰相反，作者更加追求事件的真实再现与曲折发展。比如当张清泉以精湛的军事技能和踏实厚道的人物性格成为军区比武第一名后，随之而来的并不是领导赏识、提拔以及与喜欢的女子长相厮守，而是在一场与车匪路霸的交战中牺牲，精彩生活似乎才开始就戛然而止，令人唏嘘不已，也让读者深刻地感受到命运的无常与生命的残酷。此外，在故事的创作上前后呼应，后来成为苍龙镇镇长的张清明与养殖户张清河因为防疫需要闹得兄弟反目，直到经历接踵而至的风风雨雨，终于在张清河带人救出落水的张清明之后，兄弟二人才冰释前嫌。

人物刻画细微，形象塑造立体丰满

李吉顺深谙艺术辩证法之道，注重在相互区别又相互联系中去表现人物行动，从人物行动中反映人物性格。如李志豪的出场，是在张清河走投无路的时候施以援手，并且独具慧眼地发现其才干予以提拔重用，让读者不觉感叹其为人仗义做事公道，然而随着故事开展，慢慢让人感到其"笑面虎"的本质：为追求利益甚至妄图指使杀手、篡改医疗报告、瞒报矿难伤亡、私吞入股红利等，以至于矿难伤亡一事公之于众，把张清河作为"替罪羊"送进了监狱。这样的人物刻画入木三分。

小说中浓墨重彩的人物是第二、三部的主人公——张清明。他从农技员开始，勤勤恳恳一步一步走到镇长、县长的位置，他为官讲究原则、造福一方，解决问题的思路与方法也并非千篇一律。如有关土地缺少灌溉的问题，就积极提升基建水平，恳求上级政府资金分配，亲自跑到帮扶单位寻求援助，以及号召属地政府的义务劳动等。在解决教育水平落后问题上，他敢于担责锐意改革，顶着教育系统的种种压力，落实教育考核制与教师下派，加大农村教育支出力度，稳步提升农村教育水平。但是作者也并非只说他的好话，在肯定他的政绩的同时，也写他的家庭问题——由于工作的繁忙，他忽略了妻子的下岗感受，也没有考虑当前家庭需要，最后导致家庭悲剧的发生，妻子因为食品安全事故离家出走留下女儿，他有不可推卸的责任。这样立体的人物塑造，不仅让读者感受到作者高超的角色勾勒水平，也为故事中人物的命运扼腕叹息。

紧扣时代脉搏，地方书写耳目一新

李吉顺在《安宁秋水》中把时代和地域融合的写作理念注入文本，并且从明暗、隐显处加以重点呈现。在明处，可从"国企改制""商品粮""两免一补""世界贸易组织""中国 2008 年北京奥运会"等具有时代特色的历史词汇中，让读者感受到时代的鲜明印记，与主人公一起感受中华民族经历的历史瞬间；而在暗处，作家擅长从物体本身反映时代特色，如张清明、李清河、李清阳的座驾，从早期的永久牌自行车、嘉陵 70 摩托车，到后来的嘉陵 125 型、五羊 125 型，甚至是丰田越野车，都标志着科技的迭代与社会的变化，而这些车的品牌与型号，虽在现实生活中逐渐淡出人们的视野，却已深深埋进一代中国人的记忆里。

在对地方特色的描绘中，作者并没有坐在云端高高在上审视人间，而是俯身在大地上贯彻自己"在泥土中"的写作理念。一方面他在人物对话时不时会爆出四川方言俚语，让读者心生亲切，拉近与书中人物的距离；另一方面随着故事情节的展开，把故事真正舞台的地理位置缓缓揭晓，这样精心安排的半遮半掩写作，既方便了故事情节的进一步发展，也提升了读者的阅读期待。

彰显抒写价值，深情表达精神风貌

李吉顺对故事中主人公的描绘与勾勒，既像他的孩子，深情脉脉极富期待，也是他作为一代人的感同身受，尽全力倾情书写属于他们一代人的"长征历程"。

在阅读《安宁秋水》"三部曲"时，我们会惊异地感觉，只要主人公日子稍微有起色，那么一定会遭遇到变故，似乎多灾多难的故事就跟四兄弟没完没了。也许，这正是作家借助《安宁秋水》所表达的真实情感与精神风貌，除了第一部的张清泉不幸牺牲，其他的兄弟们执着生活的态度与对幸福的追求，如同野草一般坚忍不拔，有的兴办产业振兴乡村，有的为官一任造富一方，在飞速发展的时期，用自己的智慧与辛劳，写就属于自己的中国故事，体现中华民族不屈不挠、矻矻奋斗的精神风貌。

在整部小说中，李吉顺非常喜欢使用"天空""天气""长河"，来表达主人公或者主要人物的感受与心路历程，如张清泉在离开家乡，前往其他地方发展时，作者就说他的心情如同他眼前的河水缓缓向前，这既是作者洞悉人物心路历程的高度概括与归纳总结，也是作者对于相关人物在这二十年写就中国历史的真实记录与深刻感受。小说中的人物如同一条条中国故事的个人支流，相互交错相互聚集，最终汇聚成当代中国发展的长河，波涛汹涌呼啸向前。

李吉顺的《安宁秋水》通过时代与地方融合的叙事，给我们带来了审美"陌生化"效应和没有"距离感"的亲近，为当代文学画廊贡献了值得我们阅读鉴赏的人物形象。

（李明泉　中国文艺评论家协会副主席；唐浩源　四川省社科院研究生学院）

改革开放时代的社会图景与青春乐章

——论李吉顺的长篇小说《安宁秋水》

◎ 李洪华

李吉顺的长篇小说《安宁秋水》以"史诗性"的宏大架构和丰富细腻的笔触，生动反映了 20 世纪 80 年代后期至新世纪初二十年间改革开放时代的城乡社会图景和一代青年的成长历程，全书凡三部九卷一百五十万字，是近年来较为少见的一部具有现实主义基调和理想主义情怀的"大河"式小说。《安宁秋水》最初以"长路"为题，在搜狐读书原创频道连载，同时参加了中华书局、江苏文艺出版社、北京时代华语有限公司与搜狐等联合举办的 2008 原创文学大赛，并荣获了青春励志类优秀奖，2019 年小说由四川民族出版社出版，不久便在喜马拉雅有声读物上线播出，获得了较大反响。无论是叙事规模，还是人物故事，《安宁秋水》很容易让人联想路遥的《平凡的世界》。事实上，李吉顺也分明有着致敬经典、记录时代的自觉和"野心"，小说以虚构的冬阳县苍龙镇为中心，以川西南安宁河流域的民众生活为基点，以张清明等 70 后青年群体的成长历程、爱情婚姻和命运遭际为线索，立体呈现了改革开放的制度性变革给中国社会各阶层民众所带来的生存方式和情感心理的巨大变化，既是一部激励青年成长的励志小说，也是一部记录时代变迁的史志作品。

改革开放时代的社会图景

十一届三中全会以后，经历了艰难探索和社会阵痛的中国社会正式吹响了改革开放的号角。这场伟大的制度性变革最初是从农村开始的，农业生产责任制让农民拥有了土地经营权，获得了较大的自由空间和主体性，释放出空前的活力，由此推动了中国农业的持续增长，使得广大农民成为改革初期的最大受益者，进而产生了对未来美好生活的更多期待。80 年代中期以后，中国改革的步伐进一步向城乡社会深广处推进，尤其是较长一段时间在经济生产领域实现"计划"与"市场"并行的"双轨制"。"市场"的到来，使得各个阶层群体凭借固有的资源（农民的土地、工人的技术、经营者的资本、知识分子的思想、官员的权力等等）

获得了更多的利益和好处，但同时也使得社会资源和利益的分配更趋多元，由此导致的次生问题也伴随着改革的推进变得愈来愈复杂。李吉顺的《安宁秋水》就是站在这样的时间起点开始讲述它与时代进程同频共振的改革故事的。

《安宁秋水》的改革故事是从农村经济变革开始的。在苍龙镇白龙村农民李峰的糖坊，一百来号从土地上"富余"出来的村民在糖坊干活，整个苍龙镇三千多亩的甘蔗每年都由他的糖坊制成红糖和蔗皮酒销往各地，李峰开办糖坊才两年，便已成为"远近闻名的企业家"。尽管李峰只是《安宁秋水》中的一个过渡性人物，他的糖坊很快因经营不善倒闭了，但是对于九卷本的安宁故事而言，这是一个具有多重蕴含和象征意味的开端。农村实行联产承包责任制以后，开始出现了剩余劳动力问题，最初的解决途径是通过创办乡镇企业，实行就地消化，既解决了剩余劳动力问题，又可以让安土重迁的农民"离土不离乡，进厂不进城"，这一度在短时期内极大促进了农村经济社会的繁荣发展，增加了农民的收入，改变了农民长期依附土地的单一格局，最初表现这一乡村"喜人"变化的是高晓声的"陈焕生系列"。进入乡镇企业的陈焕生虽然一路完成了"包产""上城""出国"等多重身份转换，但也由于因袭着几千年的"传统"而制造了一出出令人啼笑皆非的悲喜剧。

诚然，陈焕生式的悲喜剧并不是李吉顺的创作初衷，但《安宁秋水》始终贯穿了关于新时期农村土地经济转型及农民转型之困的思考。李吉顺对这一乡村"新生"图景是由衷赞美的。在小说的开篇，作者几乎用抒情的笔调不吝笔墨地描写了糖坊的美好和生机："在苍龙河畔的田野之中，在那条逶迤如长蛇的泥土公路的大转弯处的几盏灯亮了，宛如一片白茫茫的雪地之中盛开了一朵朵橙色的菊花""其实，那白色的不是雪""那是苍龙镇白龙村一社李峰的糖坊堆积如山的白色蔗皮""那'嘟嘟嘟'的声音就是糖坊里马力十足的三台柴油机发出的，也是每天午夜十二点发出的换班和检查机器的信号，白龙村人是最熟悉的了"。然而接下来，作者对李峰"事业"猝不及防的溃败及其家人所遭受重创的描写，让人在不胜唏嘘之余，不由得不进行更深层次的思考。从表面来看，糖坊的倒闭是由于王德秋卷款潜逃导致的，但实际上这里面有着更多复杂的内部成因。李峰虽然开办了糖坊，但是他们家的田地还是一直自己种，他甚至出工钱叫糖坊工人给他家干农活。

小说中，作者如此分析了李峰这一举动："按李峰现在的经济实力和名气，完全可以把土地全部承包出去，一年只管收钱收粮，自己当跷脚老板就行了。但李峰还是觉得自己种土地心头才踏实。"显然，作者在赞赏李峰经商不忘农本的同时，也分明隐含了对于农民转型过程中的土地伦理之忧。传统中国"重农抑商"的精神因袭在时代语境发生根本性转换的新时期，显然已经成为制约李峰们"转型升级"的内伤。那个给他们家带来致命重创的王德秋之所以可以卷走糖坊的 16 万巨款，就是因为他是李峰妻子的远房侄子，既当过库房保管，又身兼会计和出纳，这种传统亲情伦理与现代市场法则之间常常有着不可调和的矛盾，更何况再加上转型时期的制度性因素，"为了保证国营冬阳糖厂的原料供应，全县的土糖坊一律禁止生产"，李峰的失败看似偶然实则必然。在后来张清河创业失败的故事中，李吉顺进一步描写了以仁义守信为核心的传统乡土伦理在以利益交换为法则的现代市场环境下难以避免的阵痛和尴尬。八十年代中期以后，虽然改革开放的思想观念已经深入人心，获得"自由"的农民纷纷挣脱单一的土地依附，在逐渐兴起的"社会流动"中寻求发家致富的多种可能。然而，社会转型时期"过渡性"的政策环境和思想观念常常让"摸着石头过河"的先行者遭遇一些难以避免的挫折和困惑。

随着改革开放的不断深入，城乡之间的流动日益频繁，潜藏着更多"机会"和"可能"的城镇越来越成为不安现状的乡村人们向往的所在。随着张清明兄弟离开土地，从苍龙村到苍龙镇，再到冬阳县、方月市，《安宁秋水》对转型时期城乡社会图景的呈现采取移步换形的方式徐徐展开。首先，小说借张清泉的视角呈现了城市底层小手工业者的生活场景。在冬阳县城北街，"一家又一家的副食、五金、杂货店、理发店、小饭店、茶馆，有个体户的、有国营的，还有些卖水果的小商贩"，缝纫店里"衣着朴素的青年男女在忙着，缝纫机发出嗒嗒嗒的声音"，无论是学缝纫，还是跑茶馆，张清泉眼里的城市如此充满生机活力，以至于多年以后，已是冬阳县长的张清明对那次进城探望二哥时的兴奋仍然回味无穷。其次，小说通过张清河的经历描写了城市资本市场的尔虞我诈。无论是李志豪对张清河的"循循善诱"，还是张清河对伤亡工人及其家属的"威逼利诱"，抑或是胡光辉等在房地产市场的"坑蒙拐骗"，"资本来到这个世界，从头到脚，每一个毛孔都滴着血和肮脏的东西"，马克思关于资本的名言在改革初期的城市资本市场同样适用。

当然，经由张清明的职场经历所呈现出来的官场生态更是《安宁秋水》的叙述重心。张清明凭借自己的奋斗，从一个普通农民的儿子，到乡镇农技员、镇长、县长、县委书记，以至副市长，这一路升迁显然寄托了作者对新时期职场人生的理想期待，但在这一叙事脉络中所体现出的公开考录制度、择优选拔原则、政绩考评方式、机关人事关系，以及各级党政部门在工业、农业、教育、医疗、政法等更领域的工作活动，都在很大程度上真实反映了社会转型时期的城乡职场人生图景。当然，《安宁秋水》的叙事幅度并不止于张氏兄弟的人生故事，而是经由他们及其周围人们散发到更广阔的社会生活领域，譬如李晓雪的寻父经历，把读者的视线延展至改革开放的前沿阵地海南、广东；杨小春的情感波折，串起了工厂、学校、舞场、机关，乃至刚刚兴起的网络虚拟世界；周巧的从业经历，反映了从改制下岗到个体经营的转型艰难等等。20 世纪 80 年代后期至新世纪初，中国进入到一个新的社会转型时期，从计划经济向市场经济转型，从乡村社会向城镇社会转型。在社会学家看来，社会转型是一种整体性发展，是一种特殊的结构性变动，它不仅意味着经济结构的转换，还意味着其他社会结构层面的转换，在经济制度变革基础上，随之而来的是生产生活方式和思想观念的变化。① 从乡村到城市，从官场到市场，从家庭到社会，《安宁秋水》以广阔的视野和丰富的细节立体呈现了改革开放时代的社会图景。

社会转型时期的成长故事

《安宁秋水》在很大程度上是一部成长小说，主要讲述了青年一代在社会转型时期艰难成长的人生故事，其中包含了青春与梦想、奋进与挫折、希望与绝望、挣扎与坚守等各种纷繁复杂的成长经历和人生感悟。"成长小说"源自德语 Bildungsroman，在西方国家有着悠久的传统，但在中国却仍是一个方兴未艾的小说类型。巴赫金在谈及成长小说时说："在这样的成长小说中，会尖锐地提出人的现实性和可能性的问题，自由和必然问题，首创精神问题"，"成长中的人的形象开始克服自身的私人性质（当然是在一定的范围内），并进入完全另一种十分广阔的历史存在领域"。

《安宁秋水》中张清明兄弟正是处在时代交叉处和转折点上正在成长的一代"新人"，他们为青春和理想所做出的种种努力、奋斗，甚至牺牲，既有着自身需要的生活逻辑，更体现出时代发展的历史必然，他们为了个体发展的需要参与到时代的变革中，他们的思想性格在社会转型时期的各种矛盾冲突中不断成长，由此形成了时代与个体、制度与人格之间的相互建构关系，也即变革时代的社会制度性因素塑造了他们的新型人格，而他们作为具有新型人格的个体在超越现实、超越自我的成长过程中充分彰显了变革时代的社会特征，有学者把这种在特定制度中养成又将该制度内化的人格，称之为"制度性人格"②。

《安宁秋水》以略带抒情色彩的现实主义笔触，生动描写了以张清明兄弟为

---

① 袁方等著：《社会学家的眼光：中国社会结构转型》，中国社会出版社 1998 年版，第 34—35 页。
②［苏联］巴赫金：《小说理论》，白春仁、晓河译，河北教育出版社 1998 年版，第 230 页。

代表的"70后"一代青年在社会变革时期，面对艰窘现实，经受严峻考验，或折戟沉沙，或奋斗进取的成长过程。李吉顺把《安宁秋水》的叙事时间划定在1986年至2006年，并非单纯地为了致敬路遥，接续《平凡的世界》（叙述时间为1975年至1985年）的故事，显然这是一个深思熟虑的安排，一是80年代中期以后改革开放进一步深入，各种矛盾冲突开始显现；二是在这样一个20年的时间跨度里人物的思想性格发生着显著的变化。如前所述，农村实行家庭联产承包责任制以后，极大程度地调动了农民劳动生产的积极性，基本上解决了生存问题，但是对于像张清泉家那样人多地少，又加上历史欠账和天灾人祸（十多年前爹爹摔成伤残欠下的债还未还清，爷爷的病又使家里陷入贫穷的冰窖里），仍然难以摆脱贫困威胁。因而，张清泉兄弟有着想让家庭摆脱贫困、"让父母过好一点的日子"的强烈愿望。城乡流动的合法化使得张清泉"走出去挣钱"的想法成为可能，他的想法不但得到包括父母在内的全家人的支持，而且很快通过自己的努力在冬阳县城付诸实施，白天在裁缝店学缝纫，晚上去茶馆"卖艺"，在裁缝店因师傅被捕关门后，又报名当上铁路护路人员。尽管张清泉的成长故事在他因公牺牲后戛然而止，但他所开启的"走出去"的成长之路在后来三个弟弟身上得以延续。

从作者的叙事安排来看，张清泉之后，张清明兄弟的成长之路大致可以分为从政、打工和创业三种类型。无论是张清明的从政，还是张清河的打工，或是张清阳的创业，李吉顺都遵从现实主义原则，按照现实逻辑和历史理性真实地叙写了人物在时代变革和矛盾冲突中的自我成长。改革不仅在经济生产领域开放了城乡通道，而且在人事制度层面为人才流动提供了机遇。自20世纪80年代开始的考试招录制度使得各阶层人们改变身份进入机关事业单位成为可能。李峰糖坊倒闭之后，张清明通过招考实现了身份转换，进入体制内，成为苍龙镇农技员，并以此为契机，不断奋斗努力，从一名乡镇干部逐渐成长为县长、县委书记乃至副市长。

尽管张清明的成长道路寄寓了作者对于新时期职场人生的理想期待，但是，张清明在现实工作生活中面对各种危机和挑战，不断克服困难、超越自我的成长之路，鲜明地体现了巴赫金所说的，"他与世界一同成长，他自身反映着世界本身的历史成长。他已不在一个时代的内部，而处在两个时代的交叉处，处在一个时代向另一个时代的转折点上。这一转折寓于他身上，通过他完成的。他不得不成为前所未有的新型的人"[①]。为了表明张清明成长的合理性，作者一方面让他在

---

① ［苏联］巴赫金：《小说理论》，白春仁、晓河译，河北教育出版社1998年版，第232—233页。

工作实践中充分展示脚踏实地、敢为人先、公而忘私等改革时代所需的才华和品质，另一方面让他通过读书学习的方式获得不断成长。尽管张清明最初由于家庭困难，只读过"将近八年"书，连初中都还没毕业，但是他勤奋好学，博览群书，政治、经济、文学、历史等各方面的书无所不读，他的好读书在冬阳县几乎有口皆碑，连西南财大毕业的秦玉华在与他"摆谈读书的事"以后，都被他一个"初中本科生"的见解所吸引，情不自禁地要去阅读财经专业以外的书，即便是冬阳有名的"史官"刘克也对张清明不同凡响的学识赞不绝口。更为重要的是，张清明还自修了大学课程，参加了四川农业大学短训、省委党校和中央党校学习，他的知识水平、思想观念和工作能力正是在不断学习中得到了"新的提升和突破"。

与张清明相比，张清河与张清阳的成长之路在乡村基层更具有代表性。急于摆脱贫困的张清河先是轻信小报广告，想通过提炼鱼骨粉，用投机取巧的方式快速发家致富，结果上当受骗；后来又受到电视节目的启发，决定在养殖方面"大干一番"，却不料因瘟疫而功亏一篑；连遭挫折的张清河最后选择了离家打工，并很快在生产管理和市场经营方面显露了自己的才华，先后担任了采石场场长和房地产公司副经理，但最终却因安全事故，身陷囹圄。作者一方面描写了张清河在成长过程中想改变、敢冒险、肯吃苦等转型时期年轻一代的新品质，但另一方面又通过他的失败反复强调，青年一代在成长过程中尤其是在新的市场经济环境下必须克服爱幻想、易受骗、重功利的局限性。

如果说张清泉的成长之路是乡村青年"由乡入城"的试探性开端，张清明的从政与张清河的打工代表了乡村青年人生规划的两种典型，前者寄寓了理想期待，后者更多了"骨感"现实，那么张清阳的成长经历则是在理想与现实碰撞之后的一种回归。张清阳虽然没能按照家人的期待，通过读书上大学的方式实现身份转变，但是他仍然选择了乡村青年较为常见的另一种成长之路，先当兵入伍，后转业工作。然而，事与愿违，政策发生了变化，"政府不再为复原退伍军人安排工作，只给一次性的安置费"，转业后仍要回农村种地。在经历了短暂的"外出"（跑出租被劫受伤、做协防员良心不安）之后，张清阳选择了回乡创业，与赵翠香一起办酒厂，搞养殖，最后以入股、租赁的方式发展成立枇杷种植基地。显然，张清河的失败与张清阳的成功之间隐含了作者对于改革年代乡村青年成长道路和人生选择的思考，改革开放的时代语境下广阔的乡土世界同样可以有值得赞美的青春和成功的人生之路。

现代与传统交织的爱情乐章

在中外文学史上，爱情是一个常写常新的文学母题。如果说，一时代有一时代之精神，同样，一时代有一时代之爱情。从表面上看，爱情似乎只是关乎男女个体之间的私密性情感，但实质上，爱情背后所折射出的情感选择和价值取向也分明体现出一个时代的思想特征和精神内涵。在《安宁秋水》中，李吉顺一方面生动描写了张氏兄弟在追寻梦想中既纷繁复杂又美丽动人的爱情乐章，另一方面又通过他们的爱情经历和情感心理，真实反映了改革开放年代青年男女在爱情观、婚姻观和价值观方面的转型嬗变，并由此折射出特定时代的精神气候。

"人生是快乐而痛苦的寻梦过程，如果没有爱和梦想，生命、青春就像冬日里枯黄的野草。"《安宁秋水》"题记"中这段饱含诗意和哲理的话语"昭示"了小说的又一重要主旨，对于转型时期的青年一代来说，在追寻梦想的青葱岁月，"爱情"赋予了生命成长更加丰富的人生和绚丽的色彩。张清明和李晓雪，虽然一个是出身清贫的农家子弟，一个是名闻一时的富家千金，但他们"从小一起耍，互相知道性子"，在糖坊的亲密接触中建立起"两情相悦"的爱情。遭遇家庭变故后，外出寻父的李晓雪最终选择与罗风云结婚，身心受创的张清明在周巧的"呵护"下走出失恋的阴影。他们虽在人生变动中各走一途，但始终都在内心为对方持守一份纯真的爱情。如果说李晓雪纯真的爱情照亮了张清明早年的清贫岁月和自卑心理，那么周巧的"奉献"和秦玉华的"等待"则进一步成就了张清明的辉煌人生。

周巧在张清明"经历了爱的风雨之后"开始走进他的心里。虽然这个中专毕业有着"商品粮"身份的漂亮姑娘最初让张清明"感到一种深深的自卑"，但她用"一颗火热的心医治了他那受伤而冰冷的心"。尽管作者用了很多的篇幅叙写他们在婚姻生活中的努力和付出，但周巧的最后出走表明了他们在婚姻家庭经营中的失败。张清明虽然在事业上不断进步，可在婚姻家庭方面有心无力，而周巧在婚后更多承担家庭责任的同时，未能在个人事业上开创属于自己的天地，张、周二人的婚姻失败不禁让我们想起当初鲁迅对年轻一代的告诫："爱情必须时时生长、更新、创造。"[①]秦玉华因张清明的才学人品而一直深爱着他，即使他结婚了，仍然"痴心不改"。在周巧出走后，秦玉华用自己的实际行动最终感化了张清明，虽然作者并没有交代他们的结局，但张清明那个反复出现的爱情幻梦暗示了他们可期的未来。爱情也许是生活世界最微妙的一种情感，它既可以是一种偶

---

① 鲁迅：《鲁迅全集》（第2卷），人民文学出版社2005年版，第118页。

发性的感觉，即所谓"一见钟情"；也可以是一种恒定性的关系，譬如"生死相依"。

法国著名哲学家巴迪欧甚至说，"爱是一种真理的建构"，它既千篇一律，又千变万化；既通向每一个个体，又通向每一个群体。①《安宁秋水》中的爱情书写可谓极尽微妙之能事，在张清明与李晓雪、周巧、秦玉华等人的爱情之外，张清泉与杨洪会"死生挈阔"式的爱情、张清河与徐月"相濡以沫"的爱情、张清阳与赵翠香"志趣相投"的爱情同样感人至深。

杨洪会在张清泉护路牺牲后，"整日里失魂落魄的，话也没有了，一年四季只是闷着头在田地里干活"，十多年过去了，任凭爹妈亲友劝慰都无动于衷，孤身一人地执守着一份对爱的承诺。徐月在张清河落魄时给予他以温暖和关爱，张清河在徐月生病后，倾其所有，甚至冒着生命危险，瞒着徐月把自己的肾换给她，他们在患难与共中建立起相濡以沫的爱情。张清阳与赵翠香从萍水相逢，到一起办酒厂、跑运输、搞养殖，在同甘共苦的创业中建立起"志趣相投"的爱情。作者一方面在这群青年男女身上演绎着"忠贞不渝"的古典爱情，另一方面又叙写了新时期"有情人难成眷属"的现代悲歌，而他们在爱情婚姻中所反映出的情感心理和价值取向则分明体现出社会转型时期的时代征候。

相较于社会图景和成长故事而言，《安宁秋水》中的爱情篇章明显表现出浪漫化的叙事倾向，无论是那些关于爱情描写的抒情笔调，还是作者对各类爱情故事的情节设置，都表露出这一鲜明倾向。《安宁秋水》的爱情叙事是从一场梦幻开始的，水边，月色，清风，小船，不期而至的暗流，缠绵忘我的男女，这段被作者赋予了无限诗意的"序曲"贯穿了小说始终，如同《红楼梦曲》一样隐喻了书中男女主人公的爱情走向。从情节设置上看，《安宁秋水》中张氏兄弟的爱情叙事大致可以分为三种类型，一是张清泉"一男三女"的理想模式；二是张清明"一男四女"的理想＋现实模式；三是张清河、张清阳的"一男一女"现实模式。

自言深受梁羽生小说影响的李吉顺，明显在张氏兄弟的爱情故事里植入了武侠小说的传奇色彩和言情模式。张清泉之所以赢得杨洪会、刘灵和王青青的"芳心"，不仅因为英俊的外表，"轮廓分明的瓜子脸和剑眉大眼"，更因为多才多艺，吹拉弹唱、绘画和武术"样样精通"。同样，在张清明与李晓雪、杨小春、周巧、秦玉华的爱情"接力"中，作者也在反复强调张清明的聪明好学、扶危救困、大公无私、重情重义等才学人品。在张清河与张清阳的爱情叙事中，虽然没有像前二者那样有着"众芳环绕"的爱情景观，但张清河与徐月、张清阳与赵翠香的相

---

① 赵立诺：《一次电影讨论：何为爱情》，《文艺报》2021 年 5 月 12 日。

遇相爱分明是在"英雄末路"的奇遇和巧合中完成的，其间不乏浪漫化的"江湖传奇"桥段，有着武侠言情的痕迹。

毋庸讳言，《安宁秋水》在一定程度上受到路遥《平凡的世界》的影响，对此作者坦言，"当年的《平凡的世界》激发了我写《安宁秋水》的激情"，"我的《安宁秋水》反映的年代是 1986 年—2006 年，正好是接着《平凡的世界》的年代开始写的"。① 然而，无论是在表现社会生活的深广度上，还是在描写人物复杂的内心世界方面，《安宁秋水》的叙事边界与思想限度还是与《平凡的世界》有着一定的距离。当然，李吉顺对这一距离也有清醒的认识，他在回答读者提问时，直言不讳地说："《平凡的世界》是路遥先生的经典之作，我没有能力去续写，也无法续写。"② 然而需要指出的是，从小说开始动笔的 1996 年，至初稿完成的 2009 年，再到修订出版的 2019 年，李吉顺一路写来，"从小伙子写成了中年人"，其间"披阅十载"，增删四次，在当下这样一个追名逐利的浮躁时代，能在文学世界里如此沉心静气地打磨一部作品，实在是让人不得不感佩的举动，而作为一部全方位反映中国改革开放时代城乡发展变迁和青年一代奋斗成长的青春励志小说，《安宁秋水》无疑是应该得到充分肯定的。

---

① 李吉顺：《〈安宁秋水〉与〈长路〉的有关话题回网友、听友和读者朋友》，李吉顺致作者信，2021 年 5 月 18 日。
② 李吉顺：《〈安宁秋水〉与〈长路〉的有关话题回网友、听友和读者朋友》，李吉顺致作者信，2021 年 5 月 18 日。

现实主义的苦难书写与精神救赎

——论李吉顺的长篇小说《安宁秋水》

◎ 赖晓培

李吉顺长篇小说《安宁秋水》以细致入微的艺术手法，朴素的文笔、细腻的情感，徐徐展开了一幅中国大地 20 世纪 80 年代后期至新世纪初 20 年间社会变革画卷，述说了历史变迁中一方水土的悲欢吟唱和一代青年的挣扎浮沉。一个个血肉丰满的灵魂跃然纸上，倾注了作家深沉的情感，寄托了作家对生活与苦难的哲学思考。本文主要解构《安宁秋水》个体在现实主义历史语境下的苦难书写以及小人物在爱与梦想支撑下的精神救赎，探讨苦难环境中奋斗不屈的时代精神与永恒的时代价值。

苦难美学下的励志赞歌

苦难对于人生来说是一种非自觉的被动承受，其并非单纯体现在物质生活方面的艰难与窘迫，更多是指人在苦难的环境中产生的心理感受。苦难意味着人类合理的愿望被嘲笑，激情被压抑。如何正视苦难，如何在苦难中让生命发光发热，才是人生的终极目标。作家以普通人生活为视角，再现了川西南安宁河流域劳苦大众生活的艰辛与不易，其笔下的青年男女在逆境中求生存图发展，渴望改变自身命运，不怕吃苦、希望在苦难中寻求人生价值，追求更高的精神境界。他们在苦难困境中散发着独特人格魅力与不屈的时代精神，谱写了一首伟大的现实主义励志赞歌。作品中苦难美学充斥字里行间，以此来审视苦难生活下平凡人物的痛苦、卑微、无奈与坚韧。兄弟众多、父亲残疾的清贫农家子弟因历史欠账和天灾人祸陷入贫困旋涡，但张家四兄弟敢于与命运抗争。

张清泉首先"出走"，前往县城学习裁缝技术，历经茶馆卖艺赚钱、师傅被捕入狱、进入铁路护路连等系列磨炼，生活在略有转机之时急转直下，个体再一次陷入苦难磨砺，直至牺牲；张清明凭借个人奋斗，从一个普通农民的儿子，到乡镇农技员、镇长、县长、县委书记官至副市长，一路走来的职场经历呈现出官场百态；张清河仗义做事却惨遭算计，入狱成为"替罪羊"；李晓雪从海南到广东的艰难寻父之旅；杨晓春历经波折的情感最终以悲剧收场；周巧的职业生涯映射了广大劳动者从改制下岗到个体经营的艰难转型。贫穷带来痛苦和精神压抑，婚恋不幸造成心理创伤，权利强势带来损害，社会转型带来结构性变动以及生产生活方式和思想观念的变化。小说中的人物在人生、事业、情感、婚姻中面临一次又一次的严峻考验和艰难抉择，物质与精神的双重苦难相互交织，一次次满怀希望一次次幻灭。苦难是不幸也是磨砺，小说人物面对苦难坚忍不拔，深刻理解苦难，用实际行动谱写了一首苦难美学下的励志赞歌。

个人奋斗中的成长叙事

《安宁秋水》是一份真实的时代记录、一部内容厚重的人生之书，也是一部成长小说，作者对主人公们少年到成年的历程以及成长过程中的人生感悟进行了细致的叙述。

张家兄弟的成长之路交织着从政、打工和创业。在历史现实主义的观照下，主人公们坚持不懈地奋斗，在城乡变革的时代洪流中不断自我成长，突破生存困境的自我救赎主要通过个人奋斗来实现，其精神成长过程带有启蒙年代特有的理想主义色彩。张清泉凭着韧性和冲劲，在裁缝铺掌握了娴熟的缝纫技术，在护路连学到了精湛的军事技能。在护路连除了巡逻、站岗时间外，都在训练场和练功房，再苦再累的训练都可以忍受，越是艰难越能激发他的热忱和激情，唤醒他迎难而上的雄心，这是他由内而外爆发出的生命力，是一种自发式的成长，表明其通过个人奋斗摆脱贫困生活的决心。张清明积极入世，以一种"吾将上下而求索"的精神来实现人生价值，他从农技员开始，勤勤恳恳一步一步拾级而上，为官一任，造福一方，以大刀阔斧的勇气解决百姓难题；在提升教育水平，改革教育体制的过程中敢于承担责任，顶着教育系统层层压力，锐意改革。

张清明在身份转换的过程中也不断地提升个人价值，自修了大学课程，参加党校培训，在知识水平、思想观念和工作能力提升和突破的同时激励身边的人积极进取，发挥所学，提升民生福祉。当个人奋斗与时代相互交织，作为"摸石头过河"的青年人来说，避免不了踩到砂砾。张清河想走养殖之路，因防疫需要，其个人利益与身为苍龙镇镇长张清明为代表的群体利益产生冲突，兄弟二人因此反目。但张清明落水之时，张清河却不顾术后虚弱的身体状态，带人救出落水的张清明，兄弟二人冰释前嫌。张清河的思想发生了变化，回顾过去，站在兄弟及百姓的立场看待当时的那场冲突，已然释怀，小我的精神觉醒，被视为张清河个人奋斗过程中自我成长的体现。

　　张清明的妻子周巧作为新时代女性，张扬着独立自主的精神，下岗后不断寻求出路，在历经挫折中不断试错，尽管最后因食品安全事故离家出走，但她始终默默为家庭付出，承担着妻子的责任，并不忘记身为独立女性的价值追求，不依靠丈夫权势为自己争取利益。而反观杨晓春的个人悲剧，人生走向与其依附心理不无关系。小说通过对青年男女的成长之旅的书写，展现了时代转型之际个体与国家命运相互关联，以及个体命运在时代裹挟下小人物的存在困境。

爱与梦想支撑下的精神救赎

　　《安宁秋水》既是青年的奋斗史，也是当代青年的爱情史。生命与爱情向来是文学作两大主题，生命的基础之上是爱与梦想，爱与梦想又是生命的动力，二者相辅相成。《安宁秋水》"题记"写道："人生是快乐而痛苦的寻梦过程，如果没有爱和梦想，生命、青春就像冬日里枯黄的野草。"李吉顺的《安宁秋水》以青春和爱情的苦难来撼动世人的心灵，以升华的感情来唤醒世人对理想的追求。爱情是甜蜜的，但又是苦涩的。城乡融合对立下感情苦难，作者笔下的爱情和婚姻带有宿命般的悲剧色彩，又弥漫着童话般的浪漫主义气息。李晓雪与张清明两情相悦式的爱情在层层误会及阴差阳错中失之交臂，但李晓雪作为张清明心中的"白月光"始终萦绕在他内心深处柔软的一隅。步入成熟阶段，周巧的无微不至的关怀温暖了他，在历经情感创伤之后，周巧走进了张清明的内心，但拥有"商品粮"身份的周巧仍旧让张清明"感到一种深深的自卑"，是她用真挚与热情医治了他那受伤而冰冷的心。周巧出走后的下一个人生阶段，秦玉华用默默的付出与等待，开启了与张清明的故事篇章。张清泉与杨洪会"死生挈阔"式的爱情、张清河与徐月"相互依偎"的爱情、张清阳与赵翠香"情投意合"的爱情也焕发着不一样的人生光彩。张清泉牺牲后，杨洪会"整日里失魂落魄的，话也没有了，一年四季只是闷着头在田地里干活"，时光荏苒，任凭他人如何劝慰都无动于衷，执守着对张清泉爱的承诺，年少时与张清泉那一份纯真的爱支撑着她，也救赎着她。张清河在徐月病危时甘愿换肾，为了不让妻子内疚和担忧，隐瞒事实真相，两人在患难与共中建立了深厚的感情基础。张清阳与赵翠香一起办酒厂、跑运输、搞养殖，在艰难的创业过程中建立爱情。强大的生活潮流、错综复杂的社会关系；时代的变迁、生活环境的改变；时代变革中一代青年在爱情与梦想的支撑下实现人生道路上的自我救赎，有矢志不渝也有一别两宽，但最终他们都在爱与被爱的旅程中实现心中所想。

（作者单位：赣南师范大学文学院）

改革叙事的青年成长和时代镜像表达

——评李吉顺《安宁秋水》

◎ 陈亚奇

《安宁秋水》是四川籍作家李吉顺的长篇小说，三卷本约 150 万字。小说原版名为《长路》在搜狐原创频道连载，继而在中华书局、江苏文艺出版社、北京时代华语有限公司、搜狐网多家媒体联合举办的 2008 原创文学大赛上荣获优秀奖，作品点击量达千万，创造了"网络纯文学"的一次高峰。后经十年的沉淀修改终于 2019 年出版问世，获得好评，并且被光明网、新浪读书、四川观察等多家媒体撰文推介，该作品在互联网上的迅速走红是在焦虑的"纯文学"大环境之下，给当代文坛打了一剂强心针。

小说《安宁秋水》将历史背景锁定为 20 世纪 80 年代末至 21 世纪初（1986—2006），以川西南小镇 70 后青年为叙述对象，再现时代浪潮波袭之下青年的挣扎成长历程，并以此为端口把笔触从乡村辐射至城市、工厂、校园、官场、商海、部队等社会各个角落，对中国改革开放的转型时期和新时期的社会生活做了全景式的关照和片段式的剪影。作品一方面成功打造了一群改革开放历程中的青年形象，并以此以点带面上升到时代变革中的族群形象；另一方面在青年面对时代变革的选择中回应了人生道路探寻的主题，在乡土叙事的坚守之中完成了对时代的镜像表达。

时代青年的形象建构

"人生是快乐而痛苦的寻梦过程，如果没有爱和梦想，生命、青春就像冬日里枯黄的野草。"[1] 作品成功地探讨并塑造了一群时代青年的形象。费孝通的"乡土中国"深刻地阐释了中华民族在传统农耕社会形成的价值文化心理，作者用充满温情的、人性化的现实主义方式，将这种温良、勤劳、又满怀理想的价值文化

---

[1] 李吉顺：《安宁秋水》，成都：四川民族出版 2019 年 8 月版，第 4 页。

心理通过对时代青年形象的塑造展现开来，并热情地赞扬了他们自强不息、坚韧不拔的青春奋斗者形象。

青年形象的建构一方面得益于鲜明的人物特点。男性勤劳勇敢、踏实能干，有着传统农耕社会大男子主义的形象；女性尽管勤劳善良，积极上进，但她们人生轨迹的历程往往无法跳脱对于男性的依赖心理，宛如阴阳相生的两个圆点共同构成小说人物谱系刚柔相济的太极图。老一辈进步青年李峰，脑子灵活敢想敢干，在村里开办糖厂雇佣工人来给自己打工，日子过得红红火火。虽然按照"李峰现在的经济实力和名气，完全可以把土地全部承包出去，一年只管收钱收粮，自己当跷脚老板就行了。但李峰还是觉得自己种土地心头才踏实。"[1]脚踏实地，安土重迁的农民形象跃然纸上。后来因为任人唯亲，在亲戚王德秋卷款跑路以后糖厂陷入债务危机，李峰被村民围堵要甘蔗款，面对因为要不到钱而要将他一家生吞活剥似的人群，"李峰哭丧着脸，只差没有给众人下跪了"。作为第一代农村突围青年，他敢想敢干创造了辉煌，但无法跳脱的小农意识最终导致其成为悲壮的牧歌式的人物。

张清明、张清河、张清泉以及张家小五四兄弟，则是新生代的农民的代表，勤劳忠厚，吃苦耐劳，但也急功近利、不切实际。二哥张清泉为改变家庭贫困的现状出门学艺到做铁路维护员，长相英俊、头脑灵活的他很快脱颖而出，并获得女孩子的芳心，晋升为班长之后与路霸土匪搏斗不幸牺牲则使得其伟岸高大的人物愈发形象鲜活立体；三哥张清河是狡黠且富有开拓性的农民形象，敢想敢干但急于求成，为了摆脱贫困先是轻信小广告，想通过提炼鱼骨粉发家致富，但投机取巧的后果是上当受骗，甚至花四十块钱买的手表也在车站被人抢走；后来受电视节目启发准备大干养殖，却因为瘟疫而一败涂地；接二连三的打击使张清河逃离家乡外出打工，管理生产和市场经营方面独到的眼光让他先后担任了采石场场长和房地产公司副经理，但由于急功近利，又因为安全事故而锒铛入狱。张清河的成长虽然坎坷不断，但作为新生代农民的局限性人物形象却令读者记忆深刻。而弟弟张清阳回乡创业的成功则和张清河形成互补，满足了作者对于新生代农民形象的一个塑造。

《安宁秋水》里的人物群像，个性鲜明，具有明显的社会属性，人物在性格上矛盾冲突较少，爱憎分明，极为符合中国传统文化中"是非曲直"观。这种人物形象的设定往往会被打上简单、平白缺乏深度的标签，继而被否定。但大道至简，简单有时往往更符合人物形象的设定和读者的阅读期待，《安宁秋水》在互联网上过千万的点击恰恰说明了这种人物设定征服了读者，给读者带来了更广阔

---

① 李吉顺：《安宁秋水》，成都：四川民族出版 2019 年 8 月版，第 25 页。

的想象空间。

青年成长的时代镜像

"一方水土的悲欢吟唱，一代青年的挣扎沉浮，一个时代的春秋潮声"①《安宁秋水》发生在 20 世纪 80 年代末至 21 世纪初 20 年间。改革开放的时代语境下，这 20 年是中国蹦腾激荡奋勇向前的 20 年，这时期中国的城镇化飞速发展，整个社会政治、经济、思想领域都在发生翻天覆地的变化。小说用现实主义手法，真实再现了川西南农村一代人，在社会发生深层次变革的大的历史背景下，为了生活而奋斗不息的故事。

小说开篇介绍了张清明一家的真实处境，一家人为了吃饱肚子而忍受穷苦，爷爷重病入院却拿不出 400 块钱的医药费，哥哥张清泉外出学艺身无分文，不得已每晚去茶馆兼职赚取两块钱的激动……小说用现实处境赤裸裸的无奈和心酸展现了身处农村尴尬的境遇，以及青年成长和农村变革的迫切。作者始终关注中国青年农民在社会大转型的背景下现实生活处境。是坚守乡村？还是奔赴城市寻求新的契机？这无疑是作品试图探讨的主题。作者曾说，作品是受路遥《平凡的世界》启发下的产物，但笔者认为从城乡融合时代变革的角度，与其说《安宁秋水》是《平凡的世界》续集，倒不如说更像是路遥《人生》的反命题，作品借助积极寻求城市身份认同的青年来思考回应改革发展的现实问题，从而对整个时代做出镜像表达。

首先，《安宁秋水》在人物形象的乡土肌底上融进真情、注入理想，从而在虚构的真实中给"观众产生一个更高真实的假象"。《安宁秋水》的叙事视角定位在青年的成长经历上，表现了不同人物在家庭生活、情感经历、职场状态方面的不同形态，但国家整体发展的态势和相关政策作为暗线贯穿始终。老一代农民李峰搭上改革开放的东风开办糖厂，成为远近闻名的企业家，辉煌时期雇佣一百多号村民在糖坊干活，张清明都曾经是他糖厂的烧火工。糖厂收购的甘蔗高达三千多亩，生产的红糖和蔗皮酒更是销路畅通，一时间远近闻名。糖厂的开办是改革开放发展经济的结果，并且雇佣劳动力解决了家庭联产承包责任制而造成的劳动力过剩的问题。

---

① 李吉顺：《〈安宁秋水〉与〈长路〉的有关话题回网友、听友和读者朋友》，李吉顺致作者信，2021 年 5 月 18 日。

　　李峰用人唯亲让远房侄子李德秋管理糖厂财务，李德秋全款跑路后糖厂走向倒闭，表面上看似是个人行为导致的恶果实际上是时代政策的影响。当时政策是"为了保证国营冬阳糖厂的原料供应，全县的土糖坊一律禁止生产"，李峰的失败看似偶然实则是时代作用的结果。李晓雪在父亲李峰经营糖厂失败失踪之后，踏上了"千里寻父"的历程，误打误撞被带到海南，给工地上工人烧饭，每个月领取 400 元的工资，则体现了国家当时大力发展海南而在海南引起的"淘金热"。

　　其次，改革开放不断深入，城乡融合的态势日趋明显，城市代表了更多的"契机"和"可能"，更多的人群奔赴城市追寻梦想。小说借助张家兄弟的"出走"，架构起了苍龙村、苍龙镇，再到冬阳县、方月市的社会发展图景。张家四兄弟奋斗的过程中遭遇了诸多困难，每一次矛盾的解决既是个人坚持的结果，也是他们的选择和坚持的方向恰好符合时代的需要和国家的导向，他们的行动也契合国家的期望。张清泉在遭遇了失业走入人生困境时偶然发现护路员的招聘，在最后一天完成报名考试，成为一名吃国家饭的工人；弟弟张清明参加招考，成功进入体制内，成为苍龙镇的一名农技员，并以此为跳板实现了人生的阶级跨越，从一名农民成为乡镇干部，再到后来的县长、县委书记乃至副市长。两兄弟的人生际遇得益于他们自身的勤劳好学，但更多的是国家招录政策的开放为他们打开了新的人生大门。

　　作品以主人公张清明的成长过程中，所遭受矛盾冲突以及问题的最终迎刃而解，巧妙地再现了国家改革开放前行道路上所遭遇的困难和挑战。小说中张清明在推动农村养殖技术进步的过程中被诬陷用"假种子"被告上了法庭，这其中体现了政府中一些领导人思想僵化和极端个人主义。张清明最终获得老百姓的支持和法院最后判决冬阳县农资公司赔偿苍龙镇受害群众五百多万元。"冬阳县委、县政府撤了赖兴南冬阳县农资公司经理职务。北岭镇的党委书记郭第财调县农资公司任经理。"则暗含了对政府决策力和判断力的肯定，共产党的领导力无形中也建构起来了。

　　最后，《安宁秋水》在对历史事件的选材与重构中，以青年成长为主线完成当代改革史的认识。"历史"在青年成长的镜像表现中，成为一种叙事话语，"并非发生在过去的所有事件都可以称为历史"，"历史是在现在的文化导向框架中对过去的诠释性表现"① 文本对改革史的呈现并非只是对过去的简单还原，而是融入了改革开放后人们对所处时代社会生活的认识。

―――――――――――――

　　① 〔德〕约恩·吕森：《历史思考的新途径》，綦甲福、来炳译，上海人民出版社 2005 年版，第 12—13 页。

　　小说通过杨晓春的人生历程展示了城乡融合下个体存在境遇。杨晓春对张清明生出爱慕之心，深夜探访并以身相许，却惨遭拒绝，心灰意冷之下赌气离开。后在父亲跪求镇长刘开军之后买了城镇户口，成功入职冬阳国营糖厂当工人，成了吃皇粮"城镇人"。厂里排练歌舞时杨晓春爱上了英俊潇洒的刘涣，未婚先孕被骗打胎后却惨遭抛弃，心灰意冷之下想要跳安宁河自杀被张清明所救。重获新生以后发誓要找一个有钱有势的男人，成为人上人，她把目标选定了大自己18岁的临河镇粮站的站长朱光，朱光在杨晓春的主动追求甚至献身自己的攻势之下很快便和其结婚，婚礼大操大办，婚后有房有车。但朱光却因为贪污渎职、吃拿卡要甚至沾染赌博而被捕入狱，杨晓春离婚之后生活跌入谷底，独自带娃并开了一家"文具店"艰难度日。独自带娃的空虚和现实生活的不如意使她沉迷于网络寻找慰藉，网友"天边孤鸟"很快成了儿子朱杨的继父。但婚后的"天边孤鸟"不再浪漫，整天上网聊天、打麻将聊以度日，在妻子杨晓春拜托张清明调整工作之后，迅速从一个被每个班主任都嫌弃的小学老师一跃成为学校副校长。

　　职位的晋升使得"天边孤鸟"跟学校一位年轻老师发展成了情人关系，在被妻子杨晓春跟踪发现奸情之后便对杨晓春大打出手，第二次婚姻的失败使得杨晓春更加消沉，对于网络也更加痴迷。迫切想要改变人生际遇的她听信骗子入股分红的谎言导致积蓄全无，自己也一病不起，儿子为了照顾生病的她也被开水从脸烫到了下身导致残废，现实和网络的双重打击之下杨晓春彻底疯癫，衣衫褴褛、一身肮脏的在大街小巷奔跑苦笑。杨晓春和张清明看似独自发展的故事曲线，其中偶然的交集巧妙的建构起两人复杂的社会关系，暗示了改革开放大背景下国有经济改制、小卖部等个体经济蓬勃发展、互联网兴起带给人们新时代思想冲击等时代变迁的镜像。

　　正如意大利文论家克罗齐所言，"一切历史都是当代史"，《安宁秋水》通过一系列性格鲜明的人物形象的塑造，完成了作品对改革开放的时代镜像表达，虽然文本中偶然间会出现"李晓雪的音容笑貌在他的脑中久久回荡"，人物名称混乱等低级的失误，但是瑕不掩瑜，小说《安宁秋水》这部中国川西南小镇为折射点的改革开放史，不仅回望过去也剑指当下的社会问题、心理问题、两性问题、国家和时代的关系，给读者传递了积极的社会主义价值观，在文本阅读的过程中获得心灵的启示和精神的启迪。

（作者单位：江西师范高等专科学校）

宏大历史与个人小史的共时叙事

——评李吉顺的大河小说《安宁秋水》

◎ 毛卫利

《安宁秋水》以现实主义笔法记述了川西南山野大地的三十年历史变革，可以称作中国的大河小说，是继李劼人的《死水微澜》《暴风雨前》《大波》三部曲后，又一部多卷本描绘巴蜀历史变迁的巨作。

作者李吉顺以安宁河两岸为地理叙事空间，叙述了围绕着这条河流生长奋斗的一代青年的青春往事。从 20 世纪 80 年代中期到 21 世纪的第一个 10 年，这三十年是新中国经济、政治和民生发生重大变革的三十年，每个人既是时代的小浪花又是自己命运的主体，是个体自主性和民族国家共生共名时期。《安宁秋水》以个体——族群——民族为横向坐标，以编年历史为纵坐标，由点及面生动记录了三十年间的川西南城镇化历史。

如果说《平凡的世界》是对 20 世纪六七十年代城乡青年个人有限奋斗、求索不得给予心理层面和社会层面的观照，那么《安宁秋水》则续借了《平凡的世界》的乡土历史，续写了川西南地区 20 世纪 80 年代以来三十年间的县域社会的变化。本文以赵树理小说和路遥小说等同类型乡土小说为参照系统，在对比中剖析《安宁秋水》的个体婚恋叙事、县域城乡变革叙事和城镇化反思叙事。

安宁河畔的婚恋叙事

《平凡的世界》开头以广角镜头开启了一个时代的记录，由时间（一九七五年二三月间）、时节（惊蛰）、风土（街巷石板街）、地点（县城校园）最后视角降落到人群中的个人——孙少平身上，预示了转折时代未彻底到来时大叙事掌控下个人的现状和无力感，但是《安宁秋水》的序曲则以张清明一个美妙的弗洛伊德似的潜意识流露的春梦开始：

她伫立水边，一袭白色长裙，一束水仙花在胸前开放，幽香随风凌波而来牵动了他的小船……

他在喃喃地唤着她的名字。她出来了，真的出来了，在月光之中，她好像从那缥缈的广寒宫而来。

月华皎皎，但见她——眉儿含情，红唇未开，肌若香雪凝脂，雪峰双重，峰上两点朱色，明暗闪动，纤手捂腹，怯云羞雨，千娇百媚，体香暗浮，曲线勾魂，风韵摄魄……①

文本以个人的梦的形式，即个体潜意识的欲望的表征，② 直面个体的欲望，预示了一个由压抑个人欲望到欲望迸发的现代性个体叙事时代的到来。

《安宁秋水》的突出个体性上表现在对青年群体恋爱婚姻模式的设定上：既继承了路遥乡土小说《人生》和《平凡的世界》里男性中心思维的"女追男"恋爱模式，又在婚恋自由度上突破了城乡地域限制。青年自由恋爱是现代生活的一种表现。传统中国社会婚恋模式是"父母之命，媒妁之言"，重视"门当户对"来保证婚姻的稳定及物质上的契合，现代性的恋爱则具有个体自主选择的自由性。赵树理20世纪四五十年代的小说《小二黑结婚》和《登记》中农村青年的自由恋遭受传统习俗范式的阻扰，则需借助党的力量和解放区《婚姻法》的法制保护才能取得成功，而路遥《人生》《平凡的世界》中，农村青年自由恋爱的阻力主要来自传统意义上的"门不当，户不对"，高加林、黄亚萍和孙少平、田晓霞看似冲破城乡阶层限制的禁忌之恋，实则是叙事者乌托邦似的理想和虚幻，最终以伤感破裂作为结局，向现实妥协。

李吉顺的《安宁秋水》，青年们的恋爱依然带有作者强烈的男性中心话语，却实现了现代意义上的"破阶层"，"唯情论"。一方面，围绕着张清明为核心的诸多女性，从李晓雪、杨晓春到周巧再到大学生秦玉华，小说完全是从男性视角对她们进行扁平化处理：对于初恋李晓雪女神化，对于妻子周巧对象化，对于追求者杨晓春物化和对于追求者秦玉华工具化。张清明的初恋李晓雪是他的白月光，家里有钱，相貌也似"嫦娥般"，肌若香雪凝脂。而张清明家"自从爹摔成残疾后，家里就一直没有还清过账"③，在这样的家境差距下，李晓雪如田螺姑娘般照顾张清明，家里破产还给张清明送钱送物，最重要的是，那声"我爱你"现代青年自由恋爱的先声来自李晓雪的告白。"告白""我喜欢你""我爱你"这样的现代恋爱语式在小说中几乎都出自女性之口，张家四兄弟的周围围绕着各种追求他们的女性，学历不等，职业不等，有的与张家兄弟学历相当，如李晓雪，有的与他们职业相当，如杨晓春和大师姐刘灵，有的学历明显高于张家兄弟，如张清

---

① 李吉顺：《安宁秋水》，成都：四川人民出版社2019年版，第1页。
② （奥）弗洛伊德（著），孙名之译：《释梦》，商务印书馆2018年版，第115页。
③ 李吉顺：《安宁秋水》，成都：四川人民出版社2019年版，第15页。

明的追求者秦玉华，但叙事者冲破了学历和工作职业的限制，这些女性在追求男性的过程中，从来是把对方的才貌及人格魅力放在首位作为择偶的标准，做到了婚恋思维上的"唯情"和"破阶层"。这一方面固然显示出叙事者的男性话语思维，也从另一个侧面反映了女性在时代语境中的勇敢和外界社会语境的包容和支持，更有着巴蜀文化里女子泼辣的地方文化所在。三十年的城乡激荡，以"张清明""张清泉""张清河"三兄弟为叙事主体的张家兄弟作为三种农裔青年走出乡村的模式，农村青年真正走出了村庄的束缚，接触到更为广阔的社会领域，他们实现了"孙少平"们上下求索而不得的在婚恋上的梦想。比如"户籍制度"限制和"农转非"问题，农村青年的县域就业问题，这些曾经像一座座大山横亘在高加林和孙少平婚恋选择上，在市场经济的浪潮下迎刃而解。

李吉顺《安宁秋水》延展了自五四以来的青年"出走"主题。在"一男多女"的"白日梦"恋爱模式背后，显示了"恋爱"这一五四以来的启蒙主题下，现代社会的变动在婚恋关系上的投影，即青年男女"出走——回归"主题在新时期的延展。

1918年，挪威戏剧家易卜生的话剧《娜拉》上演。1923年鲁迅在北京女子高等师范文艺会上宣讲"娜拉走后怎样"，"女性出走"成为备受关注的社会问题。出走是现代世界的一个命题，即从给定的自然的熟悉的确定的生活条件和状况中离开，走向那些认为人为制造的非自然的陌生的不确定的状况，走向一种可能令人向往的不一样的生活。[①]易卜生在《海的夫人》中塑造了一个娜拉似的人物，她想同先前的爱人相聚时，丈夫给了她充分的自由，"现在放你完全自由，你能够自己选择，并且还要自己负责任"，结果女主角在得到夫权即男权社会同意的情况下反而不走了，鲁迅曾说"娜拉出走或许只有两条路：不是堕落，就是回来"。鲁迅更提到女性出走取得自由关键是"经济问题"，为了不做傀儡，在家应该先获得男女平均的分配，第二，在社会应该获得男女相等的势力。鲁迅预言般指出"如果经济制度竟改革了，那上文当然完全是废话"。[②]

《安宁秋水》写出了二十年来经济制度的变革，一系列社会问题也随之变化。青年人出走乡村，多是因为"钱"的问题。李晓雪的父亲李峰因为自家糖厂经营不善，糖厂钱款被自己亲戚卷走，无法偿还巨额债务的情况下离家出走，从此杳无音信，生死未卜。李峰的出走直接导致了李晓雪的离开。这一情节的设置虽然看似荒唐无稽，实则是作者为了让李晓雪的人生轨迹走出乡村，完成了鲁迅在

---

① 刘擎：《漫长的出走：塑造今天的现代思想》，《看理想》2022年10月11日。
② 鲁迅：《坟》，北京联合出版有限责任公司2014年版，第253—258页。

《伤逝》里子君无法完成的彻底出走。李晓雪出走乡村，虽为寻找父亲之名，实际上也是为了能够到外面闯闯，挣钱偿还家里的负债，她和《平凡的世界》里的润叶和晓霞一样天生丽质，然而在外面的世界里，她传奇般遇到了有学识、人品好的浙江东华人罗风云，这段跨地域、跨学历的现代自由恋爱同时伴随了一段对昆明和海南的 20 世纪 90 年代的房地产市场的风云描绘。社会经济的增长变化，也使得她遇到自己良人的机会增多，李晓雪在第三卷最终回到故里，儿女双全，夫妻恩爱，多少带有衣锦还乡的味道。

《安宁秋水》男性和女性青年出走农村后，得到的多是如李晓雪般明亮的团圆结局，那种初恋情人不能走在一起的伤感被金钱和经济的繁荣冲淡了很多，这是《平凡的世界》里的外部环境所不能给予的。在《平凡的世界》里，田润叶主动喜欢孙少安，但两者之间社会地位差距和现实，让孙少安忍痛拒绝了这段感情，此处的现实差距是城乡户籍制度和城乡巨大的社会经济所带来的身份差异；孙少平和田晓霞之间男才女貌、惺惺相惜的跨阶层城乡之恋，却最终以田晓霞的意外死亡（被洪水吞噬）而告终；田润叶为了固守乌托邦似的爱情，间接造成了丈夫的瘫痪，却出于善良和人道主义的恩情模式向现实妥协，总而言之，路遥乡土世界里的青年男女因为不被社会经济和政治条件支持的自由恋爱付出了惨重的代价。而《安宁秋水》里的婚恋则显得简单顺遂、天如人愿：二哥张清泉为了给家里偿还债款出走冬阳县城，得到了裁缝店大师姐刘灵、护路队班长王青青诸多优秀女性的表白，甚至在他因为与车匪搏斗意外牺牲多年，初恋杨洪会为他守节终生不嫁。老三张清河更是在大巴车上遇到了钟爱自己的姑娘徐月，张家老五张清阳和高中毕业没考上大学的赵翠香路途饭摊因误会生爱，感情发展迅速，颇有金庸武侠小说郭靖和黄蓉初遇之感。

社会改革浪潮中，青年们出走乡村后的婚恋模式多以大团圆似的美好结局，作者对于婚内女性即已婚娜拉们回归家庭后的境况则给予了更深刻的思考。张清明妻子周巧因为工作波折和丈夫的长期无视愤而反抗出走家庭，女性的二次出走揭示了现代独立女性陷入传统家庭模式后的苦恼和无助。如果说李晓雪作为未婚年轻姑娘，出走乡村最终获得了大团圆结局，是借助了改革开放的春风，农村姑娘可以凭借"外貌出众"这样的身体资本和"自觉自律"这样的道德品质在城市里遇到良人，定居城市，成为城里人。那么张清明的爱人周巧的例子，则显示了鲁迅在"娜拉走后怎样"里另一个命题的回声：即婚内女性的"傀儡化"地位，周巧的经历一方面代表了女性因为天然的生理条件，不得已负起生育养育子女的重责，另一方面她们不得不扛起和男性在事业上的"半边天"的工作，这使得她们的生活处于失衡的状态，在工作和家庭找到兼顾的模式，需要超人般的精力和意志，还需要一点儿运气。周巧作为大学生，在和张清明一路开挂的仕途生活里，从最初平等的相处模式最后一步步走向失衡。当然，作者在这里也如实描绘出社会激荡，公转私的经济体制转型过程中"下岗"对于人的人生轨迹的影响。

周巧自下岗后，做过很多行当，辛苦且没有得到丈夫的情感和经济支持，最终心灰意冷愤然离开了家庭，留下女儿和丈夫，独自一人去闯荡世界，和李晓雪的父亲李峰一样，从此泥牛入海，杳无音信。作者又让大学生秦玉华作为"周巧的替身"工具化地承担起了照顾张清明和张清明女儿的职责。女性在步入婚姻之后的生活，在自我和家庭之间陷入了一种"历史循环"的无解之中。这种无解感和无力感也是现代的子君们在新世纪的环境下所面临的存在困境。出走乡村给了男青年们更多的机会和更广阔的天地，而女青年们在"出走"之后依然面临着"回归"家庭的问题，社会属性上妻性和母性的宿命，促使她们面临两难选择：是再次出走寻找失落的个体，还是回归千年来女子的传统叙事之中？这是小说女性人物选择非理性的裂缝下新的彷徨和呐喊。

县域地理下的城乡变革叙事

与《平凡的世界》里的地理叙事概念一致，前者是以陕北黄土高原为地理中心的农村——县城县域叙事，而《安宁秋水》则是以西南巴蜀地苍龙镇——冬阳县为明确地标的县域地理叙事，展现出了不同的区域风情和时代变革。不同的是，孙少平和孙少安的事业和情爱版图只是计划经济时代刚刚破冰的注脚，而以张清明为核心的张家四兄弟已经是时代的主角，尤其是主角张清明一路从农技员到副市长青云直上的事业进程，为读者更深层次更全面地描绘二十年历史剪影和城乡变革的足迹，开启了县域地理叙事和宏大历史叙事的共时和共名时代。

对乡镇历史文化符号的共时传录使得小说具有了史传传统的非虚构感。小说不惜笔墨整大段复刻转折期的时代流行歌曲歌词，以流行文化符号带入乡镇历史空间。

小说开篇唱的电影《少林寺》插曲《牧羊曲》和电影《芦笙恋歌》的插曲，张清泉口琴吹奏的《月光下的凤尾竹》和《敖包相会》；年轻人一起去苍龙镇上看电视连续剧《霍元甲》，年轻人口头传唱的流行歌曲"血染的风采"，苍龙镇文化站里的录像机和17英寸大彩电，男男女女聚集一起看港台录像，李晓雪留的"赵倩男的屏风小辫子头"，既是一代乡镇青年的集体回忆，也是社会文化变革中的历史叙事。

小说对每个人物的第一次出场都做了类似《三国演义》般的旁白介绍，说明人物的姓名，属于哪个乡哪个村哪个公社的，如介绍李峰的糖坊工人时，刘万千（看头锅的，苍河村六社），刘福来（看锅的，中坝村一社），邓兴国（看锅的，黑龙村二社），一方面是农村上个时代集体公社的身份烙印，另一方面小说具有了一种地方志和地理上的真实感。

小说的地理感还体现在对赵树理《小二黑结婚》叙事语式的学习和模仿上，如下面一段话：

"张清丽的未婚夫是黄龙山那边开源州南月县大河乡牛坪村一社的陈德军。张清丽是去年给王桂芳家栽秧时认识陈德军的，陈德军是王桂芳家的远房老表。王桂芳家栽秧，陈德军来帮忙。陈德军人长得英俊，又很厚道、勤快。"[1]

这段话短句居多，内容量大，叙事速度平快，很有宋元话本遗风，既适合阅读，也适合听读，没有长难句和拗口之处，也没有修辞格的使用，陈述句的简单铺陈交代了人物的乡籍和人物关系，而这些人物关系具有着乡土中国熟人社会的特色。[2] 叙事者以人物聊天、看报纸和看电视以及书信和日记的方式把重大历史事件融入人们日常生活中，加强了文本的历史真实感和时间感，如第二章李峰和张清明的交谈里提及：

"我心里老是不踏实，今年真的很怪，四月五日国家实行了夏令时，把时间往前拨快一个钟头，到九月份又拨回来，广播里还说每年都这样搞呢；你看，十月七日刘伯承元帅逝世，十月二十二日，叶剑英元帅又跟着去了，前几天，也就是十一月十五日下午，台湾的花莲发生六点八级的大震，死了不少人，年头真的要变了啊……"[3]

在对宏大历史事件进行编年史似的史传记录的同时，《安宁秋水》对主人公个人小史叙事里呈现出传奇性和传统话本烙印。

一是表现在人物近乎完美和理想化的设置上：二哥张清泉能文能武，同张清明一样聪明好学，会画画写毛笔字，还会各种乐器，会射击还同苏师傅学习了打拳，是作家个人经历和理想人物的外在投射。裁缝铺老板苏师傅的个人别传也具有传奇性：师傅自称重庆人，真名唐亮，广西曲池人，儿子参加越战残疾，后因被百货公司经理刘升恶意霸占女朋友被刺死，苏师傅儿子和儿媳妇的故事就是一个现代版《水浒传》的高衙内和林冲的故事。

另张清明1998年身居抗洪一线被洪水卷走，历史上确实有部队官兵在抗洪

---

① 李吉顺：《安宁秋水》，成都：四川人民出版社2019年版，第23页。
② 费孝通：《乡土中国》，北京大学出版社2020年版，第13页。
③ 李吉顺：《安宁秋水》，成都：四川人民出版社2019年版，第20页。

前线被洪水卷走的真实事件，作者却给予了张清明武侠小说中的险奇经历：他被一个独居山中的哑巴老头施救活命，三哥张清河依梦境提示在山中寻得张清明；张家老三张清河早年为了发家致富被虚假广告欺骗，在湖北县城得到一无名小男孩帮助。这一系列情节具有传奇的色彩，一方面赋予了主人公个人小史上的魅性和传奇性，另一方面也预示了这是一个塑造个人传奇和个人英雄的时代。

县域管辖下的地理空间结构也决定了小说的创业叙事结构。以苍龙镇——冬阳县委叙事脉络的西南山水有三个地域特色，一是山水，所谓巴山蜀水，"苍龙河、山泉、溪水、竹笼、甘蔗林"构成了小说文本川西南苍龙镇－冬阳县的地理风貌。"靠山吃山，靠水吃水"，这方山水给予了人们生存和生活的外部自然环境。苍龙镇——冬阳县这一区域主要种植的传统农作物就是甘蔗。

小说开头李晓雪家经营的就是甘蔗糖坊，糖厂老板李峰的离家出走，也宣告了老一辈退出了历史的舞台，一代青年叙事开启。张家二哥张清泉因爷爷无钱治病去世事件的刺激一怒出走冬阳县城去学裁缝，后又在县城国营茶馆里卖艺赚取家用，个体对于"国"字号茶馆开启了无意识的经营模式的介入和改革。

张清河一心致富先是被湖北魏南县的广告欺骗后，在村里搞起了养殖场，后又去采石场工作进而进军冬阳房地产市场，张清河是靠采山上的石头为创业模式。

张清明离开苍龙村的第一个非农身份是作为农技员，农技员身份与安宁河两岸地理上的农业经济有关，他提倡的经济作物嫁接，种植枇杷和嫁接野核桃等农作物，带有巴蜀地域的地域优势，升任农技站站长后，大力提倡私田养育桑苗，一心提高农民的经济收入，在任苍龙镇副镇长期间，遏制田地建坟风气，带领高寒山区修路，讲解《森林法》，处理救灾恢复和天然林保护问题，解决因为国家退耕还林政策带来的冬阳迁居户问题。

张清阳的创业模式则是与水有关的是开鱼塘养鱼。张清阳与李晓军搞具有川西特色的经济作物枇杷水果基地，水果基地以公司模式管理，走农业产业化之路。一直驻守在村里做守门人的年轻人李晓军自从父亲李峰出走以后，承担起了自己家里偿还债务和带领白龙村人致富的任务，他最终被民主选举为李晓军升任白龙村村委会主任，做到了以家乡为核心，服务家乡，扎根农村的致富之路，与张家兄弟里外配合，书写了一代农村青年的创业之路。

川西南农民"反抗性"也是城乡变革中的一种集体叙事。这种"反抗性"在五四时期表现为众多川派知识精英作家的叛逆和先锋意识，比如郭沫若和巴金。而在《安宁秋水》里表现为民众对危害到自己利益事件集体性反抗。

巴蜀文化不同于传统的儒家文化，顺民意识较弱，并且四川除了成都这个天府之国之外，蜀道难，难于上青天的外围意识和道家文化的影响①，川人对于个体的享乐和自我自在精神的追逐，和中国的齐鲁中原儒家文化以及宋明理学熏染的江西文化有很大的不同。

巴蜀是道教的发源地，蜀学中发达的是史学而不是经学，在巴蜀文化中，儒家文化并没有取得在中原大地的深厚的土壤，较多的反叛者由此而出。②

三卷本的长篇小说《安宁秋水》中多次提到了"农民"这一群体包围镇政府和县政府的行为。这一系列的冲突主要包含了三种利益冲突模式：第一种是个体利益与公共领域的利益冲突，问题的本质在于市场化和工业化进程中"国营"企业与民众个体利益的冲突。

如最开始的李军糖厂经营不善倒闭，村民聚众哄抢李家糖坊机器，与镇政府工作人员有了肢体暴力冲突。

第二种农民的反抗具有天然的历史性和合法性。比如为了保持冬阳糖厂的甘蔗原材料问题，政府人为控制甘蔗种植户出县自由卖甘蔗，导致种植户收入减少。

第三种冲突是城乡改革和户籍制度改革中的历史遗留问题，如农村合作基金会和农民农转非问题。

在这一轮轮的干群冲突中，以张清明为代表的现代清官说出了"只要县委、政府政策是正确的，不是坑老百姓、卡老百姓的，我们坚决执行"这样以民为本的时代口号③，在一次次的社会危机公关中，张清明的现代"清官"形象得以塑造和建构，以人为本，依法治国的现代化社会理念通过现场说理和法制制约甚至以"民"同国营企业勇敢地对决公堂的形式，使得乡民的"情"得以通达，以"理"服人，而依法治国的现代化理念也开始在村庄和城镇得以普及。

城镇化的反思叙事

《安宁秋水》也指出了急速发展的城镇化和市场化带来的道德问题和区域发展不均衡问题。一是单一追逐金钱所带来的道德的滑坡。传统时代的互帮互助在新时代更替为以"一家一户"为单位单干的农村，首先是宗族束缚减弱，利己主义私欲膨胀带来的农村老人养老问题。

---

① 李怡、张敏：《中心与外围：文化意义的生成与生长——以北京文化和巴蜀文化的比较为例》，北京师范大学学报（社会科学版），2008 年第 2 期，第 139 页。
② 李怡：《来自巴蜀的反叛与先锋》，西南师范大学学报（哲学社会版），1998 年第 2 期，第 38 页。
③ 李吉顺：《安宁秋水》，成都：四川人民出版社 2019 年版，第 749 页。

第六十三章中,张清明智用《三字经》教育陈婆婆儿子高宏光。高宏光作为陈婆婆的大儿子,霸占了母亲和兄弟的田地,却拒绝抚养自己的母亲。

张清明巧妙地运用传统话语"三字经"对高宏光说理,又从个人利益角度出发,动用高宏光的儿女对高进行打耳光教育,最后,在经济诱惑、法律制约、习俗规训三重力量下解决了这一问题。问题的叙事解决过程反映了传统的德行伦理观在现代工具理性叙事下的式微。

张清河在涉足房地产市场后因为贿赂和解决工人伤残问题上最终坐牢,反映了以经济为中心的价值取向下金钱对人的巨大的诱惑;杨晓春由一个国营糖厂职工,一嫁二嫁屡遭家暴,所遇皆非良人,最后家破人疯,一方面是市场经济改革中"下岗职工"群体的缩影,是时代的阴影和缝隙,另一方面也显示了改革带来的国营机构的不稳定性对人性的考验,这都反映了现代化进程中欲望黑洞对人性的吞噬,以及在多元语境下人性的迷失。二是工业化和城镇化时代农业和农民的走向问题,即共同富裕问题。改革开放三十年极大地解放了生产力,也促进了人的解放,挣脱了土地对农民的束缚,但也产生了贫富不均,房地产市场畸形发展下农村城镇化过速问题和村里土地荒芜化和空心化问题,这些问题在文本中虽不是叙事的重点,但也被作者辩证地提及和指出。

《安宁秋水》是一部个人和时代共鸣的奋斗之歌,它对于我们回望历史总结历史经验教训有编年史的意义,是现实主义题材对中国史传传统的现代回音,可以说是继《平凡的世界》后长篇乡土小说又一力作,为我们贡献了继"高加林""孙少平"之后"张清明"张家三兄弟这样的农村青年群像,是川西南的城镇化历史,也是一段民族集体记忆史。

(作者单位:江西师范大学文学院)

论《安宁秋水》的乡土情怀

◎ 张彦泓

李吉顺是一个有深厚土地情结和乡土情怀的作家。生于斯，长于斯，让他对川西大地有着深厚的情感，不断对改革开放下的广阔农村大地进行深耕。

故事的主人公们来自农村，在改革开放的大时代下有的走出农村，但仍不忘农村，身上保留着浓厚的乡土品质；有的在广阔的农村大地上挥洒青春与爱。

多卷本长篇小说《安宁秋水》以跌宕的叙事，绵密的书写，展现了波澜壮阔的历史变革下一群青年的日常生活，男欢女爱、两性私密、社会变迁以及城乡民众所面临的矛盾、苦闷、迷惘和挣扎。

《安宁秋水》中，作者反复强调"农民不能忘记土地"，李晓军的发家是从土地开始；张清河一家的结局是回到土地；张清明从农技员走向政坛，任职期间也不断关注土地问题。民间文化形态使文本呈现出鲜明的川西民间色彩。独特的题材内容、地域文化、民间风俗等使得《安宁秋水》中字里行间弥漫着乡土气息。

丰富的农民形象和人物层次

十一届三中全会以来，中国农村重新焕发生机，广大农民的生产积极性被调动，农民走上历史舞台，散发出时代光彩。作者李吉顺以川西大地上的苍龙镇尤其是白龙村为背景，叙述了新时期农民在巨大时代变革背景下的生活起伏。他们形象各异，却具有高度的典型性，以一村窥一时，展现了改革开放变革下基层农民的形象。

首先是塑造了以张氏兄弟为代表的一大批新人形象。在人多地少，欠债颇多，家人多病体弱的窘迫境遇下，张氏兄弟为实现各自抱负大胆"走出去"。率先走出的张清泉在冬阳县白天学缝纫机，晚上去茶馆"卖艺"，在师傅被捕后，报名成为铁路护路人员，而后不幸为公牺牲。此后，三个弟弟便继承了他的"走出去"之路，展现了三条不同的成长之路：从政、打工、创业。

张清明机缘巧合下通过考试成为农技员，不去想别人怎么说，关心民众，能干、善良，刚上任农技员便披星戴月三天走完三个贫困村，深刻感受到农民的苦难和自己的责任，此后不断努力，逐渐从一名乡镇干部成为县长乃至副市长。其步入官场以后，从未沉沦堕落，不断发现问题，改变农村农民的生活面貌。作为农村知识青年，他不甘受命运的支配，而是以社会转型为契机，运用知识和毅力，抓住命运的机会，走出了一条成功的奋斗之路。

李晓军与张清明诸多相似之处，踏实努力，诚实守信，勤恳地偿还父亲糖坊倒闭所欠的债务，富裕后不忘乡亲，成为基层干部后为百姓干实事，带领群众调整产业结构。

张清河的成长之路，略显坎坷。他起初轻信广告被骗，在一个身患绝症的小孩鼓励下燃起对生活的希望。而后他回乡开办养殖场，一场突如其来的瘟疫，让他再次经历失败，最后离家出走，来到采石场，大展身手，最后却因为安全事故，不幸入狱。

如果说张清明和张清河是运用自己的知识，通过正当途径出去闯世界开辟新的生活天地的有志青年，那么张清阳就是以农村为根基，用勤劳和智慧改变自身命运的青年。张清阳在当兵入伍回来后发现政府已经不为复员退伍军人安排工作，在经历跑摩的被抢，做协防员良心不安之后，碰巧遇到赵翠香，二人合伙创业开办酒厂，成立枇杷种植基地，最终献身农村，成为敢于改革，勇于创业的"改革家"。

张氏兄弟如张清河、张清泉、张清阳等人身上都具有新一代农民的特征。他们身上仍保留着农民的纯朴稳重，持续学习，褪去落后思想，想干事，能干事也会干事，是一代新农民形象的典型代表。

周巧则代表一代农村女性自我意识的觉醒，由崇拜而与张清明结合，婚后任劳任怨，上照顾公婆，下操持小家，为家庭无私奉献。但她从未因此完全丧失自我，从供销社到下岗潮后自己开零售店，再到县城开火锅店，不断寻找自我价值，最后发现自己与丈夫的婚姻已成为枷锁之后，果断出走。

徐月大胆地反抗传统婚姻，坚定婚姻自主，无疑是女性自我觉醒的另一个侧面。众人在时代的裹挟下不断成长，投身于时代的洪流，时代与个人互相建构，时代影响了个人性格，人物明显带有时代性，个人融入时代，不断地塑造着时代。

其次塑造了一些背负着沉重历史包袱的落后农民形象。彭兴德在国家明令禁止田地里建坟的情况下，盲信风水，私自在田里建坟占用国家土地，在镇干部的教导下，彭兴德及其家人知错不改胡搅蛮缠，最后同意迁坟，却只是因为风水先生说此地和家里运势相克。

在张清明等干部和大多数民众努力修公路，打开致富路的时候，一些农民为了要木料修房子就擅自改变了公路的设计线路，严重阻碍了乡村修路，也为自己带来了处罚，心中多私利而少公利。时代的发展并未完全消弭中国传统农民所奉行的落后传统，深切说明农民真正的解放仍需要一个漫长的过程。

此外，书中转型时期一些反面干部形象。在农民走向新生活的过程中，却出现一批作风不正的干部，他们或是为了一己私利，以权谋私，贪污腐败，官官相护。县农资公司经理赖兴南为了个人利益，将农资公司研究的不成熟的种子卖给苍龙镇农民，导致庄稼损失严重；而镇长何从宽因为与县农资公司经理的裙带关系而睁一只眼闭一只眼，为其遮掩；县糖厂杨镇天贿赂县委、县政府，与县政府勾结为了维持糖厂不倒闭，保证冬阳县糖厂的原料供给，压低冬阳县甘蔗价格，还明令红头文件，严防甘蔗外流，严重损害农民利益；县委书记柳辕，不顾冬阳县居高不下的失业率、土地现状和经济状况，盲目地为了政绩要修建一个比天安门还大的几百亩的广场，浪费农民的土地，损害农民的利益。

这些反面干部形象或是在其位不谋其政，懒政怠政；或是固步自封，坚守自己的落后思想，或是教条主义，不切实际。李吉顺敏锐地捕捉到，这些反面干部影响了农村的发展，阻碍了农村的前进。

值得注意的是，无论是男性形象还是女性形象，无论是农民还是干部，除了张清河、李志豪等人性格有所改变或者发展，但是大多数人物性格内核单一，人物的丰富性较弱，女性大多是单一的中国传统牺牲式妇女形象，如大姐张清丽、母亲杨世芬和李晓军妻子刘春花等便是传统农村妇女的代表，敬老爱幼，勤俭持家，能干善良，为家庭牺牲自我。好人与坏人的界限大多分明，缺乏"中间人物"，人性的复杂缺乏足够的展现。

国民性批判的继承和矛盾的消解

李吉顺继承了五四以来鲁迅开创的批判国民性写作传统。长达四十年的历史风云，时代巨变，国民性淋漓尽致地显现。长期生活在这片土地上的子民，朴实、仁爱、孝顺又勤快。他们大多自食其力，努力将生活过得更好，深处贫困之中也充满坚韧。在描述农民的朴实善良的同时，也写出农村农民某些封建的传统思想并未随着时代发展而进步，落后国民性在古老中国的子民身上仍存在。

首先是为私利而少公利。县农技站经理赖兴南为一己私利，将自己培育的不成熟种子卖给苍龙镇村民，而后害怕承担责任，便利用裙带关系，抵死不认，反咬一口。在张清明带着白云、野鸭塘、龙爪三个村的男男女女老老少少热火朝天他修建公路时，龙爪村三社的几个村民公然违反国家《森林法》胡乱砍伐，丝毫不为村庄未来着想，不顾及修路的大局，想借修公路浑水摸鱼，为自己捞好处。

其次是欺软怕硬。李峰糖坊破产后，往日点头哈腰以图贷款的刘宏亮组织人群聚众闹事，只为给昔日苍龙镇的财神爷点颜色看看，拿回他之前丢的尊严。借势欺人，装腔作势，落井下石，内心如此卑劣。

李吉顺《安宁秋水》对国民中自私自利、欺软怕硬等特征进行批判，同时也引出对诸多社会问题的揭露和批判。李吉顺的小说充满着矛盾，他真实地写出了矛盾，但是矛盾很多消解在劝说之中，存在矛盾的淡化现象。矛盾的展开和解决不够深入，"问题小说"以针砭的态度对国民性、干部方针政策的偏差一一提出，但是最终却将解决问题的希望寄托于正确的领导。

关于蚕价降低导致小蚕供育户去镇政府闹事的剧情，作者只做简单的叙述，并未就此深入挖掘内部存在的矛盾。徐月和张清河所引出的与少数民族通婚的问题仅仅以二人的简单的私奔结束，之后再未提及其他，对此也并未深挖双方深层心理，也没有提出解决方案；李志豪、张清河和杨小春引出的时代经济发展，而使得社会道德下滑的问题、周巧等人引出员工下岗潮问题，也未对比深入展开，下岗工人的心理和后续生活问题的解决等等都没有叙述，农转非户口遗留问题，假种子事件等引出官场某些黑暗，官员的贪污腐败，干部的懒政怠政不作为等一系列问题，作者大多停留于"刺他一下"，并非达到鲁迅式对"近乎无事的悲剧"原因的深刻揭示。

农民立场的延续和清官断案模式

时隔几十年，李吉顺发现了和赵树理在 50 年代不谋而合的问题，这未尝不是一个跨越时代的呼应。他们敏感地发现，在农村，对农民最大的危害是基层干部，是混入党内的坏分子。

农技站假种子事件中，农技站站长为了一己私利，将自己研究的不成熟的种子卖给苍龙镇农民，导致庄稼损失严重。镇长因与农技站站长的裙带关系为其遮掩，毫无公正之心。县糖厂杨镇天贿赂县委县政府，与县政府勾结为了维持糖厂不倒闭，保证冬阳县糖厂的原料供给，压低冬阳县甘蔗价格，还明令红头文件，严防甘蔗外流，严重损害农民利益。

《安宁秋水》始终站在农民立场发现问题，通过一系列的事情揭露了基层干部工作方式、工作态度等问题，采用政治权威极端化的解决人民内部矛盾，工作上懒政怠政，甚至贪污腐败渎职，严重损害农民利益。

小说也存在不可避免的模式化问题。其故事叙事模式可纳入古代传统文学清官断案模式。《安宁秋水》修路风波中，张清明带领带着白云、野鸭塘、龙爪三个村的村民热火朝天的修建公路时，龙爪村三社的十几个村民违规伐树，县林业局副局长杨光荣为了自己的面子，大肆谎报违规伐树事件，故意给张清明一些颜色看，最后在苍龙镇镇长刘开军的努力下，县领导主持公正下，张清明得以恢复工作，公路修建工作得以继续。国家颁布禁止砍伐天然林之后，林源镇的党委书记廖开银和镇长郑起泰为了自己的一己私利，满足各人无休止的欲望，勾结商人，大规模偷伐，甚至想要谋害县委副书记张清明，最后在公安和检察院的努力下，琅珰入狱。

通过对李吉顺《安宁秋水》故事情节的归纳，不难发现很多小说可以概括为在某种政策施行前，小部分先进农民或者干部的合理的行为在助纣为虐的农民和落后分子的干涉下受阻，一番斗争之后，终于在党的先进干部的帮助下，落后分子和广大农民认识到错误，走向大团圆结局。这种模式类似于中国古代传统小说新旧争斗清官断案模式，呈现出"矛盾显现——清官介入——矛盾解决"的文本叙述模式，是清官文学在当代文学的延续和流变。

李吉顺是一位始终关注农村，关注农民的作家，具有深厚的乡土情结。他自觉站在农民立场，为农民农村发言，波澜壮阔地写出来历史风云变化下农民农村的变革，讲述了社会变革对农民命运的深刻影响，在浓厚的川西风情中描述了一幅农村的变革史，以苍龙镇尤其是白龙村的变化映照了一个时代农村翻天覆地的变革。但同时也具有一定局限性，比如：情节的模式化，人物性格的单一化和缺乏深刻的丰富性等。总体而言，《安宁秋水》作为变革时代农民命运变迁的艺术书写，仍以宏伟的笔触，显示出现实主义文学的巨大魅力。

（作者单位：南昌大学人文学院）

从《安宁秋水》看社会转型时期的阵痛

◎ 彭金艳

一

社会主义改革尽管是以相对平和的方式推进，但任何一场改革都是新事物取代旧事物的过程，改革的流血是隐性的，改革过程中存在着疼痛。这种阵痛广泛体现在政治、经济、思想文化等各方面。

《安宁秋水》从政治、经济、思想文化等方面展示了社会转型时期的阵痛，并进行了解决问题的尝试和努力。政治方面的阵痛主要体现在人员和制度两个方面。在新旧交替的局面之下，存在着部分干部与改革脱节，制度与改革相悖的情况。

首先是部分干部与改革脱节的问题。小说中，一部分干部仍然沿用旧有的思想，因循守旧，尸位素餐，如文中的赵显堂等人，没有创新能力，跟不上改革的步伐，一遇到事情就往后躲。在苍龙镇出现黏虫灾害之后，张清明提出镇上先拿钱出来垫支农药款和选拔出来打农药的人员的工钱，赵显堂不愿意担责，想让张清明来当总指挥，全面负责虫灾防治工作，经张清明提醒后才反应过来，张清明都已经停职了。

又如嫁接核桃事件中的杨天龙、李学德两人，他们思想保守，不愿意把那山沟沟里已经在包产到户时就分给群众的铁核桃来改造嫁接，于是在镇党委、政府做出推广嫁接核桃的决定之后不用心向群众推广宣传，领导问责时把责任推到群众身上。这固然跟改革之后大量农村青壮年外出打工基层干部队伍老龄化有关，但更重要的原因是这些干部不愿意花心思接受新思维、新知识，只顾着混日子。

还有一部分干部只顾着装满自己的钱袋子，贪污腐败、挪用公款。如文中的糖厂厂长杨镇天、冬阳县委书记刘洪、县委副书记、县长卢志远等人，为了糖厂的利益侵害人民的利益，不允许农民把甘蔗运到其他地方去卖。冬阳糖厂亏损严重，为了维持生产，就把向老百姓收甘蔗的价格每吨下调一百元。老百姓不愿意，冬阳县政府就要求检查站禁止冬阳的甘蔗外流，确保冬阳糖厂的原料供给。闹事群众围攻了县委大楼，刘洪等人才知道事情严重了。

　　省委、省政府居然查出冬阳县委书记刘洪收受冬阳糖厂厂长杨镇天的贿赂200万，县委副书记、县长卢志远收受冬阳糖厂厂长杨镇天得贿赂160万，分管工业的副县长王云海收受冬阳糖厂厂长杨镇天的贿赂80万，入干股（权利股）在糖厂获取不法红利600多万。刘洪和杨镇天两人官商勾结，强制冬阳县的老百姓低价卖出甘蔗，侵害人民利益，自己却赚得盆满钵满。无处可贪的年代，刘洪等人也未尝不能是个好官，而当金钱的诱惑被无限放大时，就会有一些干部被拜金主义、享乐主义、个人主义所腐蚀，利用位子谋取票子。

　　再则是制度与改革相悖的问题。李峰在经历了钱财被侄子偷取的灾害之后受到巨大打击，一心只想着下半年糖厂的收益一定要好。然而，却传来为保障冬阳糖厂材料来源，不允许私人开办糖厂的噩耗，这成了压垮他的最后一根稻草。王德秋不仅把李峰多年积蓄都卷走了，还让李峰欠下了村里人十六万多的工资，一夜之间，李峰从村里数一数二的有钱人家变成了负债最多的欠钱人，这使李峰痛苦，却并没有使李峰丧失生机。李峰还寄希望于来年的甘蔗榨季，努力四处筹启动资金，希望重新启动的甘蔗榨机能够让他渐渐还清债务。但当刘永俊通知他，为了保证冬阳国营糖厂的原料供给，全县的土糖坊一律禁止生产时，李峰才突然觉得天塌了下来，天都不庇佑他了。

　　李峰想要抗争，想向镇长、书记反映，却被告知这一切都是县委、县政府的决定。千金散尽还复来，钱财被卷走还有再赚回来的一天，而一道政策使李峰的财富来源糖厂无法再转动的时候，李峰才意识到命运的不可扭转。改革初期，政策的朝令夕改无疑会破坏改革的进程。作为一个普通农民，李峰显然无法对政府的决策提出意见，而这也暴露了改革初期民主诉求渠道不畅通、群众缺少平台表达意见和建议的问题。

　　面对转型时期政治方面遭遇的阵痛，要有效解决好转型时期基层干部政治问题，必须多措并举、深化基层综合改革。

　　首先是要加强思想政治工作，党的政治建设摆在首位。解决转型时期干部的思想观念与改革步伐不一致的问题，必须加强思想政治工作，通过常态性的思想政治工作教育引导广大干部。进一步建立完善基层思想政治工作长效管理机制，建立基层党组织思想政治工作任期目标责任制，建立健全的基层思想政治工作考评制度，对思想政治工作实行细化、量化和检查考核。干部的升迁提拔不能只看干部的资历和学历，更应该看干部的工作实绩，像赵显堂这样的老油条，有资历有学历却没有动力，而像张清明这样的年轻新人，不应该由于年轻和学历低被排除在外。

　　再则是要进一步加强基层组织建设，基层党员干部要解放思想、更新观念。

一些基层干部的思想、作风、年龄、知识、能力适应不了改革的节奏，就需选拔出思想好、作风正、能力强、威信高的高素质人才来更新换代。最后是牢记一切为了群众的宗旨。1980年，邓小平同志在《党和国家领导制度的改革》中就曾指出："社会主义现代化建设的极其艰巨复杂的任务摆在我们的面前。很多旧问题需要继续解决，新问题更是层出不穷。党只有紧紧地依靠群众，密切地联系群众，随时听取群众的呼声，了解群众的情绪，代表群众的利益，才能形成强大的力量，顺利地完成自己的各项任务。"

基层干部在工作中应该坚持全心全意为人民服务的根本宗旨，始终把人民利益放在第一位，真正做到权为民所用，情为民所系，利为民所谋。社会主义改革是一个长时间的过程，改革中也会出现层出不穷的问题需要解决，基层干部只有紧紧依靠群众，密切地联系群众，随时听取群众的呼声，了解群众的情绪，代表群众的利益，才不会再出现像刘洪这样的枉顾群众利益、只为谋取私利的行为。

二

《安宁秋水》中，社会转型时期经济方面的阵痛主要体现在收入差距扩大、存在不正当收入两方面。

一是收入差距扩大的问题。计划经济体制向社会主义市场经济体制的转变使利益更加多元化。市场经济打破固有的平均制，实行按劳分配，多劳多得，允许一部分人先富起来。张清河在采石场工作之后手里渐渐有了余钱，买了一辆车，村里人对这辆车稀奇得很，可见苍龙镇上大部分人还是收入较低的务农人员，像张清河这样出外务工之后能买得上车的人占极少数，而像李志豪这样身家千万的大老板在苍龙镇就更是找不出来了。务农的人多而收入少，做老板的人少而收入多，社会结构逐渐呈现出"金字塔"形状，中间层的规模过小，这样的"金字塔"式的利益结构的缺点是上层和下层的收入差距过大，中间阶层数量过少，社会贫富差距太大。

二是存在不正当收入的问题。市场经济初期，各项措施都还不成熟，于是就出现了一些钻空子谋取不法收入而发财的人。李志豪在采石场赚了钱还不够，希望扩大商业版图。他把眼光投放到了房地产业上，成立了一个空壳公司恒生公司，想在青流县的房地产行业分一杯羹，他明知道自己的空壳公司靠正规竞标肯定颗粒无收，就想贿赂青流县委书记李震东，李震东拒绝之后，他的狗头军师胡光辉竟然想出烧了李震东的房子让李震东缺钱之后再行贿的缺德主意。李震东被"双规"之后，他们又以打着张清明的旗号接近王长河的方式拿到了青流县城旧城改造的项目。

针对社会经济发展中存在的贫富差距、非法收入问题，党的十七大已经给出了解决良方："初次分配和再分配都要处理好效率和公平的关系再分配更加注重公平，必须保护合法收入调节过高收入取缔非法收入。"社会主义市场经济必须兼顾效率和公平。所谓效率与公平兼顾原则说的是处理分配关系时要有利于促进生产力的提高有利于调动劳动者的生产积极性，也要顾及到基本的社会公正问题。要允许和鼓励一部分人先富起来，又要防止收入差距悬殊，倡导先富帮后富。这些解决方式在《安宁秋水》中以对比的方式得以体现。

李志豪自己富起来之后不想着帮扶他人，反倒算计起发生事故的几家工人的赔偿金，而张清阳的枇杷农场带动了周边的农民一起参与，走上共同发展之路。此外要加强科技教育引导，科技是第一生产力、教育是民族振兴的基石。在苍龙镇上，张清阳的酒厂、枇杷场能办起来，就离不开农业科技知识的普及。张清明几次三番促成四川农业大学与苍龙镇的农业科技合作，也是希望能在苍龙镇普及农业科技知识，使苍龙镇的人民利用起新的工具发财致富。

三

政治经济的转变引起思想文化、价值观体系的重建。社会转型时期的价值观念处于新旧交替的过渡时期，表现为价值主体个性化、价值目标现实化、价值选择多样化、价值标准相对化等等。社会主义市场经济培育了多元的利益主体，激励个体追求利益的最大化。

改革开放之前以伦理道德及其理想人格为中心的价值观逐渐被以人的生存发展和幸福为中心的社会价值观所取代。社会转型时期，社会价值观出现了社会本位价值观向个人本位价值观转变的现象，由此造成了一些错位：重视经济价值而忽略了文化价值；重视经济利益的满足而忽视了人文精神的修养；重视个人利益而忽视了国家、集体的利益；重视安逸享乐而忽视了积极进取，其极端表现就是拜金主义、享乐主义和利己主义。

李志豪为了个人私利侵害工人的利益。李志豪本来是个和善的老板，任人唯贤、慧眼识英才，提拔任用了张清河来管理采石场，并且还在张清河缺钱的时候大手一挥，借给张清河一大笔钱，采石场收益大好时更是大方地给每个工人都发了三百块钱的红利。张清河当上采石场场长之后为他积累了许多财富，财富的雪球越滚越大之后，李志豪善良的心却发生了偏移。他开始不信任张清河，收到匿名信的挑拨之后，对张清河开始有了偏见，私下里暗查张清河。金钱也异化了他和工人的关系，张清河多次向他提议为了安全生产，将采石场的开采方式改为台阶式开采，但李志豪不愿意多投入那几万块钱，继而酿成一死三伤的大祸。事故发生之后，李志豪非但不向政府报备，为了少花钱，安排张清河在工人伤还没好时就暗示工人出院，欺负工人不懂行情克扣给工人的抚恤金。

矛盾具有普遍性和客观性，矛盾存在于一切事物中，其贯穿于事物发展过程的始终。因此，任何社会制度中都存在着矛盾，并伴随着社会制度变化发展的全过程。社会制度中的矛盾可以通过改革来调和，但改革又不可避免地出现新事物与旧事物的厮杀搏斗，不可避免地要产生阵痛。从某种意义上来说，改革的过程就是逐步缓解和消除社会阵痛的过程，而持续深化改革，加速新事物取代旧事物的过程，直到新的社会体制取代旧的社会体制时，转型的阵痛缓解消失。尽管改革有阵痛，但不能因为惧怕而放弃，疼痛背后孕育着勃勃生机。

人民生活水平的变化就是阵痛之后的新生。李峰的甘蔗厂倒闭了，离开了苍龙镇，儿子李晓军接下了替父还债的担子，从搞桑苗铺、种植甘蔗和早市蔬菜、成为浙江光大商贸有限公司冬阳分公司的经理，和张清阳一起开办枇杷种植场，李晓军不仅还清了家里的负债，还成了苍龙镇的副镇长，带领父老乡亲一起发家致富。张清明从一个小小的农技站技术员，一步步走到方月市副市长的位置。在他的带领下，偏远乡村也用上了电，修起了路；与四川农业大学合作，邀请农业专家教授来给农民讲授农业科技知识；大力扶持教育，使贫困学子也能读得上书，有能力改变自己的人生；大力发展经济，引起各大公司企业增加就业机会。人民的生活水平越来越好。这一切都表明，转型中的阵痛只是不和谐的副音，转型带来的新机遇、新生活、新面貌才是累累硕果。

（作者单位：南昌大学人文学院）

《安宁秋水》：朴实而细腻的地域书写风格

◎ 盛嘉卫

《安宁秋水》是四川作家李吉顺创作的多卷本现实主义长篇小说，他以记录时代的史诗情怀和朴实流畅的现实主义书写方式，生动地展现出了川西地区一代年轻人在改革开放持续深入的大背景下充满悲欢离合的成长故事。作为一个四川人，作者的本土生活经验使小说呈现出鲜明独特的地域风格。

淳厚朴素的民间情怀

朴实流畅的乡村叙事。作者有意书写改革开放深化时期时代与历史、文学的发展变迁，希望通过张清明等人的成长和奋斗对社会状况做如实的考察，展示国家与个体的命运共沉浮。小说总体上运用现实主义叙事方式，对农村地域风貌的书写，呈现淳厚朴素的民间风味。其体现三个方面：朴实流畅的文字书写、说书式的叙事倾向，民间歌词的运用。

张清明是作者寄予理想期待的人物形象，贫穷农民人家出生，从政之前，他关注农村地区贫穷状况，从政之后，他也是那个最能理解农民，真正设身处地为农民着想的那个人。他的从政经历让他将城市和农村勾连起来，而他的"从群众中来，到群众中去"的办事理念，也使得小说整体的叙事倾向不由倾向农民，形成一种朴实流畅的文风。

作者吸取了传统民间话本的艺术营养，以第三人称为主体推进叙事同时，作者又时不时同话本中的说书人一样突然现身说法，达到一增强小说情节真实可信的效果的同时，拉近了与读者（尤其是农村读者）的情感距离。

在艺术风格上向农民靠近的方式则是小说出现的民歌的书写。小说借人物之口，唱出了许多悦耳动听的民歌。如李晓雪给张清明唱的《牧羊曲》和《芦笙恋歌》，她和杨洪会在农作时唱的《回娘家》和《南泥湾》，杨洪会给张清泉唱的《草原上的人们》和《敖包相会》。这些民歌的运用在丰富人物形象的同时，也给小说中的农村生活情景笼上了如梦如幻的浪漫氛围，起到了良好的艺术效果。

典型农民性格的刻画。作者塑造了李清明新一代年轻人形象的同时，也不忘勾勒出与之相对应的老一代农民群体形象。小说呈现二元对立的书写结构，在改革开放深化的时代大潮下，两代人观念的差异既形成了推进小说情节发展的矛盾冲突，也在冲突过程中丰富了各自的群体形象，展示了张清明等新一代农村青年的成长。作者并不着意于将老一代农民群体作为放在新一代农村青年的对立面而加以批判，虽然小说也对他们性格观念迟滞落后的一面做出了批评，但更多的是力图站在广大农民群体的感情立场上给予同情和理解。

勤劳善良向来是中国农民身上代代遗留下来的精神品质。而土地长久以来都是农民安身立命的根本，对养育自然作物的依赖性，让他们已经习惯于日出而作、日落而息的忙碌生活。在东阳县这块土地上，作者为我们展示了世代农民为生活忙碌奔波的背影，无论是年轻人还是老年人，无不在尽自己所能的寻求"活路"：杨世芬因为丈夫张文山残疾丧失劳动能力，独自担负起家庭劳动的重任；李小军在糖厂破产，父亲出走，妹妹外出的情况下，毅然承担债务；张氏兄弟各自的选择和奋斗……生活在这样艰难的环境中，这些人物身上却依然保持着善良朴实的人性：在张天雷无法住院时拖拉机师傅邓友剑自愿免费送他往返；张清明在李晓军困难时帮助他搞上桑苗铺；李晓军也在张清阳受伤住院时主动将取来的两万块借给张清明。这些勤劳善良的品质，构成了小说中农民的性格底色。

作者也没有忽略农民身上落后盲从的一面，并对其进行了细腻的刻画。在清算李晓雪家贷款抵押资产时，刘宏亮怂恿群众乱砸乱抢；野鸭塘村的村民由于落后的惯性思维，对嫁接铁核桃的政策缺乏积极性；苍龙镇三个村修路时，当地人因为贪图小惠而胡乱砍伐森林，险些葬送了这一惠及一方的修路计划。种种这些，都无不清晰地刻画出了在现代化过程中农民思想中的落后的一面。也正是因为农民思想与行动上的落后，才充分暴露出改革过程中传统与现代之间的复杂矛盾。通过这些复杂的矛盾，作者以理性的眼光审视着中国改革发展过程中的艰难重重以及所暴露出来的人性，并给予深刻的反思。

细腻入微的表现艺术

梦境和幻觉心理刻画。如果说《安宁秋水》艺术上的淳厚朴素得益于其质朴流畅的行文风格和对民间艺术叙事传统的运用的话，那么小说艺术风格中细腻入微的一面则主要通过运用各种艺术表现手法来实现，尤其是心理描写。作者一方面通过文字和叙述上的通俗化使读者进入故事，一方面通过丰富的艺术表现手法塑造生动立体的人物形象，增强故事的感染力。

大量的心理描写，起到了推动了人物形象的塑造、展示角色内心世界的作用。张清明的从政生涯中，作者在展现其不辞辛劳、为国为民的理想主义情怀时，也叙述了他与不同观念和追求的人共事的情景，展示了复杂纷呈的官场心理，也表现了张清明心思缜密和观察细腻的另一面。这些细节表现和心理描写，大大提高了小说情节内容丰富可感的程度，让读者阅读时获得更细腻的审美体验。

小说中的心理描写，主要通过梦境与幻觉加以呈现。清新曼妙的与破碎唯美的无意识场景交汇，小说的风格底色增添了朦胧的色彩。如小说中反复出现张清明的梦境，这段梦境暗示张清明情感发展轨迹的同时，也暴露了其内心中更深层次的大量的无意识心理内容，即情感上的困惑和迷惘。幻觉运用的原理也同样如此，张清泉在安宁河旁巡逻时看见杨红会的幻影并与之对话，小说中描写的意境美丽迷人，写出了张清泉对杨洪会的思念和纯洁无瑕的感情；张清和在厂里发生安全事故钟天德死去后，夜晚看见他怨恨和绝望的幻影，反映了张清河良心上的挣扎和无奈。这些梦境和幻觉的表现手法，不仅成功地展示了角色深层次的心理，而且某种程度上也已经成为《安宁秋水》中一种独特的艺术风格特征。

自然景物及象征意蕴。小说第一章开始便是对苍龙镇的环境描写，周围群山环抱，苍龙河水流淌于这片土地，植被丰富，月光下的村庄林木婆娑。作家描述农村人们日常生活的同时穿插对自然景物的描写，自然景物起到反映人物心境、营造氛围、推动故事情节以及凸显地域色彩的作用，达到人事和谐、水乳交融的艺术效果。

小说自然景物苍龙河和安宁河独特意象被赋予深刻的社会内涵，两条维系世代村民生活的生命之河，无论世事如何变迁，它依然维持常态奔流不息，拓展了时空领域，它们是历史的见证者，是社会变迁的亲历者。"若干年以来她养育了昌隆镇及其流域的人们，给了他们无尽的欢乐，也给了他们无尽的忧愁与悲哀"，"老人们每当说起那些人和事的时候，胡子、眉毛都在抖动，手中的兰花烟烟杆也在地上磕出点点火星"，"苍龙河，多少年来？有多少男少女在你面前缠缠绵绵，互说衷肠、山盟海誓；有多少人欢喜时奔向你，又有多少人忧伤绝望时奔向你……"

"安宁河"在小说中出现100次多，"苍龙河"的出现次数也有50多次，小说通过安宁河、苍龙河串联起人物故事，安宁河与苍龙河这一古老的生命之源见证着人物的命运：张清明在得知李晓雪结婚时在大雨中悲伤地奔向安宁河；周巧被刘涣欺骗和抛弃后也孤独绝望的，独自向安宁河走去，企图结束自己的生命；而小说最后张清明和秦玉华互诉真心的场景也是发生在安宁河。这些情节因为安宁河的存在和对它的描绘，显得格外凄美，往往成为小说中那些最美丽，也最打动人心的场景。因此，安宁河水是这片区域人们生活的养育者和见证者，是人们心中最真挚诚切的情感的汇聚之地，是这片地区的历史和灵魂。

地域抒情及源流

通俗化叙事下地域抒情。山河怀抱，安宁河、苍龙河滚滚不息，植被丰茂，郁郁葱葱，还有成片的甘蔗林地，营造了安宁的乡村氛围。人们在田间的劳作与休憩，日常交谈中四川当地口语、俗语及谚语，构建了生动的地域生活画卷。

除了内容上对地区环境和生活特征的直接描绘外，《安宁秋水》还通过了其他许多艺术方式来彰显文本的地域风格。如前所述，质朴流畅的文字、单纯的顺叙手法和民间说书化的倾向，这种种的艺术安排，无一不与这部小说的地域风格的形成和呈现有着紧密的联系。正是这种小说形式上的传统性和民间性，才最终使得《安宁秋水》整体上风格流动着土地和农村的气息。内容和形式上的交相呼应，促成了《安宁秋水》地域风格的和谐。

但是地域风格并不只是指向文本通俗质朴的一面，即使是同一种类型的艺术风格，其构成和显现的方式也从来都是多种多样的。而本文前两部分所提到的同时存在于《安宁秋水》这部小说中的看似截然相反的两种风格，他们彼此的对立和融合也是小说地域风格的重要生成机制。《安宁秋水》这种阅读上既"坚硬"又"柔软"的质感，体现着在通俗化叙事策略下又弥漫着的浓郁的地域抒情风格。在作者质朴又流畅的文字中，可以感受到他笔下流动着的对小说里这片土地和人们的热烈情感。小说文本中存在的这两种彼此对峙的风格因素，反而使得小说艺术上具有一种独特的张力——一种类似乡愁的地域情感体验。

当小说中的叙事层面和抒情层面共同指向"地域"这一概念，彼此联系和契合时，《安宁秋水》这部小说就营造出浓厚独特的地域风格。在叙事层面，作者将改革开放深化这一时期的四川农村的青年男女们的成长和人生选择娓娓道来，真实再现这片土地上人们的悲欢离合；在抒情层面，作者在文字中流露出的对小说中人物美好情感的讴歌，对这片土地的深深眷恋，以及这块土地蕴含的厚重灵魂。

艺术源流。《安宁秋水》具有的地域风格，主要从前辈作家作品中借鉴和吸收的独特艺术传统。作品从叙事、情调和主题等各个方面从赵树理、沈从文和路遥创作上汲取营养，熔为一炉，形成了其独特的地域风格。

赵树理自幼受到山西传统民间艺术的熏陶，其"评书体"小说更接近传统、靠近农民。《安宁秋水》叙事上的单纯明晰及说书化倾向，无论是对山西农民读者还是四川农民读者，这种通俗化的叙事策略成为构成小说地域风格的重要因素。

作家从沈从文湘西写作中汲取的艺术营养，则更多体现为小说中的环境描写和抒情格调上，沈从文强调"情绪的体操"的地域抒情的写法也成为构建小说作品地域风格的重要方式。《安宁秋水》大量的景物和环境描写，且文字大都流动如水，满溢着情感，从艺术更加靠近于沈从文湘西世界的风格。《安宁秋水》主题立意上则承接了路遥《平凡的世界》，展现了改革开放深化时期在四川攀枝花这个地区人们的奋斗和成长。因此，《安宁秋水》通过在叙事、情调和主题等方面对这三位作家的创作艺术进行整合吸收，构建了作品的地域风格。

《安宁秋水》表面上看似一部风格单纯的现实主义史诗作品，但其内在某种分裂却自成一种独特的艺术张力，朴实和细腻的两面在彼此对峙的同时，也互相弥合，最后统一于地域的抒情中，呈现出独特的风格。这部作品在其预设的基点上，达到了它应有的艺术高度，而其立足于现实的坚持和面相时代的胸怀，也让它无愧于"史诗性"的标签。

（作者单位：南昌大学人文学院）

性别视域下的《安宁秋水》

◎ 杨书钰

男性形象：个体精神与传奇理想

叙述视角也称叙述聚焦，是指叙述语言中对故事内容进行观察和讲述的特定角度。作家以男性视角塑造了以男性为中心的世界，苍龙的男性群体以事业为纲，以"走出去"为最终指向，以个体精神、个性发展、个人成长呈示群体力量，字里行间凸显男性主人公坚毅不挠的精神意志。

作者集中笔墨塑造了张氏兄弟，尤其张清明、张清泉、张清河三人的形象，着力突出个体精神的独特性。个体精神作为相对于群体精神而言的概念，更强调人作为生理意义上的独立个体所具有的、不可轻易被抹除、遮蔽的特殊性。其背离于随波逐流的群体普遍性，顺应个人能动性，也因此使张氏兄弟的形象独具一格。《安宁秋水》中的男性以事业轨迹构筑文本主线，同时在其中确证着自我价值，奠定了意识根基，达成了"走出去"的可能性。

具体到张清明、张清河、张清泉的形象构建，他们身上无不体现着个体精神的熠熠闪光。无论是张清明处理繁杂政事时的沉着有方、张清泉外出打工的勤奋进取，还是张清河遭受打击后对极限境遇的挑战，都淋漓尽致地伸展着个体精神的无限空间，书写着一代青年的成长轨迹。"张清泉三弟兄就起早贪黑地上山找柴……他们三弟兄卖的柴一般要比别人卖得快，因为他们急着用钱，卖得低一些"[①]，生存环境逼仄现实空间，强大的意志力是其精神要素，是一把在闭塞原生环境里敲出破口的斧凿。

作为文本中雕刻最深、着笔最多的人物，张清明选择的是一条从政之路。从贫穷农民到农技员、苍龙镇镇长，最终走出苍龙官至市长，张清明身上既散发着中国乡土农民勤劳质朴的优秀品质，又不乏高瞻远瞩的视野与魄力胆识——他能够摆脱理想化的虚空，真正认识到农村现实的严峻，亲自走访了解了很多人，解决了修路、通电、砍伐天然林等问题，又行事果断，顾全大局，遇事冷静疏导群

---

① 李吉顺：《安宁秋水》，上卷，四川：四川民族出版社，2019年，第52页。

众，面临疫病亲自捕杀坑埋养殖场的牛羊。所有这些凝聚成个体精神的非凡面貌，高扬内在性的重要。

张清河走上了变革背景下的经商之路，而他的奋斗历程堪称曲折。离家上当受骗，开办养殖场又遭遇瘟疫。离开苍龙到采石场工作后，张清河并未向命运缴械，他凭借自己的才干改技术、搞外销，为采石场增收，赢得了场长李志豪的信任，无不彰显强大的生命韧性。虽然后来因有违人性之举入狱，但所幸他备受良心拷问之后能够最终复归正途，也不失为个体精神的一种绝地重生。

张清泉则作为一代打工青年的典型出现在读者的视野。为补贴家用，张清泉去东阳县学裁缝活，欲已一技之长求得生存门路。在勤恳专注本业的同时，他又积极创造机会，表演乐器、画肖像画为茶馆拉客赚钱。苏师傅被捕后，来到护路连的他也"没有悲哀""决心在这个天地里，展翅高飞"①，充分展现了个体精神与苦难沼泽并生，形象丰盈饱满，局域超越苦难的无限魅力。

此外，张清泉和张清明二人身上还体现着一种传奇色彩，张扬着理想化的格调。其与个体精神相得益彰，共同强化着主体意识的表达。作者也有意将张清明塑造成为服务人民的清官形象，成为改革开放后商品经济入侵，功利思想与个人主义甚嚣尘上的一股清流。作为个体难免会有生理或心理的缺陷，然而这种缺陷在张清泉身上被淡化了，他是一个既能吹拉弹唱又武艺超群的全才。但死亡的结局是他英雄式的落幕与个体价值的极致升华。

女性形象：执着情感与结局分化

《安宁秋水》中的女性叙多以爱情为主线，整体叙事基本采用多女一男的感情模式。但作者所表达的却是女性爱情的单纯执着、不带杂质、褪去功利。哪怕未能与自己心爱之人终成眷属，她们也不会因此而生仇恨，其感情如同安宁河的流水，平缓地潺潺流淌。

张清明生命中出现了四名女性，她们的人生轨迹与张清明的成长交织缠绕，她们的情感执着令人动容，最终结局却逐渐走向分化。

小说最初给人留下深刻印象的女性是李晓雪，作为最早倾慕张清明的女子，她的情感以纯美与朦胧为突出表现，所涉篇幅字里行间倾注着青涩质朴的爱意与难成眷属的淡淡哀情。李晓雪对张清明单纯专一，她的爱情是那样的质朴无华，

---

① 李吉顺：《安宁秋水》，上卷，四川：四川民族出版社，2019年，第130页。

帮在糖坊值班的张清明打饭、请客看《霍元甲》、亲手为他飞针走线学做鞋垫寄托情思……虽然人生变故与误解给这段还未道明说破的暗恋带来了难以弥补的创伤，即使误以为张清明移情他人，李晓雪也仍然怀着酸涩的感情思及过往，写下书信。她身上体现的是中国传统女性寄情男子的执着奉献，深情未见于言语却渗透流逝年华，铭刻在张清明的记忆。

杨小春是苍龙镇农技站的临时工，与李晓雪一样对张清明一见钟情。然而不同于前者的含蓄，杨晓春的情感表达是热烈赤诚的，一旦付以真情便不顾一切争取，洋溢着民间那份原初的野性。这也使得她的情感在执着之外平添斑斓生命力，活泼而跃动，恣肆而绽放，如一朵娇艳的野花在山川之间尽情吐露芬芳，毫不顾忌地展示其魅力。如果说李晓雪代表的是乡土文化观念中含蓄内敛的道德要求，杨晓春则代表着处于伦理中心之外，无所拘束而别具一格的民间生命。

周巧则作为中国农村知识女性的代表展览于女性画廊。比起李晓雪和杨晓春，周巧接受过高等教育，有一份稳定体面的工作，拥有心智基础与物质条件上的优势。虽然一开始她并没有对张清明留下多好的印象，却并未因此生发偏见，而是在逐渐相处中发现张清明的优点，为他的智慧所吸引。因此，不同于李晓雪式的含而不露、杨晓春式的洒脱奔放，周巧式的情感是细水长流、深婉柔和的。她理解张清明怀念李晓雪的伤痛，对他无微不至地照顾，这种情发自内心，最能给人以精神抚慰，也真正打动了张清明，促成了二人的结合。婚后的周巧在徘徊中有果决，向我们呈现着知识女性婚姻生活的真实面貌。张清明忙于政务之时，周巧曾几番在质疑他的情感与维系平淡婚姻中挣扎，几经变故的她最后离家，果断为这段感情谱写终章。

小说对秦玉华用笔不深，其性格特质也不是最为突出的，然而正是这样一位女子给了张清明最后的归属，成全了自己的等待。与周巧一样，秦玉华也读过大学，有一定知识底蕴。她与张清明的交流邂逅发生在工作中，同样对他一见钟情。表面看来，秦玉华与周巧并无本质上的差别，人物形象似乎展现出某种同质化倾向。然而深入细节，我们发现秦玉华并不局限于心系一人，颇显痴情的等待，而是上升为守望的高度，坚定温柔，润物无声。丰盈的情感是人物立起来的支柱，使其不显单薄，这种情感在精神上是崇高的，也因此得到了真诚的回馈。

虽然这些女性在情感上具有趋同性，居于文本叙事边缘的女性形象塑造也并没有男性那样充分完整，然而每个人都不是孤立的，不是性格单一的抽象品，她们生命轨迹的变迁及最终结局迥然不同：李晓雪的离别基于糖坊倒闭的家庭变故，地域相隔阻碍真挚情念；杨晓春后期全然释放情欲，情感泛滥埋没理智多次受骗导致发疯；周巧历经店面失火、火锅店事件后放弃沉湎婚姻幻梦，不告而别；即使最终在爱情里获得成功的秦玉华，也历经了心爱之人与他人步入婚姻殿堂的苦痛，在张清明接受自己之前，等待完全漫无边际。四位女性不同人生最终走向映射出改革语境下时代青年的苦痛与成长。

两性关系：自在生命与潜在矛盾

在相对独立的个体之外，《安宁秋水》尤其强调两性关系的表现与推进。综观全书，在未被城市文明入侵的苍龙镇，两性关系整体是和谐自在的。尽管现实场域中两性关系不可能达成完全的圆满，社会人生也总与苦痛相伴，然而作者有意淡化了两性情感中可能产生的矛盾龃龉，将相容性置于首位，削弱相悖性。这也使得作品处处洋溢着葱郁的原始生命力，在宏观现实的框架中散发出蓬勃的浪漫主义情怀。

在张清明、张清泉、张清河的爱情婚姻描写中，两性关系中偶有的摩擦也并不足以升格至矛盾冲突的阶段。哪怕张清河入狱，作者也没有描写徐月对丈夫可能产生的责备猜疑，而将侧重点置于其在事发时悲观绝望的心理状态和求助于亲人的故事情节。如此叙写既没有对徐月的反应避而不谈，还巧妙地绕开了激烈起伏。即使张清明忽视家庭，冷落周巧，直接导致其出走，她也并未和张清明产生实质性的争执。就连出走这种家庭剧变，也并不如其本身的爆发性，周巧下定决心后简单告知便离开了，这种离去虽然留下了难以言说的痛苦，但其语言表现是相对平静的。相比于自发自觉，充分张扬能动性的城市文明，淳朴质实的乡土传统以自在和谐见长，全部情感皆自心底油然生发，不需要外界动力的助推便自成一片天地。

小说也深层地挖掘和谐背后秩序的失序与潜在的矛盾，周巧出走、拜金而轻信网络世界的杨晓春屡屡受骗等情节，无不是城市因素悄然渗透农村，变革风云席卷苍龙小镇的明证。开放撕裂了原生环境的封闭性，外界因素浸染而入，现有秩序出现分离崩析的机缘。时代大背景下的变革风云，每一个个体都被裹挟其中。

杨晓春所接触的光怪陆离、周巧离开后的未知领地，均是商品经济发展下的现代化世界，其中充斥的可能性纠缠复杂，容易使人迷失。这是一道针对原生环境的强烈冲击波，逐步拆解现存体系，崩离自在生存。杨晓春未能有效抵抗诱惑，陷入拜金浪潮依附朱光，轻信虚拟交际被吴欣欺骗，急于获取金钱而又一次落入"鸽子"的圈套，致使崩溃发疯。但杨晓春的悲剧不仅作为个体的陨落呈现其意义，也更深层次地折射出这样一个问题——自在乡土世界如何应对变革？

　　"出走之后"向来是女性面临的时代追问命题。女性出走是否能浴火重生，凤凰涅槃？还是女性出走恰如百年前鲁迅的预言"娜拉出走之后，要么堕落要么回来"。小说以男性视角审视了中国现代女性所面临时代转折语境下所面临的困境。两性关系下女性该如何认识自身价值？如何在生活与事业实现平衡？小说以不同女性最终个体命运赋予了时代思考。

　　《安宁秋水》中的两性关系于自在下涌动危机，在和谐里投射矛盾暗影。其以苍龙小镇映照恢宏时代，以个体关系暗示群体心理，充分展示了现实主义长河篇章的辩证性与深刻性。

　　以性别视域分析《安宁秋水》，我们看到了其中个体精神的无限张扬，感受到了原初情感的自在单纯。其所塑造的男女两性形象，既书写着各异的人生道路，也作为时代风云中一代青年的写照而鲜活。两性之间，有和谐自在的民间生命，也不乏现代变革的错综暗涌。也正是此种潜在矛盾，最为真实辩证地契合着现实主义的长河构架，达成了性别、形象与题材的浑然交融。

（作者单位：南昌大学人文学院）

《安宁秋水》：社会转型时期的成长叙事

◎ 李姝林

在成长叙事中探索精神的高地

有学者把经过作家想象而叙说的沉重历史命名为"历史与家族"的叙事模式。在叙事构架上，《安宁秋水》正是延续着这一模式展开。小说容纳了丰富的时代信息，展现了张氏一家五代的生存形态，更着墨于张氏兄弟的成长之路，将一定的人物关系和特定的空间联系起来，从而使得情感的触发与地理的安排相得益彰，构建出三种交互关系，在成长叙事中探讨人的价值问题，最终抵达精神的高地。

驻守乡村大地的创业者。奔走在乡村大地上的张清阳是创业者的典型代表。他最初想通过服兵役获得一份工作，却因政策的变动而幻想破灭。退役回家后，他拒绝承办养殖场，并希望一镇之长的四哥能够给他安排一份县里机关或者工厂的工作，言行中表明了他不想回家种地当农民的态度。

《安宁秋水》中张清阳的举动并非个例，而是一批在 20 世纪中国革命与变革的进程中、农村向城市转型变动下乡村青年面临的普遍问题。既有一批无处就业的战友拿着退役安置费四处找工作；也有首富儿子李晓军在糖坊倒闭后沉默寡言地在土地上耕作；高中没毕业就被冬阳酒厂招去当合同工的赵翠香因为工厂效益问题而下岗等，作者李吉顺通过塑造张清阳、李晓军这类人物，探索了世纪之交的年代中乡村青年如何成就自我、如何发展自我的问题。

作为经济蓬勃发展的"劳动力"，这类乡村青年在经历了种种磨难与挫折后，仍秉持着"奔小康"的共同目标。他们顺应改革开放以来中国社会奉行的"先干再说""不管黑猫白猫，抓到老鼠就是好猫"的中国式生存智慧，从个人利益驱动上去规划自己的生活，以一种"越是艰险越向前，撸起袖子加油干"的干劲，凭着自身的生命强力去实践、去拼搏，去争取属于自己的未来。

失业后的张清阳将养殖地规划为酒厂，买汽车、拉货、四处推销，甚至创办出属于自己的品牌"苍龙液"。李晓军破落后一度孤僻寡言，在刘春花的陪伴下又重新对生活充满了希望和梦想，再度接纳自身农民的身份，期望以种地、搞桑苗等踏踏实实劳动的方式获得财富。同时，这些在信息交互网快速发展、科学技术日渐精进的年代成长起来的乡村青年，不再像父辈一样死守一亩三分地，他们不断寻求新生产新技术，将枇杷种植基地合理规划，聘请专业人员指导鱼塘养殖。他们在自己劳动实干中体悟到个体生命的价值，用技术创新的形式振兴乡村产业，以强有力的实业成绩回答奋斗的母题。

城镇文明进程的搏击者。主人公张清明凭借自己努力考上"八大员"，从农技站站长一路升为镇长、党委书记，始终心系百姓，为官一任造福一方，农民出身的张清明有着若隐若现的民间立场。

在"甘蔗事件"中，冬阳县政府红头文件禁止冬阳甘蔗外流，并且压低了甘蔗收购价格，这无疑是对辛苦劳作的百姓当头一棒。作为党委书记的张清明深知农民血汗钱的不易，会议上与领导徐智当众争论，下令不让镇上百姓低价卖给冬阳糖厂。他承担着极大的政治风险，甚至赌上了国家正式干部的身份。回顾张清明成长的半生，即便在艰难的挣扎中，他也倔强地寻求希望和理想。为了修路大局减轻对偷伐树木人的惩治而被停职，对村社选举干部制度的革新而被送去党校学习，他都在以政治生命作为代价，拥有敢于向国家政策表示质疑的献身精神。陈思和认为："民间文化形态极具包容性，甚至藏污纳垢。"

但李吉顺笔下的民间以一种美化后的形态呈现出来，张清明作为农村干部出身，在他身上可以窥视到民间文化所蕴含着的无穷的智慧，深奥、复杂与伟大。在人世关系的处理上，他巧妙利用关系。面对村社干部私自把水管抬走造成村民缺水现状，他找来刘永军的二叔刘天贵劝解；在彭家葬坟风波中，他先安抚了彭家避免正面冲突，转头便对阴阳先生施以压力，从而解决了在良田中土葬的违规事件。面对不赡养老人一事，他用传统书籍《三字经》教化高宏光，从而唤醒了高宏观地良知。这些事件的背后，不难看出张清明承传了民间文化中的生存智慧与策略，通晓乡村风俗，世故人情。

张清明从锄头换为笔杆子的过程中，读书开阔了他的视野，丰富了精神世界，涵养了人格品质，所以他对时事政治对答如流，对优秀传统文化信手拈来。他第一次去省城培训后就开始组织宣讲活动，提高农民的耕种现代技术意识。改革开放以来全面恢复高考，他意识到教育的重要性，加大对全镇教育的投入，改善教学环境，提高教学质量。读书夯筑的基石让他纵使站在风口浪尖上，不会得意忘形；沉入水下暗流时，不与泥沙俱下，敦促他始终秉承"为人民服务"的理想信念。熟练运用民间智慧安抚人心，以雷厉风行的手段整改存在的问题，是从政者张清明在城市文明进程中对奋斗精神的阐释。

立足城乡的打工者。作为城乡交叉地带奋进者的张清河承载着李吉顺对青年农民离开土地后精神如何自立的探讨。他们置身于城乡差距的鸿沟裂痕中，无法凭借土地自给自足，而如何建立自我意识、独立成长，是作者对乡镇青年的一种精神层面的召唤。

第一重是体验苦难后的自省意识。他虽离开农村土地，但苦难使之与乡土有一种精神上的永久性牵连，激起他以自觉的方式超越苦难。从小母亲和长姐艰辛地拉扯着一家老小，他看在眼里，并暗中相助，将种地辛苦得来的钱去购买鱼饵，却未料被骗得精光；重新振作起来用心经营养殖场，然而"5 号瘟疫"夺走了全部牲口的性命。虽然他负气出走，但心里呐喊一定要活出个样子回去，最终在采石场卖力干活求得生存与发展。这种奋斗不是野心家的向上爬，反而是一种负重，是吃苦，品尝世间的不幸。人的生命力正是在这样的磨砺中才强大起来的。

与之相反，同样是打工者的杨小春，却在精神上不断沉沦，像"攀援的凌霄花"般依附男性，因为贪慕虚荣、识人不清，导致数次婚姻失败，过早的凋零了自己的生命。然而，小说并非仅为营造苦难，更多的呈现出对美好人性的温情抚摸。当张清河坐着火车去往湖北向海龙公司讨说法时才知道上当受骗，悲痛欲绝之际是一个濒临死亡的小男孩给了他食物，让他看到了青年人对生命的留恋与热爱。老板李志豪对他大加赏识的知遇之恩，也让他抱着"士为知己者死"的传统侠士精神。雨夜孤身一人时是徐月收留了他，并在之后给了他一个家的温暖，爱情萌发激起了他的责任感。面对花花世界"小姐"的作陪，他坚守着最后的底线，得知徐月肾衰竭时，四处借钱筹集医疗费，甚至用自己的肾脏换回徐月的平安。这三个要素是支撑这个一脚踏入"市场经济"的青年农民张清河，脱离土地而立足的重要精神依据。张清河从一个一无所有的离乡青年成为公司的总经理，正是一代青年农民摆脱土地后以精神召唤奋斗，重新构想自己命运的有力证明。

综上所述，一代青年三种典型的成长方式叙说着历史进程，而贯穿其中的是他们以各种各样形式阐释的永不休止的奋斗精神。

在多样书写中建构丰厚的主题

西方成长小说有启悟母题之说，青年的成长既是个体的成长，也是重新认识自我的过程。作者以张氏一代青年的"成长"为叙事主线，加以艺术性的熔铸，呈现出意蕴丰厚的主题。

承载乡土民俗意识。费孝通先生认为中国社会的基层是"乡土性"的，他对乡土的解释是："土字的基本意义是泥土。乡下人离不了泥土，因为在乡下住，种地是最普通的谋生方法。"①《安宁秋水》便是以农村、农业、农民为叙事对象，以张家兄弟为主线人物，描绘他们在苍龙镇这片土地上的悲欢离合。

土地是承载人物思想感情的根基，李吉顺没有坐在云端审视人间，而是俯身在大地上，贯彻"在泥土中"写作的理念。因此，作品中的乡土意识既是一种对乡村土地的眷恋情结，也是一种精神家园意识。老一辈的农民在这片土地上面朝黄土背朝天的勤恳耕作，养育着一代代的儿女。而这些儿女又以土地为媒介，安家乐业。至于背井离乡的那些人，"土地"幻化成一种怀乡符号，是他们"情归何处"的归宿。就如张清明每次面临不怀好意的"下课"危机时不卑不亢，正是因为他感受过大地之美，获得了贯穿一生的力量。

与此同时，李吉顺还塑造了一批可亲可爱的形象，表达自己对土地的依恋和对西南人民的热爱。张家父母虽都是农民却极其开明，坚定支持孩子们的每一个选择；李晓军落魄时刘春花一直默默陪伴，让他重燃信心；徐月患上肾癌，张清河不离不弃陪伴在侧；杨洪会对张清泉一往情深，十年如一日的守候；张清阳重伤住院时，战友刘向龙借钱医治。他们展现出极强的生命力，淳朴的美是生命里的珍宝。

同时，李吉顺立足大环境对小说的主线进行构造，以平和的心态审视乡村与城市的矛盾，他希望年轻人能够扎根土地、回馈土地，带领人民走上理想的生活。张清明挨家挨户动员农民嫁接收益高的核桃，积极申请项目为农民修路，加快货物流通速度，请专业人员研究大棚基地，增加农业产量。他是农民的儿子，想农民所想，与土地紧密相连。再如李晓军、张清阳等乡村青年也不再出去务工，而在土地上深耕，反映了对土地的热情以及对地方目标和精神的追求，同时他们学习新的农业技术，带动其他村民安家乐业，他们致富且不张扬的朴素精神，揭示了许多农民朴实无华的心理变化。

西南民俗是作者表达对土地的"依恋之情"另一面向。浓郁地方特色的民歌表征西南民众的审美经验，在唤醒民众记忆的同时激发他们地域文化的身份认同。李晓雪借着云南澜沧江畔的《芦笙恋歌》，表达对张清明清澄的爱意；张清泉用口琴演奏傣族歌曲《月光下的凤尾竹》，为爱人杨洪会营造了月光竹林的意境美；当大家在田里干活时，又以对歌的形式增添劳动的乐趣，山歌响彻田野，一派青年男女欢乐的景象。同时，作者巧妙运用大量的四川俗语词汇，在当代小说中显得极具特色。亲切的乡音增强民众认同感和归属感，让人们得到情感的宣泄。"龟儿子""先人""喂大猪养老女"这些口语化的词汇极其贴合西南农民的用

---

① 费孝通：《乡土中国》，北京大学出版社 2012 年版。

语习惯，展现出当地人民一种朴素和真挚的生活日常。同时，民俗节庆仪式也照进小说。李晓军和刘春花的婚事是按照苍龙农村的风俗办的，簪花仪式，公鸡冠子掐血点额头，可以窥见西南地区农村婚礼的热闹与特别，与张清阳在冬阳兴隆酒家举办的，还有摄像跟拍的新式婚礼有着极大的不同。

另外，传统的西南风俗民情中也不乏带有迷信的成分。如《土地法》普及实施过程中就涉及一桩阴阳先生看风水安葬的事件。书中详细描述了看阴地、打绕棺、开路、买山等非常隆重的土葬仪式；李晓雪用人奶和草药给张清明医治眼睛出奇有效；张清明被洪水卷走，众人四处寻找无果时，张清河在梦中得到向山上寻找的指引；当张清泉在护路队执勤时被打死时，爱人杨洪梦见了他的告别。这些略带民间传奇色彩的风俗习惯，符合人们的生活习性，是乡土民情的重要体现。

建构生态地理视野。山对西南山地居民来说是寻常而巍峨，莫测而庄严，质朴而瑰丽的。环山而居不仅是一种生活的方式与生活态度，也包孕了祖祖辈辈深厚的大山情节。日升月落每天在这里照常上演，山川毅然矗立于天地之间，滚滚历史的岁月留存在秀美的底蕴里。东边的青龙山、西边的白龙山、北边的黄龙山、南边的黑龙山，千万农民就生长在一个被群山环抱的乡镇中。这里的山川是"郁郁葱葱"的，是"秀美""葱绿""高高"的，形成了西南地区特有的地理风貌。

作家李吉顺以苍龙山为创作的底色和背景，也成为大山子民一个充满矛盾的符号象征：既是满载着情感的家园故地，也是大山深处的族群走向现代发展路途的障碍。就如同土地一样大山是故乡的载体，当张清明返乡时看着窗外的山川如父母一般，用博大的胸怀亲切地接纳一切得意或失意的儿女们。但从另一方面看，张清明论述了当前山区农业发展的出路，是对山区农民有土地却依然贫瘠现象的思考；下乡调研时遇到山民说山里没有公路很难将水果物品销售到外界，只能是堆积放烂的问题；拉电线安置通讯设备在山区难以落实，这些情况侧面反映出西南地区的高山阻挡了现代文明的深入，它拥有着秀美的风光，却也制约了人们的发展。于是改革开放后邓小平"要想富，先修路的理念便在这样的环境中贯彻落实，极大地促进了当地经济的发展，便利了农民的出行。

另一方面文本又以理想主义的情怀指出在改革开放社会转型时期，生态建设也是不容忽视的。党的中心工作在 20 世纪 70 年代由"以阶级斗争为纲"转移到经济建设上，我国经济由此得到快速复苏。然而，随着经济的发展，我国生态环境却遭到严重的破坏和污染。

林源镇的廖开银便伙同其他官员一起砍伐自然林大肆贩卖，破坏了鹞鹰山的原始野性美，贪污受贿社会影响恶劣。

小说体现出党中央以法制手段进行环境保护，陆续颁布多部关于生态保护方面的法律，以故事的形式阐述着时代进程中的政策理念。这一系列的法制法规为我国建立专业化的资源节约和环境保护体系奠定了法律依据。

面对修路问题砍伐了规定区域的树木，张清明搬出《森林法》及时教育乱砍滥伐的人，让他们栽树进行补救。严厉依法打击廖开银等砍伐天然林的不法分子，改善生活环境和生态环境。"为了避免百姓上山砍柴，砍伐树木破坏生态系统，高效利用清洁能源，张清明找韩镇长要来项目积极响应国家政策号召。苍龙镇政府以每家每户补贴一千五的福利扶持发展沼气工程。随着沼气建设工程的深入落实，张清阳的枇杷基地里也计划引入沼气，用牲畜的粪便产生沼气，沼气可解决管理人员的煮饭烧水、沼气灯可以杀灭蚊虫、粪水灌溉枇杷，综合利用会极大地降低基地的生产成本。真正让科技改变方式，营造和谐的生态环境。

在精巧构思中展现诗性抒情

耐人寻味的是，《安宁秋水》这样一部主题宏大，立意高远，意蕴丰富的作品，在文本形态上却表现出轻盈与诗性。

重章叠唱的复沓之美。李吉顺建构了一个抒情画面，在皎皎月夜四野茫茫时，张清明泛舟游于水波之上，他驻足静立唯恐惊扰了那水仙般的女子，他在等待他们的美好时光。张清明梦境中反复出现的姑娘颇有《诗经·蒹葭》中伊人在水一方之韵味，连缀起张清明的感情线索，在章节上呈回环往复之美。

序章便奠定了主人公张清明的爱情基调，如梦幻似迷雾。"伊人"的出现，将人物拖入画面之中，使得朦胧景色中所包含的对恋人的向往企慕情感指向也更加清晰。可这个始终看不清脸庞的姑娘并不是一个实指的人，换而言之出现在张清明现实生活中与之羁绊的女性都可以被代入，这也预示着张清明的爱情始终游离于各个女性之间。

第二次出现时张清明将这个"她"对应到明确的两个女性，一个是青涩初恋的李晓雪，一个是现实陪伴的杨小春。文本更倾向于指向前者李晓雪，张清明对其思慕之情不绝如缕，他决定不再躲避李晓雪，匆匆去她家里当面向她问个清楚，迫切之情与情真义切的情态跃然纸上。但可谓"道阻且长"，阴差阳错下李晓雪已经和罗风云一起离开了，只剩下多年后如亲人般的一句问好。

相同的梦境总是在他悲伤失落，面临抉择之时出现。第三次则是在张清明面对妻子周巧出走，秦玉华替他照顾家庭之时，但感情上仍然指向前者周巧，伊人

"宛在水中央"。一个"宛"字，是"似乎、好像"的意思，《诗经》中由于秋晨雾霭，烟水迷离，"伊人"似乎在水的中央，似乎又没有在那里。

回归文本，船翻了四周又恢复白茫茫一片，怀抱中的姑娘倏忽间也消失了，就如周巧在一个风平浪静的午后给张清明打了一通电话，安顿好家里的一切便再无踪迹可寻，有着异曲同工之妙。面对充满幻想的初恋之爱李晓雪，面对审视现实婚姻后选择的周巧，他对她们的情感都有一种滞后性、延时性。也正因为这种"求而不得""求不可得"，使得那种惆怅的情感变得更加强烈。

最后一次出现是张清明和秦玉华在水边幽会，他觉得这个女子与梦中的"她"交互重叠了，而此时张清明也没有游移于两个女子之间，暗示着他们之间的情感未来可期。如此重章叠唱的运用将爱情中百般姿态、细致入微的情感呈现出来：喜欢之于适合、恋爱之于婚姻是不同的命题。也将一个人在情感中心理成熟的过程刻画得淋漓尽致。张清明从对初恋的青涩甜蜜到疏于维系的现实婚姻，是纷至沓来的生活压力与身上肩负的责任使他对感情的投入比例逐渐变小。但作者似乎也给了他一个相对善意的结局，秦玉华的等待之爱也许是理想的归宿。

以河喻情的抒情母题。滋养人类文明生长的河，是一个反复出现的意象，承载着丰富的象征意义和精神蕴涵。作为客体，它具有绵绵不断，悠悠及远的自然特性，在时光流逝下又显示出神秘的特征。与情感的质地颇为相似，这是人们将水与情相比附的原因之一。伴随着水出现的总是那缠绵悱恻的情意，无论是怅惘的相思，还是热切的相恋，抑或是让人心痛的相念。

张清明和李晓雪苍龙河畔幽会，张清泉与杨洪会苍龙河畔定情，张清明与杨小春相遇是在安宁河大桥，河水流动带走了他们青春年少。

从上游带来新水，从此处带走旧水，是一种延绵不绝的生命力的展现。由于当时历史的特殊性，在经历一系列创伤后，八十年代初期民族精神急需复归，而河水就是一个理想载体，它在大地上冲出自己的河床，甚至劈山越岭向着目的地给自己开路，永远都一往无前、誓不回头地奔向大海，以自身奔腾不息、柔韧沉稳的形象象征了中华民族自强不息、百折不挠的民族精神，滋养着主人公的精神世界，引领着主人公的成长成熟，由此产生了奋斗、坚强的理想人格。

张清泉在爷爷生病期间到苍龙河偷偷哭泣，那悠悠的苍龙河成为他发泄痛苦和悲愤的知心朋友，河水以广博的胸怀容纳了他的脆弱，向前流淌的姿态冲刷了他的悲伤，给予他力量去谋求新的发展；张清明离家要去别的地方任职，作者就说他的心情如同他眼前的河水缓缓向前，预示着他要去占量生命的广度；在任期间张清明因为企业改革、住房改革、政府机构改革、粮食体制改革等重重矛盾，觉得"自己的心像汛期的安宁河水不平静"，正可谓"流水淘沙未暂停，前波未灭后波生"，但他要以顽强的生命意志在时代的浪潮里奋勇搏击；张清河因为养殖场的失败离家出走看着滔滔不绝的安宁河觉得自己不能这么窝囊死去，渺小的人类在生活的无情磨难面前坚强地生活着，让悲哀化解在汤汤流水之中，人与河一样展现着大自然生生不息的生命意志。

"只有安宁河水在眼前哗哗地流着，像是在诉说一个永远没有结局的古老的故事。"河水永远是"活"的，以它"上善若水，水善利万物而不争"的柔性越过一切阻挡，滋养那里的百姓，孕育理想人格。

小说中的人物也如同一条条交错聚集讲述中国故事的支流，最终汇聚成当代中国发展的长河，波涛汹涌呼啸向前，永不停歇。

（作者单位：南昌大学人文学院）

一曲人性美的赞歌

——评李吉顺的长篇小说《安宁秋水》

◎ 唐舒祺

引　言

　　《安宁秋水》是作家李吉顺所创作的一部现实主义青春励志小说。小说共三部九卷一百五十万字，以深厚而广阔的视野和略带抒情色彩的现实主义笔触，全景式再现了 20 世纪 80 年代后期至新世纪初这 20 年间以冬阳县苍龙镇为中心的城乡生活变迁，塑造了张清泉、张清河、张清明、张清阳、李晓军、李晓雪、杨小春、周巧、徐月、赵翠香、秦玉华、张文山、杨世芬、杨洪会、刘开军、李东山、李志豪等一大批个性鲜明、血肉丰满的人物形象，展现了改革开放时代人们由追求糊口生存到追求美好生活的重大转变。

　　在刻画这一转变的过程中，李吉顺将农村与城市、挫折与奋斗、成功与失败、爱情与现实、喜悦与悲伤等杂糅到一起，在日常生活变化与时代风云变幻之中一点一滴释放了社会对于人性的考验，从人际关系的和谐、挫折中的奋进、纯美爱情的追求里透露着淳朴人们的人性光辉，在潺潺流动的安宁河畔谱写了一曲人性美的赞歌。

在人际关系的和谐下闪耀着人性美

　　作者李吉顺出生于四川米易县坪山乡茂佬村，曾当过农民，在乡土文化与淳朴亲情的浸润下成长，因此其作品也显示着极浓厚的川西地域风情色彩，自觉或不自觉闪耀着方格田地里农民的人性美。这种最朴实而又最真切的人性之美在小说《安宁秋水》中则具体表现为在社会转型的干渴年代里，人们在奋力追求美好生活时，仍自然维系着人与家庭之间、人与人之间关系的和谐：他们相互体谅、相互帮助、相互关怀。

　　张清丽，张家的大姐，一个平平淡淡的女子，和未婚夫陈德军在给王桂芳家插秧时相识，早已定婚。本早就该享受婚姻幸福甜蜜的她，却因想替家里多缓解些压力而迟迟未嫁，一直跟母亲杨世芬一起干活，苦苦地支撑着这个家。当杨世芬收到陈家的接亲口信，和家里商议准备让她马上嫁过去时，张清丽心中百般不愿意，更是哭了起来，因为五弟张清阳此时才刚读初一，且置备嫁妆定会让本就艰难生存的家庭雪上加霜。二十四岁的张清丽任劳任怨，事事都为家中亲人考虑，却唯独从未考虑过自己的人生大事。家中亲人对清丽也怀有愧疚之心，希望她能过得幸福，尽管家中困难，他们却并未向陈家要取高额彩礼，反而是尽其所能想让大姐清丽风风光光出嫁，为她置办了"一个红柜子、一个红箱子、一张红色的双架子床和一床红色的铺盖"这样高规格的嫁妆。

爷爷张天雷咳血昏迷后被送进了医院，清醒后关心的并不是自己的病情与身体上的痛楚，而是考虑到家中艰难的处境，不想再给儿女增加负担，下定决心不再住院。作为儿女的张文山与杨世芬在张天雷的发火震慑下无奈只能依了他，但绝非是就这样眼睁睁地看着老人受罪，而是想尽一切办法都要医好老人的病，哪怕是要卖掉大水牛这一"庄稼人的命根子"；张家因早年张文山的残疾欠下了不少账，但整个家没有因此散掉，而是团结一心朝着一个共同目标前进——早日还清账，让家里过上好日子。

几个媳妇进门后，也没有主动提出分家，在兄弟有难时都是第一时间挺身而出，为家人纾忧解难。二哥张清泉和三哥张清河赚到钱就往家中寄，张清明和周巧为医治张清阳四处借钱，杨世芬为减轻儿女负担一直带着悦悦和小强……在艰难困顿的生活中，家人们相互体谅、相互关怀，每个人想着的都是如何让家庭早日摆脱困境走上富裕，而不是去计较谁付出得多谁付出得少这样的个人得失。他们在物质上是匮乏的，但在精神却是富裕的，因为在每一个人的心中都有一份割舍不断的亲情，鼓舞着他们在农村经济变革的风风雨雨中迈着更大、更加坚定的步子前进。

人性美不仅彰显于家人之间浓郁的亲情上，同时还表现在乡邻、陌生人不计回报的帮助与关怀之中。在苍龙村，干农活是不要钱的，大家都是你帮我家，我帮你家，齐心协力把每年的庄稼种好；为缴清因跑出租而受伤的张清阳的医药费，张清明去信用社办贷款，正巧碰见了来存钱的李晓军。李晓军明白原委后二话不说，就准备将两万块钱借给张清明，并表明不要利息，让张清明等有钱的时候再还给他；在杨世芬为了让爷爷张天雷住院而省车费走小路回去筹钱时，素不相识的拖拉机师傅站了出来，不仅不收车费，还主动提出免费送杨世芬回去，面对张清泉等人的感激，也只是浅浅说一句"没事，哪家没有困难的时候。帮忙是帮助自己"。

张清泉、刘灵、王贵等人跟着苏师傅学裁缝，在苏师傅被抓以后，他们没有树倒猢狲散，而是在一件件处理好裁缝铺的事后才怀着无限的悲哀，依依不舍相互告别离开；当张清河长途跋涉找到魏南县海龙有限公司却被告知上当受骗以后，他心灰意冷、悲痛欲绝，甚至想一头撞死。这时，是一个患有先天性心脏病的小男孩子安慰、帮助了他，哪怕自己只剩下十天生命。正如小男孩带给张清河的感动和力量，"想起那男孩，张清河就想起了那种藐视死亡的微笑，张清河的眼泪又悄然而下，心中有一种力量在升腾……"

小说《安宁秋水》中所真诚表现的人与家庭、人与人之间关系的和谐也涤荡着我们的心灵，使我们在社会主义的征途中对真、善、美有了更深切的理解和更高层次的追求。

在挫折苦难的奋进里放射着人性美

《安宁秋水》在歌颂社会转型时期人与家庭之间、人与人之间和谐的人际关系的同时，也极力书写了人们为实现美好生活这一梦想所经受的挫折与苦难。但挫折与苦难并没有使人性中的美消失，相反，在李吉顺现实主义笔触的描绘下，它们变成了人物成长的载体，更加淋漓尽致地凸显了时代更迭背景下人们身上所闪耀着的坚韧不拔的奋斗精神，使《安宁秋水》拥有了更深的思想维度。

随着改革开放的不断深入，城市与乡村之间的流动性也进一步增强。张家四兄弟就是在这样的背景下，萌生了"走出去"的想法，然而要将此付诸实践对从小就生活在苍龙村的四兄弟来说，可并不是一件简单的事。

作为兄长的张清泉，是家中第一个将这一想法化作行动的人，在获得家人与杨洪会的支持以后，就一个人背起胀鼓鼓的尿素口袋出了门。他先是去了冬阳县城，白天跟着裁缝店苏师傅学裁缝，晚上就在茶馆卖艺凑学费。后因苏师傅被抓，而报名成了一名铁路护路人员。驻地恶劣的自然环境与高强度的训练虽使张清泉心中的美好向往消失，不过他并不为此悲哀，而是"决心在这个天地里展翅高飞"。即使肘、膝盖、肚皮都磨破了皮，钻心地痛，晚上睡觉也常被火车的轰鸣声惊醒，张清泉也极力忍耐，强迫自己适应。

在张清泉身上，我们看到了韧劲和冲劲、毅力与恒心。尽管张清泉的奋斗历程在他因公牺牲那一年戛然而止，但他的奋斗精神却深深激励着弟弟张清明等人前进。

张清明从一个小小的乡镇农技员开始干起，一步一个脚印，逐渐成长为镇长、县长、县委书记乃至副市长。每当遇到工作上的各种难题与困难，他都不避、不推、不畏惧，而是逐一解决和克服，用自己切切实实的行动赢得了人民群众的拥护。他从未抱怨过自己的出身，一直在不断提升自己，博览群书，通过自学修完了高中、本科课程，最后取得研究生学历。

张清河一开始轻信小广告，想以投机的方式大赚一笔，结果发现被骗而万念俱灰。回到苍龙村以后，想起患有绝症的小男孩的微笑，张清河不停地反问自己，"我呢？我是一个健全的人，我是一个生命力还相当旺盛的人，为什么就没有他的那种自信和笑对生活的勇气？才受了一点点的失败、挫折和打击，为什么就看不到生活的希望？"，在这样的人性拷问之下，意识到"一时的困难算什么，一时的失败和挫折算什么"的张清河马上就振作起来了，积极投入到新的生活当中，办起了养殖场。然而，却不料又遇到了瘟疫，辛辛苦苦挣起来的养殖场又垮了。接二连三地遭遇挫折使张清河带着绝望离开了家。但是绝望并没有让他丧失对于生命的热情，在到采石场以后，张清河凭着他的才干和人品一步步当上了采石场的场长、公司的副总经理。

和哥哥们相比，张清阳无疑是最幸运的一个，不过在他奋斗的过程中挫折也始终伴随其左右。怀着"只要当兵回来政府安置就有个好的工作，从此不在农村刨泥巴"想法去当兵的张清阳一回来，却发现梦想早已化为泡影，政策发生了改变，"政府不再为复原退伍军人安排工作，只给一次性的安置费"。

此后，张清阳又经历了一系列事件：先是跑出租被坏人抢劫打成了重伤，后是在北岭检查站当协管员受到良心谴责，再是酒厂拉酒送货的北京福田小卡车被偷……挫折和苦难仿佛特别"照顾"张家四兄弟，时常萦绕在他们身边，每当生活给予他们一点甜头，那么作为回报，命运就会让他们遭受各种出其不意的打击。然而，令人震撼的是，哪怕各种打击一次又一次迎面而来，他们也并不会为之消沉太久，而是在短暂的休整之后爬起来继续面对，永远充满着干劲。

"在困苦磨难中挣扎成长，面对苦难绝不放弃理想的奋斗"。作家李吉顺让书中人物遭受挫折苦难，也赋予他们不屈不挠的抗争精神，使他们从挫折苦难中升腾出坚强的光彩，令作品充溢着感人肺腑的人性的激情。

在纯美爱情的追求中演绎着人性美

爱情是小说创作中的一个永恒母题。作家李吉顺在《安宁秋水》的题记中，也以这样一句饱含诗意与哲理的话语阐释了自己对于爱情的理解——"人生是快乐而痛苦的寻梦过程，如果没有爱和梦想，生命、青春就像冬日里枯黄的野草"。

如果没有爱情，生命的意义就会消失殆尽。毋庸置疑，爱情在个体生命体验与人类情感表达中都扮演着一个极其重要的角色，它不仅反映了作为个体的人的自然的情欲需求，也体现了作为社会的人的情感方式与人生体悟，乃至于"无论是在中国还是在外国，最富于人情味的主题莫过于爱情"。

张文山早年落下终身残疾，家中也因此欠下不少账，他好几次有过想死的念头。他之所以能够坚强地走到现在，完全是因为杨世芬的鼓励和深深的爱。杨世芬没有因为他的残疾去埋怨他，而是以瘦弱的身躯抗下了家中的所有事，拼命把他们的五个子女拉扯大。

杨世芬含蓄的爱唤醒了张文山生的希望，使他感受到了生存的力量；他们在三年前就已相爱，一直没有公开是因为张清泉想让自己有能力到杨家订婚的时候再让人知道。在张清泉想出门学裁缝时，杨洪会虽有不舍，但也全力支持。张清泉因公牺牲后，杨洪会的心就死了，"整日里失魂落魄的，话也没有了，一年四季只是闷着头在田地里干活"，任凭父母亲友如何劝慰都无动于衷，更是以一种终身未嫁的方式表达了她对于自己爱情的无言守候。

如果说杨世芬与张文山、杨洪会与张清泉的爱情是含蓄而古典的传统式的质朴、付出、相守的话，那么张清明与李晓雪等人、张清河与徐月、张清阳与赵翠香等70后的爱情就是浓烈而浪漫的现代式的真诚、勇敢、执着。

从张清明生命中的三个女人对于爱情的真切追求中，我们可以瞥见一般。张清明与李晓雪从小就相识，在糖坊的亲密接触中，两个人心中都升起了一种莫名的情愫。糖坊倒闭后，打算外出寻父的李晓雪才发现原来那种情愫就是爱，张清明在李晓雪离开后也恍然意识到自己对于李晓雪的真实情感。二人两情相悦，最后却由于各种阴差阳错和无形的误会以悲剧收场，充满了遗憾。然而，他们虽说在人生变动中各走一途，但始终都在内心为对方保留着一片最真的深情。

周巧以"一颗火热的心"医治了张清明那"受伤而冰冷的心"，在婚姻的柴米油盐中为张清明持守着家的归属。

秦玉华遵循情感的召唤，执着地等待着心中深爱之人，尽管他早已与她人成立家庭。

这三个女人以自己独特的方式，或思念、或奉献、或等待，表达着对心爱之人的情意。

除此之外，张清河与徐月、赵翠香与张清阳的爱情也同样感人至深。徐月在张清河最落魄的时候出现，给予他无限的柔情与关怀，张清河在徐月生病时不离不弃，为她倾其所有，甚至瞒着徐月把自己的肾换给她。

赵翠香与张清阳萍水相逢，两人有着共同的志趣——创业，他们在建酒厂、跑销售、搞养殖等创业过程中同甘共苦，最终赢得了爱情与事业的双丰收。

李吉顺将现实语境与浪漫主义相结合，刻画出了人们内心深处最真挚的情感，为我们呈现了社会转型时期两代人的纷繁而复杂的纯美爱情故事：他们在爱情中无私付出，他们在爱情中执着追求，他们在爱情中共同成长，他们的爱情也将荒芜化为繁华，在忠贞不渝、死生契阔、相濡以沫中演绎着人性的美学。

弥漫在《安宁秋水》中的人性美，正表现着作家李吉顺强烈的使命感，表现着他对川西地域牧歌式风俗人情的怀念，对坚韧不拔青春生命的厚爱，对美丽动人纯洁之爱的感动，对人性这一永恒话题的深沉思索。

也正是因此，《安宁秋水》才更具有动人心魄的情感魅力，才能成为"我们心中的一条永远流淌的情感之河、人生之河、社会之河"，滋养我们的心灵，给予我们难得的温暖和有力的抚慰。

（作者单位：南昌大学人文学院）

论《安宁秋水》中"情感与成长"双重主题的书写

◎ 张慈杨

　　李吉顺在喧嚣的尘世中坚守对文学书画的热爱，鼓舞和激励着我们当代的青年人。从 20 世纪八九十年代开始，李吉顺就开始进行创作，陆续出版了散文集《发现米易》，诗集《情缘未了》《悄悄走进你的梦》，长篇小说《天眼》等。

　　2006 年，李吉顺开始涉足网络文学。其长篇小说《安宁秋水》最初以"长路"为题在网络上发行，全书三部九卷，共一百五十万字，连载之初，短短三月便突破 600 万阅读点击量，深受读者大众喜爱，并荣获 2008 年搜狐原创文学大赛青春励志类优秀奖。

　　《安宁秋水》一开始便把读者推到了改革开放下贫穷落后的川西南的村落中现实生活的横截面上：从稍富的少数家庭到下层大部贫苦人民，人们为了生存与艰苦的生活环境做斗争。尊严在衣食下受着折磨，灵魂在成长中备受煎熬。改革的春风吹拂大地，现实的变化慢慢浸润到农村贫瘠的土地上，农村也不断向城市靠拢、转型。

　　以张清明为代表的新一代青年，他们生于物质匮乏时代，极度憧憬外面的世界，一直想通过自己的双手创造财富，帮助家庭摆脱贫困，过上富足的生活。他们不停地在现实中努力实践自己的理想，一路上磕磕碰碰，幸有爱人和家人朋友的陪伴，才能化挫折为动力，不至在成长的道路上迷茫不前。

　　爱情作为年轻人逃不开的话题，小说中的青年男女彼此间的情感都是纯真无邪的，很少经历大起大伏的曲折和磨难，没有勾心斗角和尔虞我诈的争夺，而更多的是被日常生活的烦琐之事所牵绊。随着时代的变化，自我心灵的成熟，他们各自的情感也随之发生微妙的变化，不断成熟和成长；此外，小说中的苍龙镇虽处贫困山区，但亲情友情都是以温馨的画面呈现在眼前，并没有因为金钱的缺失而变质。正是在这样的环境下，以张清明为代表的乡村青年才不断克服困难，坚持心中的理想，在苦难中显示出善良真挚的人性之美。

细腻情感的相互交织

《安宁秋水》是一部宏大的历史巨作，作者用凝练的笔墨向我们呈现了一幅气势磅礴、意境深远的社会历史画卷，其中的人物命运遭际令人深思叹惋，思想内涵意蕴深远。小说中的渺小而普通的人们能够凭借辛勤的劳动创造属于自己的人生，改变着社会，并且情感也未随着社会环境的变化而发生变质。

恩格斯说："人与人之间的，特别是两性之间的感情关系，是自从有人类以来就存在的。"[①] 爱情是人类永恒的话题，它反映了人类独特的情感体验。正如作者文中题记所说："人生是快乐而痛苦的寻梦过程，如果没有爱和梦想，生命、青春就像冬日里枯黄的野草。"同样，爱情也能在生活差距极大的群体身上也迸发出生命的张力。

张清明和李晓雪，一个是为生活所困的农家子弟，一个是生活富裕的李家千金。他们从小就认识，互相了解，在糖坊工作期间，李晓雪主动帮助和关心张清明，找张清明摆龙门阵，唱歌，寒夜里看月亮，建立起亲密的关系。在张清明眼里"她是世上最美的女子，她是那么的纯洁、动人，让他倾慕、让他陶醉、让他心旌摇荡，他想他会一辈子对她好，疼她、爱她、保护她……"但自卑压制了他对李晓雪的爱意。纵使晓雪的爱意软化了他怯懦的心，却未料天意弄人，糖坊发生变故，晓雪的父亲离家出走，外出寻父的她最终与途中认识的罗风云结为夫妻，和张清明的爱情便无疾而终。

另一边，悲痛欲绝的张清明在周巧给予的温暖中慢慢走出失恋的阴影。周巧是"吃商品粮，有文化"的漂亮姑娘，两人从初次见面时看不惯彼此到逐渐心仪对方，张清明生病住院，周巧无微不至的关心照顾，最终焐热了张清明这块冰冷的石头。婚后的周巧一直支持张清明的工作，一人忙里忙外，承担了太多的家庭责任，在遭遇下岗，开店风波的极大打击下，毅然决定离家出走。两人在婚姻中都曾努力付出，支持彼此所做的选择，可以说婚姻生活一帆风顺，并没有大风大浪的波折，最终却还是以失败而告终。这不禁让我们想起鲁迅曾对年轻人的告诫："爱情必须时时生长、更新、创造"。

在周巧离家出走后，一直被张清明的才华所吸引的秦玉华也在默默陪伴张清明左右，即使他结婚了，她也愿意等。反复出现在张清明梦境中模糊的爱情幻想，似乎在此刻清晰明确了，她最终用自己真挚的爱感化了张清明。

---

① 恩格斯：《路德维希·弗尔巴哈和德国古典哲学的终结》，见周强、孙厚权编：《路德维希·弗尔巴哈和德国古典哲学的终结》研读，北京：研究出版社，第 291 页。

除此之外，小说还描绘了张清泉与杨洪会之间的爱情悲剧。张清泉在护路队牺牲后，与他两情相悦的杨洪会就像失了魂似的，从"清纯可爱，柔情万千"的黄花大闺女变成了"大龄单身女"，"张清泉的离去她的心就死了，整日里失魂落魄，话也没有了，一年四季只是蒙着头在田地里干活"就连一年半载见不到一点笑容。张清泉逝世十载间，她依然选择孤身一人，默默坚守对清泉的爱，诠释了"死生契阔，与子成说"的感人爱情。

而张清河与徐月之间则更多是患难见真情的爱情故事，在张清河遭受身心创伤时，徐月就如冬日里的一抹阳光照亮了清河阴暗的心房，两人的婚姻并不顺畅，是徐月的勇敢追求，最终以"逃婚"的方式与相爱之人在一起。婚后徐月患病需要换肾，清河瞒着徐月到处筹钱，冒着生命危险把肾换给她。张清河入狱后，徐月同样与他不离不弃，两人在苦难中谱写了生死与共，同甘共苦的爱情故事。

与之相比，张清阳与赵翠香的爱情故事则是几对恋爱故事里最为圆满的。作者以幽默的笔触叙写他们初次相识，似乎也暗示了两人美满的爱情结局。因为相同的兴趣爱好，两人总是有共同的话题和目标，一起创办酒厂、跑运输、搞养殖……逐渐情投意合，并结为连理。这几对新青年虽然婚姻的结局各不相同，但在自由恋爱的过程中呈现出相似性特质——那就是作为家长的父母很少涉足其中，体现了在改革开放下，新一代青年大胆的自由恋爱观，以及家长对他们选择的爱情给予支持，反映了新时代下"父母之命，媒妁之言"已悄悄退出历史舞台。

作者在展现爱情的同时将亲情的描写融汇其中，潜移默化地温暖了读者心灵。小说中的亲情是美好而温情的，不会因为市场经济商业化而随之淡薄冷漠，表达出作者对物欲横流的社会中人与人之间真情与温暖的肯定。

张清明一家虽生活贫困，但每个人都在尽自己的努力减轻家庭负担。张文山因腿疾只能放放牛羊牲口，小五放学后会主动喂猪煮饭、找猪食、照顾张天雷，一家没一个闲着。张清丽出嫁前极力掩盖自己的不舍，父母和兄弟几个为张清丽的婚嫁出谋划策，置办嫁妆，并说道"我们张家是嫁女儿，不是卖女儿"。特别是在爷爷张天雷生病住院时，一想到自己是泥巴淹拢脖子——年纪大的人了，便下定决心不住院，不再给这个家添新账。与此同时，全家倾其所有到处筹钱，不放弃爷爷的治疗。

此外，逝去的人也并未被遗忘，在日后的生活中，生者总在提起死者时，仍不住想念。妈妈提到二哥张清泉，小五顿时泪流满面；张清明清楚地记得去护路连看二哥的情景，泪水不知不觉淌了出来……随着时间推移，张氏兄弟虽已各自成家，但他们依然手足情深，互相帮助，体现了血缘亲情是中国传统家庭结构中最稳定，也是最能显示家庭人情美与人性美的情感关系。

小说中主人公的爱情与亲情、友情杂糅在一起，使得不同人物形象立体丰满，同时作者对人类的基本情感爱与希望注入了人文关怀，向人们传递出积极向上和乐观的感情基调。在阅读小说过程中感受到人物与人物之间真挚而温暖的故事，同时也感化着读者的心灵。

成长中灵与肉的碰撞

"文学艺术的成长历程总是浸染着成人回视的目光，这成熟与稚嫩，洞悉与懵懂之间的张力形成了'成长'主题独特的美。"成长有两个内涵，一个主要指人的生命生长的发育，这是生理意义上的成长，是一个自然的过程；另一个是个体在精神层面上的成长，自我意识开始渐趋完善，在追求自我价值的同时，能够合理地处理个人与集体之间的矛盾和冲突。

正如文中所说："人一辈子，总得有些想法、有些追求、有些抱负，如果没有这些，那不就跟牛羊一样的只知道吃草了。"以张清明为代表的新一代青年在社会转型时期有了自己的独立意识和思想，他们充满激情，敢想敢做，他们为追求理想做出的奋斗和努力，在拼搏的人路上不断完善自己。

作者以现实主义的手法，展现了20世纪八九十年代冬阳县苍龙镇的变化以及人物之间的关系，摹写了青年群体最真实的成长状态，描绘了社会变迁中青年由困顿走向自我寻找，完成自我的塑造的过程。

《安宁秋水》中的故事发生在1986年到2006年，二十年间随着改革开放的深入，市场经济的发展，人们的物质生活和精神生活得到改善的同时，思想性格也发生着显著的变化。然而，在川西南落后的一些乡村中，人们依然依靠自给自足的生产方式解决生存问题。

小说中张清明家负债累累，加上地少人多，每年依靠地里的庄稼才仅能果腹，不料天灾人祸，让原本不富裕的家庭雪上加霜。大姐出嫁后劳动力缺少，又遇到了糖坊倒闭，张清明失业，家里的重担就落到张氏兄弟上，二哥张清泉在爷爷去世后，第一次感到自己的无能，于是想出去外面的世界闯闯，让父母过上好日子，摆脱家里的贫困，"得走出去挣钱。"张清泉就作为家里第一个走出去的人，他白天在裁缝店学习，晚上靠在茶馆"卖艺"挣生活费和学费。在朝夕相处中，得到大师姐的青睐，知道刘灵心意后，不知如何委婉拒绝而总是借故回避此事，"如果没有杨洪会，她将是他最好的选择。"这也间接体现了张清泉成长中内心的犹豫与矛盾。

　　然而没多久，裁缝店的师傅就被捕入狱，裁缝店也随之关门。回家后的张清泉报名了铁路护路人员，因多才多艺和能力强被王青青赏识而产生爱慕之情，此时的张清泉已不再像之前扭扭捏捏，而是直接表明自己已有中意之人。原以为张清泉的志向很快就能实现，不幸却因公牺牲，到此他的成长故事也戛然而止，但他"走出去"的路子在三个弟弟身上得到了成功实践。

　　张清泉去世后，三个弟弟的成长之路可分为张清明从政、张清河打工和张清阳创业三种类型。无论他们从属于哪个类型，都体现了人们在社会变革时期，冲破生活严峻的考验之后而完成的自我历练与成长。张清明在事业上取得成功，一方面由于他勤奋好学、博览群书，通过自学获得大学文凭，在实践和学习中知识水平和工作能力得到了极大的提升和突破。另一方面，它将全部的精力，放在工作中，他勤劳能干、敢为人先，一直秉承为人民服务的思想，脚踏实地为人民群众办好事、做实事。他亲自到实地考察，不仅解决群众的公路、用电用水等基本生存问题，还带领群众如何发展经济，帮助他们过上更好的生活，因此深受群众爱戴，张清明的威信也在不知不觉中建立起来。他从一名农技员逐渐成长为乡镇干部乃至副市长，位高权重却依然不忘初心。

　　虽然经过不断奋斗努力在事业上取得了辉煌成绩，但张清明在成长中内心的矛盾冲突是显而易见的，早期在糖坊工作时，与李晓雪互相喜欢，由于家境悬殊太大而心中自卑，他一直将对李晓雪的情意深埋心底不敢表露，当李晓雪带着罗风云回家时，不知真相的他，只是一味地进行自我怀疑和猜想，两人的误会由此产生，最终这份青梅竹马，两小无猜的爱情便终究成了回忆。后来遇到了周巧，张清明"朴实、厚道而充满智慧的气质深深的把她吸引了，他开始走进她少女美妙的梦境……"，张清明明白周巧是"吃商品粮，"而自己却是穷困家庭的子弟，他给不了她幸福，只能选择逃避。在周巧执着追求和随着张清明事业的上升，他才告别之前的自卑心态，坦然面对与周巧的感情并选择与周巧结为夫妻。

　　相较于张清明，张清河和张清阳的成长之路是广大农村奋斗青年的缩影。为了让家人过上好日子，张清河动足了脑筋，从广告中了解到鱼氟粉可以发家致富，由于急于求成，瞒着家人投资不料被骗，他悲伤欲绝，在生与死之间的挣扎，为自己的天真无知而感到惭愧、悲哀和绝望，在他悲伤至极时，一个乐观的小男孩救赎了他。

　　失败后的张清河，回家后不久决心搞养殖场，他满怀信心，相信能够摆脱贫困，好景不长，养殖场出现五号病，他心如刀绞，一面是自己亲弟弟的秉公执法，一面是他耗尽心血的牛羊，最终他伤心离去，在外漂泊的他内心一直牵挂着家人，却始终无法开口和张清明和解，随着时间的推移，冲洗了他心中的怨恨，慢慢理解清明。

英雄总有用武之地，张清河在采石场发挥了他的聪明才干，能吃苦又踏实，很快被老板李志豪赏识，并以股东和副总经理的身份管理采石场。张清河为采石场的长远发展尽心尽力，却不知李志豪已在资本熏陶之下成了利己主义者。李志豪成立分公司时，张清河借张清明明义谋私利，成为杀人犯火的同谋者；并听从李志豪的安排处理工伤，他曾为伤者家庭的困境而难过，善良的内心却没能战胜邪恶的资本，最终与主治医生联手忽悠伤员。当赔偿款出乎意料的低于预期时心中却又暗喜，他认为这是帮公司减少了支出。在做昧着良心的事情时，他犹豫过却未曾坚守本心，面对自身利益和内心的良知，他痛苦的挣扎，最终倒在了资本诱惑之下。

家里的人对张清阳寄寓了厚重的期望，希望他能通过读书学习考上大学从而找到一份好的工作，不幸高考落榜，他选择了入伍当兵的方式来实现自己的理想，原本以为退伍后能够分到一份不错的工作，但政策的改革，退伍回家的清阳只分到一笔钱，工作还得靠自己找。他先是自己跑出租，后到检查站上班，冬阳县的甘蔗风波中，一边是自己好不容易才有的工作，得认真履行职责，一边是理解体会农民的不易。他选择放行并承担所有责任，头也不回地离开了。最终的张清阳回村创业，通过努力劳动，事业风生水起。

除此之外，小说中女性的成长更是一大特色与亮点，反映了新时代之下女性自由独立的思想。女主周巧有学识文化，对爱情的大胆追求，婚后承担家庭内部的责任同时积极寻求属于自己的一份事业，将"女强人"三字表现得淋漓尽致，独自一人承担家庭和事业的双重压力，最后选择离家出走寻找自我的价值意义；李晓雪外出寻父的勇敢果断，杨小春遭受情感挫折后的坦然面对，赵翠香在创业中给予的思想建议，徐月面对传统权威的大胆出逃，秦玉华为挚爱甘于默默等待……无不彰显着新时代女性在成长中突破自我内心矛盾而滋生的独立之精神。

苦难中的人性美

对于苦难，人们有多样化的阐释和描述。苦难是作为个体生命，为了生存和发展，与艰苦的外界自然和社会环境作斗争；是人在面临生老病死和自然灾害时的无可奈何；是在斗争与抵抗下，精神世界所承受的矛盾与痛苦。

"底层的苦难依然成为当今小说叙事的主体故事。"《安宁秋水》中，作者着意关照底层人们的苦难生活，展现社会转型下新一代青年所面临的身心双重困境，赞扬了在物欲横流之耀眼的人性光辉。

《安宁秋水》呈现了张氏兄弟的奋斗历程和情感婚姻，他们出生于川西南贫苦的农村，在物资匮乏的年代里饱受生活和精神双重苦难。

以张清明为例，他们的生长环境是艰苦恶劣的，人多地少，全家靠种农维持生计，更不用谈偿还债务。全家节衣缩食，努力生活，竭力供小五上学；面对爷爷的治疗费用无可奈何，虽然倾其所有，但还是未能及时医治；二哥张清泉的英勇牺牲，意外去世让全家陷入悲痛。这些情节的描写，表现了普通人在艰难的生存条件中显得弱小可怜又无助。

除此外，小说中的爱情蕴含着伤感动人的情绪，让人们不由得从中体会到苦难生活带来的精神苦闷。因为贫穷，张清明内心的自卑和自尊交织斗争，由而产生了敏感的心理。这种心理在他与李晓雪的相处过程中表现得最为真切。面对李晓雪的关心，他小心翼翼地接受，又在心中自我怀疑并陷入深深的精神苦恼之中。最终，他的爱情以与李晓雪之间的误会、周巧的离去而成为永恒的遗憾和叹息。张清河投资被骗、养殖场出事时的绝望，张清阳创业初期的自我怀疑，周巧在家庭与事业中的抉择……无不生动表现出小人物为生活所迫的无奈与苦闷。

尽管如此，作者还塑造了一个个温暖的故事，在残酷的现实中，这些温暖的人性是支持主人公一直向前走的力量。张清明一家虽然是贫穷的，但在精神上却是富足的，他们身上显现着宽厚仁爱、相亲相爱的人性之美。从年幼的小五到年迈的爷爷，每个人都在为家庭做出自己微薄的贡献。举家供小五上学，筹备姐姐嫁妆，筹集爷爷的医疗费用，三兄弟成家后的互相扶持，互相帮助。张清阳创业初期，清河和清明分别给予金钱和技术的支持；周巧出售地基不顺，张清阳主动原价收购；张清河入狱后，赵翠香无偿租赁给徐月和小强房屋……一家人就是在这样的亲情中彼此温暖，互相关爱。

在张清明身上体现得更多的是大公无私、甘于奉献的人性之美。张清明通过自己的努力，一路被提拔，从苍龙镇小小的农技员到位高权重的方月市副市长。在这个过程中，虽然他的身份一直在变，但唯一不变的就是他对父老乡亲、对人民群众的承诺。他自工作上任的那一刻，就一直坚守着为人民办实事的初心，亲自到基层做调查，了解具体的情况。

担任农技员时，他披星戴月，只用三天时间走完各村，脚走起了血泡，心却依然在调查中沸腾；担任副镇长后，经常走村问巷，了解并解决困难群众的问题，修路通电，跟群众同吃同住，带领群众发展经济；从不以权谋私、同流合污，即使是面对自己三哥的养殖场，他也能秉公处理；在甘蔗风波中，他体会到农户的不易，为保护农民的利息而违反上级安排，采取对策解决，并主动承担后果；在洪水来临之际，组织受灾群众撤离，却不幸被洪流卷走。张清明在工作中磨炼自己，坚守初心，受到广大人民群众的爱戴。

不仅如此，在普通群众的身上，同样闪现着淳朴善良、热情好客的人性之美。在张清明走访村落过程中，好多村子缺衣少食，吃的竟是麦疙瘩饭，人畜混住，臭气冲天，满屋苍蝇"嗡嗡"地飞着，尽管他们生活如此贫穷，但他们淳朴热情，大方好客，把家中最好的东西拿来如贵宾一般招待；在嫁接核桃时，这些村民不但打下手、送茶水，将平时藏着舍不得吃的鸡蛋、蜂蜜拿出来，就连逢年过节才吃的腊肉和自家下蛋鸡一并宰杀处理，并坚决不收食宿钱。

山里人就是这般淳朴，他们都是平凡而普通的，他们在大山里挥汗如雨，没有惊人的丰功伟业，只是默默地靠自己的双手劳作，积极努力成就自己的七彩梦想，在他们身上却生动地展现了善良的人性光辉。

在《安宁秋水》中，作者就是这样将目光聚焦于容易被忽视的小人物的日常生活之中，随着经济发展，在 1986 年到 2006 年这二十年间，城乡生活发生了巨大的变化，不同阶层的人物形象和人性光辉也在时间的进程中得到刻画和展现。

结　语

《安宁秋水》是作家李吉顺的呕心力作，他于 1996 年开始动笔，直至 2009 年才将初稿完成，此间经过十年的批阅修改，才得以在 2019 年修订出版。在各种良莠不齐的消遣读物拢占着的文学市场下，李吉顺所撰写的现实生活史诗《安宁秋水》可谓是脱颖而出。作者着力书写人性的光辉，对普通百姓给予温暖的人文关怀，用流畅写实的语言书写人物的情感变化和成长经历，真正展现出"情感与成长"的双重主题，将小人物的人性美缓缓流露出来。

（作者单位：南昌大学人文学院）

社会转型时期人的"异化"

——评李吉顺的长篇小说《安宁秋水》

◎ 朱美珍

一

在李吉顺的笔下，乡村世界是淳朴的，是理想的。从"苍龙""青龙""白云"等村庄的命名中不难看出作者对乡村世界的偏爱，文中也有着不少细致的环境描写——"田里的秩子开始抽穗。田埂上的黄豆和地里的花生都冒出了迷人的小花。微风吹来花香四溢，那些躲在秩林里不敢见人的秩鸡，闻着花香，也忍不住，在田野里不停地低飞鸣叫……"

张清明每当觉得失落或是迷茫时，都会跑到小山坡看风景，思考人生，恬静的乡村总是能给予他莫大的安慰与净化，在某种程度上来说，作者对于乡村的喜欢之情，都寄寓在张清明这个人物的描写上。小说中乡村世界的描写贯穿始终，但城市描写部分也同样给人留下了深刻的印象。

李晓雪寻父是小说中最早把读者的视线转移到城市的情节。在此之前，作者描写的都是苍龙镇农业改革的情形，读者已然被带入苍龙镇的乡村生活中。但作者适时地跳出了乡土的描写，给读者呈现了沿海城市的繁荣发展——高楼大厦、黑色奥迪汽车、职业装、星辰大酒店、六千万投资……一个接一个极具现代性的字眼，繁华的城市图景接连进入读者视野，让读者真正感受到了改革开放的气息。

1978年，我国确定了改革开放的基本方针，80年代中期以后，中国经济改革进一步深入，尤其是始行"计划"与"市场"并行的双轨制，社会进入转型时期。市场经济的到来一方面快速推动了社会生产力的发展，促进国家经济繁荣，但另一方面也显示出了资本的本质之一，就是对社会的异化，对人的异化。作者在描写城市时毫不避讳揭露这一"实质"，甚至在李晓雪初次见黄维时就已经初见端倪——汪洋为了获得六千万的单子，不惜将李晓雪作为交换条件。

二

"异化"一词最早来源于黑格尔哲学，其含义是指人个体的异己化，人被物所控制、支配和奴役，从而丧失了个体存在的独立性和自我性。马克思吸收了黑格尔与费尔巴哈关于异化理论的合理部分，将哲学和经济学研究结合起来，提出了在资本主义社会条件下的劳动异化理论。而进入文学范畴的异化，主要是指被他者控制，在精神生存状态丧失了独立自我意识，成为"非我"。西方现代主义作家卡夫卡作品的基本主题是现代社会中人的异化，例如《城堡》《变形记》等。他并非通过传统的写实或典型化的手法获得的，而是采用鲜明的象征、淡化的情节和寓言性质的人物，通过象征、暗示、夸张等手法予以表现。

但《安宁秋水》是一部典型的现实主义题材作品，李吉顺笔下的"异化"遵循着现实主义原则，既有着自身需要的生活逻辑，更体现出时代发展的历史必然。在现当代文学中，也不乏对于"异化"描写。张爱玲《金锁记》中的曹七巧，作家刘震云也一直关注着权力与金钱对人的异化，台湾作家陈映真《摩天大楼》中更是直接揭示了资本对人的异化。《安宁秋水》中城市资本市场"尔虞我诈"既是社会转型时期巨变的时代环境所致，也是时代背景下小人物的自我选择。

在《安宁秋水》中"异化"的人物主要是李志豪、张清河与胡光辉三人。李志豪是采石场的老板，为人善良，乐于助人。与徐月初遇时，纵使素不相识，他也毫不犹豫将生病的徐月带到医院治疗，在其出院后也主动大方地提出要给徐月路费，资助她回家。在得知她不愿回去的时候，也十分信任地将她安排在采石场工作；对待张清河，他更是无条件将采石场交给张清河，给予他百分百的信任，在张清河的帮助下，采石场的生意越做越好。而李志豪的善良也逐渐在金钱和欲望的遮蔽下丧失殆尽。

小说中对于李志豪的外貌描写有两次，都是通过张清河的视角描述的。初次出场时，他"面色红润、眼睛明亮，穿一身休闲运动衫，给人的感觉是随和而不失大方"；第二次是张清河为徐月治病缺钱时，"李志豪坐在那个黑色的老板椅上，穿的是一件白色的名牌短袖衬衣，玫瑰色高级领带，头发也蓄长了，打了摩丝，往后梳得光溜溜的，宽阔的脸上似乎少了一些随和，多了一些冷峻，更像老板了"。名牌衬衣与休闲运动衫形成鲜明对比，这不仅仅是外貌穿着上的变化，更是李志豪内在的变化。从之前对张清河的深信不疑到现在的疑神疑鬼；从对弱者毫不吝啬的帮助到恶意揣度张清河借钱的用意，他办公室后边儿的"厚德载物"四个字都显得讽刺。这时的李志豪只能说是变得多疑，吝啬但也绝没有害人之心，毕竟在得知张清河借钱真相后，他内心还有一丝的愧疚。紧接着，金钱的诱惑就像是一个黑洞，使得李志豪不断深陷其中。

　　随着时代的发展，房地产行业成为人人都想吃的一块肥肉，李志豪也不例外。他一边舍不得花十万元改进采石场的采石方案，另一方面却将全部家当赌在了房地产行业。高额的利润让李志豪变成了一个赌徒——然而赌徒必输。房地产生意经过权钱交易终于拿到了地皮，却遭到了竞争对手的恶意降价，破坏市场。

　　此时的李志豪早已被金钱迷惑了双眼，竟然同意雇佣杀手将竞争对手杀害的提议。他曾对张清河说："要把生意做大就得吃喝嫖赌、坑蒙拐骗都来。不然，你的钱只能被别人拿去。"从面对烧李震东房子的做法还会心有余悸，到现在他却能说出"他们要想吃掉我，我就要先让他们去见阎王"如此灭天良的话。

　　房地产危机暂且告一段落后，采石场又发生严重安全事故，造成一死三伤，公司面临着高额的赔偿费，李志豪也用钱收买把连哄带骗让张清明安全事故的"替罪羊"，因为在他看来，没有钱解决不了的问题，他已成为金钱忠实的信徒，金钱是他的信仰，在他眼里"世界上没有一样东西不是为了金钱而存在的"——"张清河丢了，他不心痛，他真正心痛的是他钱和他的企业，那才是他的命根子"。更令人值得深思的是，作者并没有让他"罪有应得"，反而他最终真的做到了全身而退，逍遥法外。

　　小说中更多的笔墨是集中在了张清河这个人物身上。张清河作为从乡村走出去的青年，一路可谓是坎坷。一开始为了赚钱，轻易相信小广告，用投机的方式快速致富，结果发现自己被骗；重新振作后，又受到电视节目的启发，经营养殖场，却因突如其来的瘟疫而功亏一篑；一波三折的张清河最后选择了离开苍龙镇去打工，"幸运"的是遇到了李志豪。在采石场，他的能力得到了展现并且受到重用。

　　可以说李志豪这个人是张清河人生道路上的伯乐，但也正是由于李志豪的"循循善诱"，张清河也一步一步走向了"不归路"。一开始的他努力上进，遇到困难不放弃，积极寻找生活的意义。然而，他的路却越走越偏。我们可以从两次送钱他不同的态度中看出他思想上的变化。第一次给李震东送钱的时候，他犹豫、担心，甚至试图阻止胡光辉贿赂。但当第二次要贿赂王长河时，张清河的态度截然不同，这对他来说已经是理所应当，主动询问胡光辉该送多少。权钱交易让张清河尝到了不劳而获的甜头，利用弟弟张清明的关系笼络人心也是"无师自通"。"两千万啊，张清河几乎是欣喜若狂——谁说这世上不好赚钱？那纯粹是屁话。他张清河从来没有搞过房地产不是一样的把大把大把的票子往包里揣？"这种空手套白狼方式得来的地皮将给公司带来巨额利润，张清河得意忘形，在他看来能够赚钱就是对他自身能力的一种认可，是他自我价值的实现。

两次权钱交易是张清河异化的转折点，在此之后对于受伤员工以及逝去员工家属的"威逼利诱"更是他思想异化达到顶峰的表现。在处理安全事故时，张清河内心的纯良几乎完全被掩盖，正如小说中作者叙述的那样："在他心里，一条人命不算什么，反而更担忧的是自己年底的分红，自己还能不能当副总经理和场长。"他为此不惜故技重施，贿赂主治医生，串通起来作假，变相将受伤的员工提前撵出医院，导致伤残者没有得到及时很好的治疗，以至于眼睛都瞎了……

除此之外，面对一贫如洗的员工家属，他内心虽有片刻的怜悯，但"花少钱办好事"的命令却始终支配着他的行为。当无知的家属提出比他预想赔偿金额还要少一半的时候，他的第一反应是"欣喜"，第二反应则是还要讨价还价。张清河变得狡猾、奸诈、伪善，在潜意识中他的自我利益是摆在第一位的，他已然被异化——因为金钱能"把善良的人教坏，使他们走上邪路，作些可耻的事，甚至叫人为非作歹，干出种种罪行。"

如果说李志豪与张清河的异化过程是可见的，那么作者在塑造胡光辉这个人物时便是刻意隐藏了他异化的过程，以致读者看来，他似乎天性如此，他就是资本市场邪恶的"产物"。他的出场就带有资本的丑恶嘴脸。

李吉顺将胡光辉人物的出场设定在"星光灿烂"KTV，"眉稀而秃顶，一身灰色西装，显得有些老"。文中的他虽说学识高，读过MBA（工商管理硕士），出口就是"有志不在年高，无志空长百岁"，但也不难看出他的各种陋习——享乐、嫖娼、投机取巧……在他所谓的经验下，李志豪的房地产生意通过一系列不正当手段活了下来，在他看来权力的力量是无穷的，有了权力就能一手遮天，"所以说啊，人人都想当官，当了官啊一句话就能让一个人成为富翁，也会让一个富翁跳楼……"

杀人放火，胡光辉是无恶不作，他的一切行为归因都是钱，只要能赚钱，什么都是值得的。他也有着对维护自身利益的绝对敏感与果断。当他预知恒生公司必定撑不下去了后，他早就设计好了全身而退的路径，卷钱逃跑。他为何会来到恒生公司，文中只用一句话带过，因受到上一家公司的排挤，所以李志豪将他挖了过来。李志豪对他始终是不信任的，说明胡光辉的过去并不干净，李志豪与他的合作也只不过是各取所需，狼狈为奸罢了。胡光辉的异化过程可以说是隐形的，但也并不难猜测。没有人生来就有对金钱的渴望，人性本善，到底是什么原因导致胡光辉等人的良知泯灭，甚至干尽丧尽天良之事呢？

三

在小说中，张清明与张清河虽然是兄弟，但却形成了鲜明对比。不可否认，作者对张清明这个人物角色是有着偏爱的，用了较多的笔墨去塑造张清明的人物形象，张清明的从政之路在作者笔下可以说是一帆风顺，甚至可以说较为理想化。他虽然没有太高的文化水平，却通过招考进入了国家体制内，成为苍龙镇农技员，并以此为契机，不断奋斗努力，从一名乡镇干部一路高升为县长、县委书记乃至副市长。相比较，张清河的人物经历可谓是一波三折，最终也落得个"阶下囚"的身份。二人同为兄弟却有着如此不同的命运，其中二人不同的个性特征是关键。

首先是张清河的个人意志力薄弱。张清河在"星光灿烂"KTV中受到李志豪与胡光辉二人的怂恿，他经不起诱惑，也经不住KTV小姐的激将法，他的脑中当时就萌发出"要不要都要花钱，不要反而吃亏了"的想法，虽最终因害怕感染艾滋病而落荒而逃，但他出轨的本质并没有改变。所以当面对金钱诱惑时，他或许曾在内心做过挣扎，但最终还是被拉进了金钱的阵营。与之相比较，张清明的意志力就十分坚定，当杨晓春脱了衣服躺在他床上，主动"投怀送抱"，他也是毫不动摇。

其次是张清河有着过于强烈的致富欲望。作为家里的老二，张清河有着浓厚的家族情怀与家族责任感。他一直都希望通过自己的努力，改善家庭生活，能够帮助家里，由此满足他内心的成就感。所以无论是最开始的鱼粉，养殖场还是后来采石场的副总经理，张清河的目的只有一个，那就是赚大钱。但弟弟张清明的人生目标却是更为广阔的。他在当普通农技员时就已表明他不在乎工资的多少，他更在意的是自己有没有为人民做出贡献，为人民谋福祉，所以支撑他不断奋进努力的动力是广大人民的幸福，张清河的动力则是狭隘的自我利益。

最后是张清河由于读书少而产生的自卑情绪。张清河与张清明的文化程度都不高，但是二人对待这一事实的态度却是不同的。在张清明看来，学历低并不是一件不可改变的事情，而且这也并不会阻止自己前进的脚步。

张清明总是能抓住每一次能够提升自己知识文化水平的机会，也正是不断地努力与奋进，让他变得博学且自信，而张清河却始终自我禁锢。当胡光辉暗示他可以离开李志豪，自己当老板时，他自嘲道："你看我就这点脓血。书又读得少，能干什么大事？"胡光辉说："干大事不一定要读多少书，朱元璋最先是一个叫花子呢，后来不照样当皇帝？"张清河又自我否定："他可是真龙天子，我们凡人怎么能跟他相比。"在他看来，自己没文化是干不了大事的，尽管在采石场一次又一次的危机处理中，他已经显露出非凡的才能，但他仍是自我否定。这种自我否定，不自信，正是后期李志豪将其"控制"，他成为"替罪羊"的重要原因。

市场经济建设和发展带来了物质生产力的提高，人们的平均生活水平也得到改善，但它也同时突显出众多问题。首先，社会两极分化日渐明显，分配不公，失业增加，人们失去了稳定感和安全感；其次，人与人之间的关系被物化，人与人交往的道德逐渐工具化。很明显，作者注意到这一异化了的社会环境，小说《安宁秋水》也将叙事重心放到了那么被异化的人身上。

小说中有着这样一段描写，李志豪请张清河吃高档西餐，花费了一千九百元，这相当于当时普通人几个月的工资，更可能是农村人半年收成的收入，这足以见得当时社会的贫富差距之大。自1978年改革开放后，旧有的计划经济体系开始瓦解，但是新的市场经济体系又没有完全建立起来，市场给人们带来了前所未有的机会，但是公平竞争的机制并没有完善，许多人就被抛进市场——有的人因为占有资源而一夜暴富，有的人凭借着知识与努力致富，但是也有人因为各种各样的原因还处在贫困之中，所以许多人们感受到了巨大的压力与焦虑，缺乏安全感。

李志豪与张清河便是处在这样的社会环境之下，过重的压力促使他们急于摆脱困境，从而做出违反道德底线，甚至是违法之事。张清河是大多数改革开放中期外出打工乡村青年的真实写照——苍龙镇由于农村经济的改革，身边人不断就业又失业，他自身遭受了一次又一次的打击，因此，一份稳定高收入的工作是他安全感与成就感的来源。他对于采石场副总经理职位的重视在小说中多次被提及，在被撤职与违背良心之间，他毅然地选择了违背良心，牺牲他人，成全自己。

人与人之间的关系本应是以道德为基础，以法律为底线。李志豪与张清河之间关系的变化，正能体现出新时期人际关系的异化。李志豪一开始对张清河十分关心，张清河家里遇到困难，也是慷慨解囊。张清河也是知恩图报之人，他工作兢兢业业，将采石场打理得井井有条，在事业上为李志豪助力。

然而，利益冲突打破了二者的平衡关系，李志豪开始对张清河产生怀疑，并且在张清河急需筹钱为徐月换肾时，他也无动于衷。当遇到安全事故时，李志豪也正是利用了张清河对于人际关系的单纯、对他的感恩与信任，逃脱法律的制裁。在李志豪看来，一切人际关系都可以成为他在成功路上的"道具"。在当时的社会环境下，这并不是个例。

李吉顺在《安宁秋水》中也绝不仅仅刻画了这一例，如李震东、王长河、主治医生等等人物，都将权力、关系等当作是资源，是一种可以为自己谋私利的资源。整个社会大环境中，不少人沉迷于享乐主义、个人主义，人们的信仰缺失，道德危机严重。

《安宁秋水》是一部具有现实意义的青春成长小说，不仅表现了社会转型时期的乡村生活，更是表现了城市在迅速发展的同时人的"异化"。笔者着重选择典型人物形象进行分析，同时探究人物"异化"的主客观原因。

李志豪在金钱诱惑下，被欲望吞噬，张清河则是在李志豪的"循循善诱"下一步一步成为"替罪羊"，胡光辉这一人物更是将"异化"心理表现得淋漓尽致。探究其原因，一是主观的人物性格缺陷，另一重要原因则是客观的社会环境发生了巨大变化，人们失去安全感，人际关系的物化等等。自1978年改革开放起，中国社会发生着翻天覆地的变化。

在小说《安宁秋水》中，作者能够敏锐地注意到处在社会转型时期人所出现的"异化"，这体现了作者对于社会的广泛关注与思考，对人性善恶的关怀，更是体现了作为作家对于社会的责任感。

（作者单位：南昌大学人文学院）

改革浪潮下的成长叙事

——评李吉顺长篇小说《安宁秋水》

◎ 王 楠

改革浪潮中的个体觉醒

20世纪80年代的社会变革在农村广袤的乡土大地上掀起了翻天覆地的变化，改革不仅给农民带来了物质上的重大转变，更重要的是使农民得精神上发生了巨大变化。农村经济改革的步步推进，使现代化的曙光终于穿越历史的浮云，照射进古老、闭塞、沉寂的中国乡村。新的思想观念潮水般冲击着农民的心灵，新的生产方式、生活方式改变着农民的形象，促使他们与传统诀别并向现代化的行列迈进。作者立足于社会转型前后经济社会飞速发展的特定时代背景下，为多元立体的人物关系和农村社会与微观人物临摹，展现多元人物群像，以个人意志构筑时代意志，用个体觉醒刻画时代觉醒。

张清泉、张清河、张清明、张清阳等张家四兄弟身上都具有理想主义特质。"明月松间照，清泉石上流"，张清泉的一生就如同他的名字一样清泉水在山石上淙淙淌流。冬阳县城老北街的缝纫店，铁路护路连九班驻地，这两个标志性的地方，埋下了张清泉一生命运的伏笔。

作者一脉相承了现实主义文学中的"苦难"主题，将苦难作为印证人物个体精神意志存在的证据。黑格尔曾说过："痛苦化或陷于痛苦，这是雅布·柏麦哲学所用的名词。这是一种深入的哲学，但只是深入到昏暗中的哲学。这个名词是指一种质（辛酸、苦涩、火辣，等等）在自身中的运动，因为质在自己的否定性中（在它的痛苦中），从他物建立并巩固了自己，总之，那是它自身的骚动不宁，就这种不宁静而言，质只有在斗争中才会发生并保持自己。"[1]

当面临着父亲残疾、家中欠债、爷爷重病等重重难题时，张清泉没有怨天尤人，而是直面现实，用个体的努力去与生命对抗。他不但主动承受苦难，而且勇于抗争苦难和超越苦难，从而使他的人格和操守在一次次磨砺中得到最坚实的考

---

[1] 田义勇：《黑格尔辩证法的生命意蕴——以黑格尔论"痛苦"为例》，《武陵学刊》2020年第9期。

验，获得崇高与自豪的心理感受。为了减轻家庭的负担，作为家中长子的张清泉只身进城学习裁缝技术，在茶馆卖艺，但随之遭遇裁缝师傅被捕入狱，进入铁路护路连，最终丧身在和铁路盗匪的枪战中。

鲁迅先生曾说过："悲剧就是将美好的东西毁灭给人看。"似乎未完成比完成更具有恒久性和美学价值，确定比不确定更能给读者以想象的空间和留有余味。所以面对张清泉这样一个美好的、让人感觉不真实的理想化人物，作者选择他壮美地死去，使他的生命如烟花一般短暂但却绚烂。

小说的主人公张清明勤劳稳重，是一个脚踏实地的现实主义追求者。一方面他怀揣时代梦想，渴望自立自强，锐意改革造福一方，从一名小小的乡镇农技员一路升迁至镇长、县长、县委书记，最后到副市长，自觉带领全村村民脱贫致富，使封闭保守的苍龙村变成了逐渐摆脱贫困，成为相对开放的现代化的村庄；另一方面他酷爱读书，知识丰富，思维敏捷。尽管公务繁忙，他也从不忘记充实自己的精神世界，在工作之余博览群书、练习书法，不断提升自己的学历，实现个体性崛起和自我超越。正是在一步步成长的过程中，他渐渐摆脱保守、内向、封闭、自我压抑的传统农民人格，变得开放、独立、进取，树立起"现代性"的农民的精神镜像。

巴尔扎克说："艺术家的使命，就是把生命灌注到他所塑造的这个人体里去，把描绘变成真实。"作为一名干部而言，张清明是一位在平常生活中，不懈追求知识与真理，踏实苦干，为人公平、行事正义的好干部。但是，在功成名就的背后，我们看到的又是另一个张清明——经常陷入矛盾冲突，被情感与责任层层束缚，数次被误解乃至诬陷。除仕途顺畅之外，他也同样面临着事业与家庭的两难。在自身利益与干部的自我要求之间，在亲情与正义之间，张清明均选择了后者。在清廉名声的背后，张清明其实是非常矛盾的，时常陷入干部的自我要求、内心的公平正义和帮助亲人走出困境之间的冲突。

在养殖场爆发瘟疫之时，张清明为了不让瘟疫蔓延，使群众遭受巨大损失，毅然决然地选择了首先处理哥哥张清河作为命根和全部经济来源的养殖场，从而引发张清河的离家出走，以及弟弟张清阳对他的误解；在全身心投入到干部工作、为人民群众悉心服务取得优异政绩之时，他却一直忽略了妻子周巧的感受。丈夫角色的缺位，小家庭意识的淡薄，都是导致周巧心灰意冷，并最终选择出走的重要因素。而当认清自身的张清明想要挽回这段破裂的婚姻时，已然于事无补，只能苦苦寻觅苦苦等候。

不同于张清明的踏实稳重，张清河与张清阳两人代表着另一类爱幻想、有冲劲、敢于冒险勇于尝试新鲜事物的青年形象。张清河原本充满豪情壮志，想要发家致富,在农村开创一番大事业,却因为投资"鱼骨粉"被骗,而后又因瘟疫终止了其养殖事业,从而离开温馨的家庭外出创业冒险。赤手空拳的他在陌生城市闯荡,开辟人生新的空间,却最终阴差阳错地在采石场管理方面施展抱负和理想。

同样地,张清阳拒绝了家人为他预设的人生道路,放弃求学转而当兵,退伍后因政策的转变选择外出打工。在遭遇了一次又一次的失败之后,张清阳尝尽生活的艰辛,饱受命运、生存环境之苦,但他却从未屈服,从未放弃对美好生活的渴望和追求,最终选择回乡创业办酒厂、创设枇杷种植基地。生活对他的重重考验练就了他坚韧的意志和拼搏的精神。

小说中人物不同的奋斗经历都生动地展现了中国社会转型时期既充满激情又极具波澜的时代面貌。张家四兄弟尽管性格各异,其各自追逐的人生理想与所遭遇的人生阅历也不尽相同,但是他们身上却映射着乡村青年个体意识的觉醒、个体生命在苦难与磨砺面前所共有的坚韧生命力与自主性超越的曙光。

传统与现代冲突中人生道路的不同选择

在社会转型时期,乡土传统与现代文明之间体现出了巨大的差异,农村知识青年在新旧交替中不同程度流露出对乡土的眷恋和对现代文明的渴望,做出了对人生道路的不同选择。作者依托社会转型期的特定语境,从人道主义出发,通过展现青年对传统价值的艰难决裂与对新价值的犹疑认可,试图探究困境中人们的转型焦虑与精神困惑,展现出乡村青年在守望与出走,逃离与回归,坚守与异化之间的游离和徘徊状态,在城乡鸿沟裂痕中确立自我,在传统与现代之间逡巡的撕裂与隐痛。

在《安宁秋水》中,作家以澎湃的激情专注对乡村与城市进行交替描写,将苍龙河畔苍龙村特有的生活方式与风俗习惯、保守的思维模式与勤劳朴实的生活作风,与近代伴随着工业化建设涌入中国城镇的冬阳县、方月市现代文明和生活方式形成鲜明的对比,从而给读者较强的对照感。

若把张清明看作是农村青年中既坚守传统意识和道德标准,又对生活采取现实主义态度的较为典型的形象,那么张清河则是拥有一颗不安分的、向往现代文明的灵魂,是积极地向外"逃离"、投身改革的时代浪潮的代表。他清晰地认识到了养育自己的土地的贫瘠与闭塞,急于摆脱贫穷与落后,渴望投身于现代化浪潮的进程,但最终难逃时代的牢笼,被命运无情地嘲弄。

柳青在其《创业史》中写道:"人生的道路虽然漫长,但紧要处常常只有几步，特别是当人年轻的时候。没有一个人的生活道路是笔直的、没有岔道的。有些岔道口，譬如政治上的岔道口，事业上的岔道口，个人生活上的岔道口，你走错一步，可以影响人生的一个时期，也可以影响一生。"

张清河从苍龙村一名老实本分、勤勤恳恳的农村青年，到因虚荣心作祟与李志豪、胡光辉去娱乐场，违背了内心的底线和原则，背叛了徐月，欲望战胜了理性；以及在处理采石场受伤工人赔偿责任问题方面，他背离了自己的良知与道德，利用工人们对其信任，诱骗其签协议。作者通过刻画张清河这一人物前后相悖的行为模式，进一步表现了浮华物质世界对人内心欲望的冲击与畸变，现代社会对人的异化、人类群体精神家园的失守。其深层意图在于表明，只有在传统与现代的更替中坚守自己的精神家园，才能抵御时代洪流中的诱惑。

如果把张清河比作是"迷途的羔羊"，几经挣扎险入泥淖，那么李志豪便是"亡途的老羊"，从他的身上，我们看到的是人对利益的追逐，内心的空虚与人性的扭曲、道德的沦丧。作者对他前后的变化描写是从内、外两个方面同时进行的。从外在形象上看，初次登场时，他是"面色红润、眼睛明亮，穿一身休闲运动衫，给人的感觉是随和而不失大方"，而后张清河因徐月治病前来借钱时，他是"坐在黑色的老板椅上，穿的是一件白色的名牌短袖衬衣，玫瑰色高级领带，头发蓄长了，打了摩丝，往后梳的光溜溜的，宽阔的脸上少了一些随和，多了一些冷峻"。而他身上所反映出来的变化，已经不仅仅是发型、服装等外在变化，更是一种内在性根本性的变化。

李志豪这个人物刚出场的时候，充满正义，向深陷困境、走投无路的张清河抛下橄榄枝，点燃了他继续生存下去的希望，而随着采石场的规模越来越大，他在现代物质腐蚀下一步步欲念滋长，变得冰冷麻木，面对前来借钱救命的张清河冷眼旁观，听信别有用心人的谗言对张清河产生怀疑，而当采石场发生事故时，又妄图指使杀手、篡改医疗报告、瞒报矿难伤亡、私吞入股红利等，以至于矿难伤亡一事公之于众，把张清河作为"替罪羊"送进了监狱。

除了上述男性群像，在传统与现代交织间，作者还塑造了许多经典女性形象，其中杨小春和周巧最具有代表性，她们一个热情大胆、一个温柔执着，都是传统文化与现代文化相互碰撞下的时代女性。杨小春的步步堕落和周巧的"出走"为我们展现出了社会转型时期女性的不同人生道路的选择。

杨小春徘徊于传统与现代之间，始终犹疑而迷茫。作者描写她进城前到进城后的转变，这恰恰印证着传统向现代转型期乡村人无法适应现代化社会的矛盾，展现了现代化过程中乡村人欲望的膨胀，人性人格的扭曲，价值观的摧毁现状。

书中两次描写到杨小春刚到冬阳糖厂时的情景：高耸云天的烟囱、林立的厂房、四通八达的林荫道，川流不息的来往车辆都让她眼花缭乱，对她来说一切都是那么的新鲜和诱人。如潮的掌声、明艳美丽的鲜花，杨小春像一只美丽而欢快的百灵鸟飞翔在风光无限的蓝天；以及时过境迁当张清明在安宁大桥上遇到杨小春时的情景，"一个头发染的焦黄，很夸张的爆炸式短发，一身红色套裙、穿着黑色皮筒靴，提着粉红色手袋，手指甲涂了朵朵红花，眉毛被描成了黄的，眼睛打了很浓的眼影"的女人出现在他面前时，他感到非常意外，"从上到下都让他感到陌生和惊讶"。

从杨小春身上的巨大变化我们不难看出，一方面来自现代化城市对她传统内心秩序的冲击，另一方面也来自她内心的欲望和幻想，杨小春的一生都在追寻浪漫的爱情和澎湃的激情，而这种放肆扭曲的追逐和对生活不切实际的幻想蒙蔽了她的双眼，酿成了她的悲剧。在杨小春因苦苦爱恋张清明不成，被张清明拒绝而负气离开苍龙镇来到冬阳后，在急功近利、物欲横流的社会中，杨小春不甘屈于现实，心中燃起了一股不甘的欲望之火，她放纵自己躁动的欲望，任由自己完全被情欲所支配，在她所信赖的爱情观里一步步使其堕落。

杨小春先是未婚怀孕，被刘涣抛弃，后是嫁给了不仅贪污还吃喝嫖赌样样都沾的朱光。而在杨小春咬牙离婚后紧接着又遭遇了糖厂下岗危机；通过网络认识了吴欣，到头来却被吴欣出轨背叛；网友"鸽子"抓住她想挣钱的心理，骗她入股化工厂，最终赔上了全部家当，她以为得到轰轰烈烈的爱情，最终也只是沦为了供他人消遣的玩物。

杨小春对于爱情不切实际的幻想就像《包法利夫人》中的艾玛，幻想有热烈、自由、浪漫的爱情，却混淆了理想与现实的不对等关系，一次次陷入自己编织的追求浪漫爱情的幻想中。她认为爱情好似玫瑰色羽毛的巨鸟，可望而不可即，无时无刻不盼望着现实生活如小说中所描写的那般有着暴风骤雨般来临的爱情，可以颠覆她的生命。只可惜，她选择为爱而生，却最终困囿于海市蜃楼般的浪漫，所信奉的爱情不过是镜花水月一场空。

杨小春追求幸福爱情的初衷无可厚非，对浪漫的向往其实并没有错，其出发点是单纯的，只是她游离于欲望的边缘，且生活缺乏明确的目的和自知，失去了掌控自己生活的权利，极易在爱情中迷失自我，一旦遭到男人的抛弃，生活便丧失了重心，最终，对爱情不切实际的向往将她步步紧逼，推向了深渊。

另一个女性角色周巧的身上有着传统和现代的双重时代印记，她接受过知识教育，接触过新文化，拥有一份正式体面的工作，这些客观条件为周巧的女性自我意识觉醒提供了可能。一开始她没有世俗之见，大胆追求爱情，与张清明相知、相许、相爱，最终走向婚姻殿堂。而短暂的甜蜜过后，由于政策的改变，周巧先是面临下岗，后开餐馆又屡屡碰壁，甚至因为食物中毒差点闹出人命，而她唯一的靠山张清明却常常表现出一种漠不关心的态度，导致周巧处于一个孤立无援的境地，挣扎于家庭、婚姻与自我否定之间，在爱情和婚姻中过得煎熬，在压抑的泥沼中渐渐窒息。

火锅店被迫转让周巧好不容易重燃的希望再次破灭，这也成了压死骆驼的最后一根稻草。万念俱灰的周巧想到了出走，她要"离开冬阳，到别处去"。周巧"出走"的这一行为很容易让我们想起《伤逝》中子君那一句坚定而激愤的呐喊："我是我自己的，你们谁也没有干涉我的权利！"

周巧和子君一样，都是处于传统封建社会向现代文明过渡时期的"出走的娜拉"。和其他处于大变革时期的人们一样，他们都选择从爱情这个最能体现人的觉醒，最能激发人的个性的领域入手去呼唤人自由自主地选择自己伴侣和人生的权利，都强调选择的自由，不约而同地对新生活呐喊出新的期待和声音。更值得注意的是，她们思考的不仅是爱情到底需不需要道义和法律来维系，更是个体朝要不要向内的自我探寻、自我认识的探索，而这个过程必须是不受任何外力的压迫的自由自主的过程。从这个层面上来说，周巧正是在出走这个行为中，最终实现了自我觉醒。

作者以20世纪80年代的乡土变革为背景，通过张清明与张清河、李志豪，杨小春与周巧等人物，客观反映了自然经济向商品经济转变过程中乡村及社会生活环境的改变，体现了现代化对中国社会以及人类群体在生存、实践、观念和心理上所产生的强大的辐射力。但作者并非只是简单、客观地呈现乡村的现代化转型过程，其深层意图在于通过浮华物质世界冲击下乡村文化的波动，书写城市化给乡村带来的便捷与破坏。小说通过描绘人们在传统和现代冲突下不同人生道路的选择，表达对现代化冲击下所造成的人们精神世界的空虚这一现象的批判和反思，讴歌新的生活观、道德观、价值观以及政治观、经济观在新一代农民心中的萌动与生发。

爱情救赎的理想主义色彩

基·瓦西列夫在《情爱论》中这样描述爱情："爱情，就像是一道看不见的强劲电弧一样在男女之间产生的那种精神和肉体上的强烈倾慕之情。"[①] 所以，如

---

① ［保］基·瓦西列夫：《情爱论》，赵永穆、范国恩、陈行慧译，北京：生活·读书·新知三联书店，1984年10月版，第1页。

果"没有爱,人类便不能存在"①。从古到今,爱情被无数的文学作品所描写、歌颂,《安宁秋水》这本小说也是爱情作为线索贯穿全文。

作家不仅是单纯地对爱情本身展开描述,更折射出其对时代、对人生、对社会多角度思索和体察。如作者所言,"人生是快乐而痛苦的寻梦过程,如果没有爱和梦想,生命、青春就像冬日里枯黄的野草"。在这本书中,爱情不再是人生的附丽,而是人生重要的一部分,是青春交响曲中最动人的篇章。爱情叙事已经和时代转型与城乡矛盾、个人青春的奋斗与成长以及人生价值的追求与实现如影随形。尽管作家不自觉地带有理想主义色彩,为爱情披上了浪漫主义的霞光,但是小说人物正是在充满乌托邦色彩的爱情叙事中,在充满浓郁文化情调的诗意美中,追求爱情与自我实现的统一,从而实现了最后的精神归宿,完成了自我觉醒。

传统武侠爱情小说里所描写的江湖恩怨与儿女情长常令读者心灵震撼,《安宁秋水》里的张清泉这一人物形象的塑造就具有武侠小说中侠客的侠骨柔情的浪漫主义色彩,作者对其爱情故事的构建也参照了武侠小说了的言情叙事,借助巧合、奇遇构建故事情节,将人生的悲欢与爱情缠绵交织,刻画出至情至性的英雄豪杰形象,抒写了一曲曲动人心魄的武侠情歌,江湖风云下的纯情童话。

张清泉在感情里的踌躇和犹豫恰如金庸先生《倚天屠龙记》笔下的主人公少年英雄张无忌:他的身边有四位红颜知己,她们性格各异,且都以各自的方式爱着张无忌,张无忌徘徊于四人之间,常常陷入"两难"。张清泉亦如是,不论是清纯可爱、柔情万千的青梅竹马杨洪会,还是柔情似水、脉脉含情的大师姐刘灵,抑或是敢爱敢恨、英姿飒爽的王青青,张清泉都不想辜负或者伤害她们任何一个人。杨洪会几乎承载了张清泉所有对于爱的追求与寄托,陪伴着他走过所有青春岁月。在少时他们一起在甘蔗糖坊干活,一起看《霍元甲》,在月光下吹口琴。在乡间夜晚天上那纯洁朦胧的月光下,在苍龙河畔身影婆娑的凤尾竹旁,一对年青男女的身影紧紧依偎,轻轻吟唱着只属于他们的乡间情歌。

在裁缝店学艺的日子里,大师姐刘灵对张清泉总是体贴有加,除了在生活中对他格外照顾,帮他洗衣、留菜,当他在茶馆演奏遇到难题时欣然救场,合奏一曲《春江花月夜》。在师傅因罪被捕,又得知张清泉心里已经有了爱恋的女子时,她仍不放弃,从苍龙赶到了护路连只为见见这个让她日思夜想的心上人儿。在爱里的她,倔强而又执着,她说,她不愿做那劳燕,她要将自己所爱,紧紧地握在手里,主动抓住自己的幸福。不同于杨洪会和刘灵身上所流露出的温柔体贴,美丽的女兵王青青更像是金庸先生笔下的赵敏,在美丽聪慧的外表之下,爽朗痛快

---

① [德]埃·弗洛姆:《爱的艺术》,刘福堂译,安徽:安徽文艺出版社,1987年版,第15页。

的气质亦跃然纸上，还透着一份自信和任性。对于爱情的态度上，她显然有别于传统女性的含蓄温婉，热烈直率，不掩饰，不犹豫，落落大方，甚至主动出击。

痴男怨女，自古有之。所以金代元好问曾经发出了"问世间情为何物，直教生死相许"的千古之慨。在张清泉因意外离世后，杨洪会、刘灵、王青青这三个爱着张清泉的女子，凄然地伫立在张清泉的坟前，彼此没有言语。杨洪会手里拿着张清泉离开村子里时给她的口琴，刘灵手里拿着的是张清泉在平安河边上给她画的素描，王青青手里紧捏的是九班一号隧道边的山林里张清泉给她揩眼泪的天蓝色手帕。她们手里拿着的这些东西对于她们的生命而言多么重要只有她们自己知道，而她们内心的痛苦与悲伤、甜蜜与怅惘，也同样只有她们自己知道。她们在最好的年纪，同时爱上了张清泉，又同时失去了他，她们彼此之间没有任何的怨恨，爱与被爱都使她们体验到了爱的甜蜜与痛苦。

在对主人公张清明的情感处理上，作者选择了"一男四女"模式，四段不同的情感经历对应着张清明的成长历程。情窦初开的年纪，张清明的初恋李晓雪身上充满了少女的生活气息，勇敢中透着机智，知性中不乏野性。

小说的开篇描写李晓雪的出场："秀发如瀑、红衣闪动，身影迷离"，"看着穿着羊皮褂、剑眉星目、头发自然黝黑的张清明，她抿抿嘴儿，心里甜甜的，荡起一对迷人的酒窝笑了"。在她的身上张清明不仅看到了一种充满民间生命力与原始野性的性灵之美，更看到了一种未来的曙光。他们一起在糖坊雪白的甘蔗皮堆里唱歌，一起欢欢喜喜地到苍龙镇看《霍元甲》，张清明为李晓雪家栽秧，被氨水伤了眼睛；在李晓雪家的糖坊发生骚乱时挺身而出，稳定住局面。

李晓雪为张清明梳赵倩男的屏风小辫子头，熬更守夜花费三个月才学做成了一双鸳鸯戏水的鞋垫转送给他，对爱情充满的不安与羞涩，皆源于她本能的爱和期待。尽管两人家庭经济条件过于悬殊，但彼此爱着对方，并不因为差异而压抑，这种深情的自然流露是原始而强烈的生命本能。而后李晓雪在遭遇了家庭的破产，父亲的失踪等重重打击后，毅然决然地踏上了寻父的旅程，她的离去，使张清明经历了爱情的煎熬与幻灭，他一直在等那一封远方爱人的来信，最后等来的确实李晓雪和罗风云结婚的消息。

李晓雪与张清明刻骨铭心的爱情是让人惋惜的，明明互相爱着彼此却不能在一起，然而李晓雪单纯善良的模样，就像那皎洁的月光一般，就如电影《芦笙恋歌》里的插曲"阿哥阿妹情意长，好像那流水日夜响，流水也会有尽时，阿哥永远在我身旁；阿哥阿妹情意深，就像那芭蕉一条根，阿哥就是芭蕉心，燕子双双飞上天，我和阿哥打秋千，荡到晴空里，好像燕子云里钻……"永远存在在张清明内心最柔软的角落。

如果说与李晓雪之间的情愫是单纯美好、刻骨铭心的，那么对张清明来说，杨小春对他爱恋便是纯真大胆、如火一般炽热。从见到张清明的第一眼，杨小春就被眼前这个充满才干和敬业、追求上进的男子所深深吸引，只可惜流水有意落花无情，尽管她执着于自己的爱情追求但在现实面前却屡屡碰壁，命运似乎注定了她要不断地作出牺牲，她和张清明之间注定是有缘无分。

而周巧作为省经贸学院毕业的知识女性，是那么纯洁善良、那么年轻、那么真挚、那么勇敢，她对张清明的爱是纯洁、善良、热烈而知性。从初次见到张清明，周巧就被张清明朴实、厚道而充满智慧的气质深深吸引，也为张清明对李晓雪的痴情而感动。而对于张清明来说，周巧是他在经历了爱的风雨之后第一个走进他心眼里的女孩，他盼望有那样的爱恋，又胆怯有那样的爱恋，曾被爱情煎熬折磨过的他面对周巧时同样陷入了深深的自卑，选择了逃避，是周巧的炽热与主动一次又一次地将他从泥淖中拉起，重燃了他对爱情的勇气，在历经情感的风雨，两颗滚烫的心终于又溶在了一起。只可惜尽管婚后两个人都用心经营，却因工作压力与性格原因，最终两个人渐行渐远。作者给了她一个浪漫的开始，却以悲伤的结局告终，留给读者的只有无尽的叹息。

秦玉华既是独立自主的现代知识女性形象——她接受了高等知识教育，心胸宽广，自由独立，敢爱敢恨，勇于追求自己的爱情；同时又是作者心目中理想女性的形象——包容、大度、沉静、内敛、善解人意、温润如玉，淡泊娴雅。

在张清明人生最失意的时候，秦玉华能够给予他无尽的宽慰和理解，只有她真正懂得张清明的内心所想。对于张清明对周巧的那份挥之不去的情感与挂念，秦玉华也能够充分理解，大度包容。他们的爱情，已经不单单是文学描绘中的惊喜与浪漫，而是感情上的伴侣与精神上的互助者。

小说的尾声，张清明与秦玉华相约于安宁河大桥边的大榕树下见面，张清明发现多年以来的梦境竟与眼前的一切惊人的相似。他一直苦苦寻觅梦中的她，而梦境里的那个她的面容，他一直没有看清楚，但眼前的她确确实实是真实的秦玉华。值得一提的是，张清明的梦境在小说中几次出现，将张清明的个人理想与追求与对爱情的憧憬和想象之间不断地进行浪漫性的转换。小说结尾张清明与秦玉华的最终结合，也隐喻着张清明最后在爱中找到了精神归宿，完成了自我救赎，实现了想象性的自我超越。

不同于张清泉、张清明轰轰烈烈的爱情故事，张清河与徐月、张清阳与赵翠香的爱情则是让我们看到了爱的另一种形式，即夫妻关系中的同甘共苦、相濡以沫。

徐月为了自己的爱情，不惜和家人决裂，离开了生养自己的土地；而张清河也为徐月的勇敢、直率、真诚的个性所打动。在徐月因肾萎缩患病时，张清河始终不离不弃，默默独自承担各种压力，四处筹钱不济最终决定瞒着徐月将自己的肾换给她。他们肝胆相照，生死相依，几经爱情磨难与生命危险的考验，仍无怨无悔。

同样的，张清阳与赵翠香两人既能在感情上互相给予慰藉，又能在事业上相互扶持。对于张清阳每一次的决定，赵翠香都给他最大的支持和最直接的帮助，和他整日风吹日晒、奔波操劳，无怨无悔，相扶相携。在丈夫事业的发展中，她是他的帮手、依赖和智囊；在丈夫遭遇挫折时，她既给他温存和抚慰，又给他鼓励和帮助。在漫长的共同生活之中，他们彼此都能视对方为心灵的避风港，当一方在外面遇到挫折或者不开心之事情的时候，想到自己的爱人，内心总能感觉到无限的温暖，爱人仿佛是自己的内心深处永不熄灭的一盏明灯。在这两对夫妻充满矛盾的现实与浪漫交织的爱情故事里，读者感受到的是苦难中生命奋进的感动与平凡爱情救赎的结合。

不论是张清明与周巧、秦玉华之间的情愫渐生、相依相恋；还是张清河与徐月的相互倾慕、携手同行；张清阳与赵翠香之间相爱相依、共享人生的欢乐。他们的爱情无不闪耀着人性的光辉，让爱情之美在平凡中得到升华。作者正是以爱情这永恒诱人的话题来表现其中人物的善良与真诚，尽显他们人性中最至淳、最本真的真善美。

在追求现代化的进程中，城乡景观、城乡经济、城乡文化、城乡价值和道德的差异加速了城乡之间矛盾的转型和升级，自我意识逐渐觉醒的农村青年徘徊于现代文明与乡土传统之间，既眷恋传统乡土对其滋养和哺育，渴望获取灵魂的依偎和精神上的慰藉，又焦虑地想要与传统"决裂"，追逐现代文明的洗礼；既充满了对城市的探索与渴望，又掺杂着边缘人的失落感与迷离感。

《安宁秋水》作为一部展现社会变革的时代画卷，多层次、全景式展现了中国社会的变迁历程，通过成长叙事建立起个人与家国间的紧密联系，体现了在改革开放的浪潮下，农村青年积极响应命运的精神召唤，在苦难中建立个体生命自觉，在青春奋进中实现乡村精神的现代性觉醒。

（作者单位：南昌大学人文学院）

《安宁秋水》中的乡土世界

◎ 郭秀娟

乡土生活：生活环境与生活方式

山清水秀、群山环绕的小山村，美景与贫困并生。贫苦是这个山村最重的色彩，但淳朴善良的品格却是它最耀眼的底色。在这一汪秋水中，人终归是渺小的，随水而动，随波逐流。小说背景设定在改革开放前后，人物的动态展示也以此为时代基线，生活方式和生活环境随着时间的变化而变化，具有极强的写实性。

在文学作品中，环境指的是环绕着人物的一切外部境况的总和。村子背后群山环绕，密匝的土墙青瓦，高低错落的房子，在夕阳的余晖中，整个村子都掩映在翠竹、林木之中，显得宁静、祥和而端庄。清脆的铃铛声唤起这个山村的生机，鸡鸭狗牛的叫声增添着生活的气息，人们辛勤劳作，日出而作，日落而息，过着自给自足的太平日子。

作为一名见证了农村改革并在其中逐渐成长起来的乡土作家，李吉顺关注的焦点是农村的日常琐事，他细致地观察着农村的人情百态，从农村生活中汲取素材，赋予其作品极强的真实性与生动性。他的《安宁秋水》在书写白龙村安逸生活的同时，还潜藏着对其未来发展道路上可能出现的经济问题的担忧与思考。

"在苍龙河畔的田野之中，在那条逶迤如长蛇的泥土公路的大转弯处的几盏灯亮了，宛如一片白茫茫的雪地之中盛开了一朵朵橙色的菊花""其实，那白色的不是雪""记忆中的苍龙河一直就像一条飘逸的银练在群山之间熠熠生辉"，李吉顺对白龙村霜降之后的场景描写，既增添了文本的美感，也丰富了文本的意蕴。他细腻的笔触，不仅写出了这个村庄的祥和、宁静的独特意趣，还隐喻着改革初期的创业是夹带风霜并具有极大挑战的。

农村经济发展的需要与其单一落后的经济结构之间的矛盾，促使着改革步伐的加快。落后的经济让白龙村的青年们开始往外走，试图寻找新的出路，但是他们的悲欢离合依旧与安宁河畔的山川河流息息相关。

苍龙镇是李吉顺在故乡的基础上创设的，也是文本叙事贯穿始终的地域文化场景，充当着川西南地区地域文化和读者理解之间的共享领域。小说通过人物命运的起伏展现着发展变革过程中的时代特征：张清泉因家庭贫困走出大山，因公殉职之后葬于故乡的山间；张清明走出大山从政，心里装着的依旧是山里的百姓；李峰创业失败之后，不知去向；杨小春迁城市户口，疯癫之后像浮萍一样被困在医院。小说将人物的命运串联展开，不论人物最后的归宿是否在小村落之中，他们始终围绕着苍龙镇展开活动的，这使得小说文本在兼顾宏大的叙事结构的同时，叙事情节更为紧凑，乡土情结也更为丰富。

从表面上看，八十年代的白龙村贫穷落后。但是在字里行间我们还是能感受到时代浪潮带给这个小乡村的生气。比如大家聚集在一起看彩电，有钱的人花钱买票，昂首挺胸地进了场地里看电视，没钱的人翻墙进场，沾着一股臭味也不后悔。对新事物的好奇以及在内心深处对美好事物的向往，好奇的心和敢做的心的驱使，让这个贫困乡村有了顺应时代发展的可能性。

李吉顺对乡土世界的环境描述没有过多的着墨，乡土世界的变化主要是以动态的形式展现在小说文本的时空结构上。在时间维度上，苍龙镇的生活方式和生活环境随着时代的发展得到了巨大的改善，从原来的"三个村的人都还穷，他们人畜同在一个院子，卫生条件很差"到后来的衣食无忧，从80年代初李峰依托当地的甘蔗种植开设糖厂到80年代末张清河借助环境优势发展养殖业，从老一辈简单的家庭作坊经济到八九十年代开厂修路，小说从旧时的贫困写到现在的富足生活，场面宏大，涉及面广。

小说故事时间跨度的拉大，不仅夯实着作品的宏大结构，同时也生动直观地向读者展示着乡土世界的沧桑巨变。在空间维度上，小说则是通过人物的移动而转换着叙事场地，变更着故事的发生背景。

从张清明的展示着农村变化和城市繁华的从政之路，到张清河的展示市井趣味与底层奋斗的打工之路，空间的变换既交代着人物的活动场所，也为人物性格塑造及命运走向提供历史背景。以"城乡交叉地带"的模式更深层次地展现着城市与农村社会中的二元经济，这时候"城乡交叉地带"不单单是一个地域空间，还渗透着丰富的社会内涵。[1] 从时空维度的不断发展过程中，李吉顺以温热的笔触书写了属于家乡的人与事，描述了时代车轮下逐渐向好的农村生活，也勾勒出了同时容纳丑陋与美好的大千世界，具有极大的现实意义。

"农村尽管进行社会主义建设，从所有制上进行了社会主义改造，但是务农的根本特点没有改变。……农民的生活方式很大程度上仍保留传统的形式，他们

---

[1] 夏楠：《"城乡交叉地带"：人的生存矛盾的集结地》，山东师范大学博士论文，2008年。

遵守传统和经验，重视人伦关系和邻里、亲朋关系。"① 在小说中，李吉顺并不回避农村的落后与污浊，而是立足于它发展的现状，讲述着传统意义上农民与土地的关系，在许多原生态的生活元素的穿插叙述中，展现着改革时期农民身份中的保守与转变。张文山作为传统农民的代表，他恪守孝悌传统，拒绝向兄弟姊妹索要父亲高额的治疗费用。他对传统宗法观念下形成的责任意识的坚守，也反映出传统农民对于人伦关系和亲朋关系的维护。

李吉顺从经济、社会和国家三个层面出发，向世人展现着属于他脑海里的时代记忆。自给自足的小农经济与传统的宗法观念间接塑造了农民具有保守性的价值取向，但是当改革开放的春风吹进这山坳时，也给这些贫穷的农民带来了向上腾飞的革命性力量。李吉顺赋予了他们一定的文化内涵和时代特征，这既传达着他对家乡四川漫长悠远的热爱，也是他对家乡人民的淳朴向上的精神状态的讴歌。

从更深层次来说，在对苍龙镇的生活环境和生活方式进行文化解读过程中，我们不难发现，苍龙镇不仅仅是虚构的一个坐落于川西的小镇，也是展示川西南文化的重要载体，更是一个由独特的地域文化场所所生成的诗学空间。这个诗学空间具有改革开放的时代活力和川西文化的深厚底蕴，也承载着人物的离合悲欢、故事的曲折起伏，这也使得乡土世界中人性的矛盾与冲突得到了淋漓尽致地展现。

乡土中的人：浓郁的人情味

一撮白胡须，一杆兰花烟，手拿一把苞谷，看着白鸽光洁的羽毛，眼里透着温良敦厚的光，这是张天雷带给读者最深刻的印象。张天雷是张家最具影响力的人物，也是中国农村社会的大多数老人的真实写照。他朴实勤劳，和蔼可亲，清贫但不失礼仪，眼里都是自己的孩子，心里装的永远都是自己孩子的未来。在面对张清丽的婚事时，他通情达理，真心实意为自己的孙女考虑，去除各种繁文缛节，在其他人不理解时能够体谅男方家里的不便。这不是对于礼仪的削减，而是骨子里的礼节超越了肤浅的世俗眼光，他遵循着该有的礼节生活，是中国农村社会典型的老者形象。

张天雷的病让这个家庭骤起波澜，他对疾病的处理是中国农村社会较为常见

---

① 王春光：《中国农村社会变迁》，云南人民出版社 1996 年版。

的。他对生死的坦然并不是说他已看破生死，而是他看到生与死背后的代价。对于张天雷来说，倘若自己求生，即可能断了后辈的路。这是关于贫穷带来的恶果的真实写照，也是七八十年代农村社会中的普遍现象。在对张天雷的病态叙事中，小说展现更多的是具有浓郁人情味儿的川西乡土社会。与此同时，这病态叙事不再聚焦于那种超然于个体之上的时代精神，而开始实实在在、沉甸甸地去描写疾病带来的个人自身与家庭的痛苦。①

在物资短缺的六七十年代，经济建设是社会发展的主旋律。农村因经济基础的薄弱导致经济发展缓慢，这给无数家庭带来去贫困的阴影，而驱散这阴影的是温暖的人性。虽然疾病给这个家庭带来了痛苦，但是各家各户都在尽力地维持着张天雷的生命，此时的雪中送炭胜过彼时的锦上添花，人情的温暖才是抚慰人心的良药。

苍龙镇风景如画，这片土地养育了众多与其有着千丝万缕关系的农民。《安宁秋水》中所反映的不止是惬意的田园风光，更有与大美乡村交相呼应的美好人性。宗白华说："所以一切美的光是来自心灵的源泉：没有心灵的映射，是无所谓美的。"②张天雷最后放弃了生的途径，是现实的逼不得已，但也是为了换取更多的生。他爱着家里咕咕叫着的白鸽，爱着村庄里袅袅升起的炊烟，他更爱着这个家，爱着这片土地，他希望自己的孩子在这片土地上延续，便让自己回归大地。正如赵园认为："人格化的大地，与赋有大地品格的人俨然同体，是二而一的。这也最是诗境。"③受传统宗法制文化影响的张天雷，兄弟友爱，家族昌顺便是他一生最大的追求，所以他"不能再给这个家添新账了"，对自己的生死以一笑了之。

张天雷的死亡是令人动容的，也具有多重含义的。首先，张天雷传达爱的方式是简单的，粗糙中略带残忍，但是他的爱意却那如连绵的山脉，永恒而长久，鼓励着一家人一直向前走着。他化身白鸽飞越于山川河流之间，穿梭于张清泉的二胡声中。

张天雷对后辈的影响不仅在传授种植技术等物质层面，他勤劳踏实有原则的品质，更在精神层面引导着、激励着张家四兄弟走向人生的顶峰。除此以外，张天雷优秀的个人精神，也在一定程度上也夯实了整个故事的精神内核。其次，他的离世过程显示出了中国社会中存在的浓郁的人情味和世间温暖。张天雷放弃治

---

① 李彦仪、张福贵：《"病"的重现与隐喻——新时期文学中的"病态"叙事》，《探索与争鸣》，2021年第11期。
② 宗白华：《美学散步》，上海人民出版社1981年版，第50页。
③ 赵园：《地之子》，北京：北京大学出版社，2007年版。

疗是因为穷、因为不想成为负担，他的情存在在为子孙后代生存的考量之中，是基于现实带有伤痛、不舍的情；张清明等后辈在张天雷病了之后到处筹钱，尽管家里穷得无米下锅，也想留住爷爷，他们的情是突破现实的理想中的情，即使是撼树蚍蜉也要积极争取；更为感人的是，这个家庭的人情是相互关心、互相为对方考虑的。

张天雷的孩子们担心老父亲会撒手人寰，即使生活在困顿之中，也在尽力延长父亲的寿命。"张文美、张文仙也想办法送了六百元钱来，张文海、张文云、张文彩也送了一些钱来。"弟弟妹妹陆续地送着钱，张文山内心挣扎，贫困与人情之间摇摆，作为长子他承担着赡养老人的义务，尽全力医治张天雷，这是他作为儿子的孝。他明白弟弟妹妹对父亲尽的孝，"张文山夫妇不好向弟弟妹妹开口，毕竟老人是跟他们过，何况张文美、张文仙、张文海、张文云、张文彩他们日子也过得紧巴巴的，也是上有老下有小。"但是他也考虑着弟弟妹妹家庭的困境，不强迫弟弟妹妹共担巨额医疗费用，这是他作为长兄的义。

孝与义共同建筑着张家的人情圈子，让他们在贫困的生活中能够长久地携手同行。最后，李吉顺深谙农村社会的人际关系处理和人情社会的温暖所在，通过张天雷去世展现着乡土世界中彼此照顾、彼此承担的温情，从现实社会中窥见人性中最美的光。

相较于因贫困而病逝的农民张天雷，曾经在这个地方显赫一时的李峰是农民与创业者的结合体，小说对他形象的塑造极具现实主义色彩的。李峰是苍龙镇为数不多的创业者，虽然他和张清河一样最终都是以失败告终，但是李峰结局的模糊化处理却给了我们更多的思考空间。在这个基础上，他的身上所体现出的农民转向商人的特点，结合特定的时代背景，透过对他们形象、精神品格异同的分析，对我们深入地了解20世纪70年代中国农村创业者所处的生存环境与他们的心路历程，分析新时期以来农村创业者形象的发展具有极大的参考意义。

中国百年来的文学有三次比较集中地描写"新人"的追求。第一次是在晚清"五四"阶段，文学界有了强烈的描写"新人"的要求；第二次是《在延安文艺座谈会上的讲话》发表以来到"文革"这段时期，我们确立了塑造工农兵"新人""新英雄"的中心任务；第三次是改革开放以来，随着第四次文代会的召开，我们又兴起了一股塑造"社会主义新人"的热潮。这三个时期都是现代中国变化最大、最深刻的时期，中国现当代文学在每一次时代巨变的重要时刻都能够通过及时书写"新人"形象来捕捉时代的先进思想，与时代前进方向保持一致，以此推动社会的进步，保持自身与时俱进的先进性，这是中国现当代文学的优秀品质与鲜明特色。[①]

李峰作为一个创业者，是有勇气、有见识的。他在苍龙镇开先例创业，担起了苍龙镇经济改革发展的重任，"糖坊外堆积如山的白色蔗皮"，马力十足的柴油机让这个山村有了更多致富的路子。敢于迈出第一步的李峰也成了第一个吃螃蟹的人，家里修起来小洋楼，办起了糖厂，这也让他在创业方面多了几分自信与底气。在办糖厂的过程中，他始终以村民利益为重，不拖欠村民工资，在杨得友出事之后立马找人专门负责安全问题，确保糖厂安全有序地维持下去。他有着异于常人的经商头脑和勇气，不仅利用当地特产开办糖厂，灵活使用贷款给糖厂发展的资金动力，还积极寻找蔗糖的销路为糖厂提供有效的资金保障。

作为一个创业者，李峰在糖厂发展上有着向前看的勇气；作为一个农民时，他也有着往后看的意识。"按照李峰的经济实力，他可以把土地全部承包出去，一年只管收钱收粮，自己当跷脚老板就行了。但李峰还是觉得自己种土地心头才踏实。"人永远无法与故乡割裂，农民也永远离不开土地，李峰往后看见的是自己对农民身份的坚守，是自己扎在白龙村的根的守护，李峰对土地和糖厂的情感联结着传统与改变的社会现状。他生于斯长于斯，成败荣辱都在这片大地上。创业的重创让他试图放弃生命，一向忠厚老实的他选择出走，不是逃避，是去担负起他对于这片土地上人的责任。李峰最后的结局看似是模糊的，但实际上，土地的孩子不会走远，他永远活在那白龙村的甘蔗田里，活在那蜿蜒的山脉当中，活在孩子们的心里。

张清河这个角色相比李峰更加具有戏剧性和突破性，他是一种难言的"新"，是这片土地上特殊的存在。他敢于突破自己，但是他的突破在前期又非常脆弱。在射杀张清河养殖的病牛时，"张清河再也经受不了刺激，怪叫一声挣脱扭住他的人，发疯似的狂奔而去……"。

作为一名土生土长的农民，传统的脆弱的小农经济在一定程度上造成了张清河心理承受能力的不足。张清河那时的"新"是滞缓于社会发展之后的，是不够"新"的，但是这份"新"又精准独到地展现了独属于那个时代的现实，经济在发展过程中存在的现实矛盾得到了真切地反映。张清河试图挣脱的是根植在内心的束缚，困扰他的是特权与自身发展的不重合性带来的挫败与失落。他的出走是当时社会发展和农民之间存在的矛盾的凸显，也是社会发展和人情社会中裙带关系的破裂。

在这些男性角色的身上，闪耀着他们对社会、家庭的责任与担当，而小说中

[①] 寇鹏程：《百年"新人"形象的流变与文学的先进性》，《贵州社会科学》，2022年第4期。

的女性角色，也以其别样的人性光辉点缀在苍龙镇的夜空之上。孕育了几个孩子的母亲杨世芬，在丈夫残疾之后独自挑起了生活的重担，公公与儿子的相继去世也并没有将她击垮，她身上属于那方水土的淳朴勤劳支撑着她去扛下命运给这个家庭的重击。杨世芬是千千万万个中国农村妇女的缩影，勤劳踏实，温和节俭。

李吉顺能够准确地发掘人性的光辉之处，并且通过特定的时代与特定的环境巧妙地表现出来，将张家那时候无力抵抗的人生常态悄无声息地展现在读者面前，突出塑造出了杨世芬这个典型角色。与此同时，李吉顺也塑造了另外一个典型人物杨晓春。通过杨世芬和杨晓春两者的对比，李吉顺把人性的弱点放在社会变革和城乡变迁的对比之中，让悲剧表现得更加强烈，他以乡土的眼光从小人物的悲剧命运出发，深刻反思着现代文明对人的摧残及其他的弊端。

乡土世界中的地域特色：四川饮食文化与相应的民俗文化

苍龙镇是四川农村地区的典型缩影，也是中国农村社会的缩影。农村的经济结构简单，经济抗压能力相对较弱。在农民的知识文化水平不高时，任何影响经济的原因大都会在文化中寻找原因。张清阳养鱼失败后不自觉地认为"是不是这酒厂和鱼塘的风水不好"，风水文化在《安宁秋水》中的体现远不止此。

彭兴德一家听信风水先生的话将坟墓安置在耕地之中，对工作人员的劝阻更是大打出手，一副为了保住自家风水豁出去性命的姿态。但是孙永朝和彭家讲了一个不知真假的梦，"八卦生四象，说象什么就象什么"，他们便自觉把坟迁到了山坡上。在彭家听从风水先生话语的背后，折射出的是传统农民对传统民俗的遵守。传统民俗在那个吃穿困难的年代里给了他们向好的可能性。对于他们来说，给先祖挑块宝地是头等大事，所以他们自发盲目地与政策推行作斗争。他们也知道政策推行的重要性，但是小农经济下形成的狭隘思想使得他们无法将通过风水逆天改命这样的"机遇"让位给大局。

徐月晕倒时，杨世芬向祖宗的声声祷告，是那里的人们对自然最大的虔诚，是身无长物的人们最力所能及的事。孙永朝轻而易举地解决了土地问题，不仅因为他对于风水的了解，更因为他通过风水看到了人性的最深处。风水是中国民俗的一部分，是传统与保守的显现。民俗是多元的统一，裹藏着人们对于自然的敬畏和对生活改善的渴望，展现着内涵丰富的地域文化。

《安宁秋水》中展现的饮食文化是以四川地区为基础的，其中穿插的日常饮食随处可见川菜的身影，相应的民俗也是农村社会现今存在的。民以食为天，中国对于食物向来重视，对饮食的要求也有着较高的要求。历史长河推动着饮食文化的发展，不同的地域以不同的饮食文化充盈着中国饮食文化宝库。张光直先生曾说："到达一个文化的核心的最好方法之一，就是通过它的胃镜。"[①]

天府之国以川菜为典型代表，《安宁秋水》也将这一地域特色的美食囊括其中，不仅展示了四川独特的饮食文化，更呈现了饮食作为一种载体背后的文化内蕴。山川风物，食材独特。使得人们不得不在这样的环境下寻找到现有的食物与自然共存，与那时的生活共歌。李商隐《夜雨寄北》中描述了秋雨夜以继日、连绵不断的景象。而如此湿热的环境极易使人患上风湿性疾病。为了温中、散寒、除湿、祛风，预防疾病，四川人只能"靠山吃山靠水吃水"，在现有物产中寻找相关食物原料及食品来服食养生。[②]

对四川饮食文化的书写是穿插在故事发展过程中的，这为小说乡土世界的描绘提供了不同的色彩。在文本中不断出现的回锅肉、海椒、蘸水和豆花饭吸引着读者对四川饮食文化的探究。饮食文化展现出了它独特的地方魅力，向读者展开一段关于四川的故事。我们能看到饮食在文本故事发展过程中的作用，也能从《安宁秋水》繁杂的世界里窥探到作者对故乡美食的喜爱与眷恋。

首先在推动故事情节发展上，四川饮食文化充当着一个表现者的身份。在七八十年代，家家户户的口粮是有限的，张清泉外出学艺时，杨世芬才紧出豆子给孩子们磨了豆腐。这是属于那个时代的记忆，也是那个时代真实的反映。穷山坳里的孩子成长得会相对快一些，相比于刘涣的家庭条件，捉襟见肘的日子让张家四兄弟奋力挣扎向前。吃食在物质生活最重要的组成部分，他是四兄弟奋斗的出发点，也是故事所有角色立足的根基。

其次在人物塑造方面上，张清明在糖厂负责安保时，一顿回锅肉配海椒吃得他热泪盈眶，这是作者独特的时代体验，也是小说中张清明初恋萌芽的开始。往后在张清明的政治生涯中，回锅肉和海椒的影子始终伴随着他。但是当生活逐渐好转时，身边重要的人却一个个离开了他，初恋的误会和妻子的出走让他一度陷入人生的灰暗中。张清明努力工作不仅仅是想让自家的饭桌上有菜有肉，他更希望全县的百姓都过上好日子。美食是治愈人心的，在他奔忙劳碌的日子里，聊以慰藉的有大哥买的豆花饭、妻子做的回锅肉，还有故乡那儿从各家各户飘出来的袅袅炊烟。张清明是农村奋斗者的形象，踏实肯干，为人谦卑，有时候也有着像海椒一样耿直冲人的脾性，不给亲戚开小灶，对错误的事情坚持抵制。在七八十

---

① 张光直：《中国文化中的饮食——人类学与历史学的透视》，郭于华译，江苏人民出版社2003年版，第50页。
② 杜莉：《天人相应观念下的四川饮食养生之道》，《四川烹饪高等专科学校学报》2014年第1期。

年代的改革浪潮中，群山环绕的四川需要张清明这样像海椒一样直脾气的人去改变。李吉顺用家乡方言搭配着饮食，既加重了地域色彩，也完美地塑造着独属四川的典型人物。

最后，在对现实问题的思考上，饮食成为表现乡土世界变化的重要载体，成为凸出人物变化的重要渠道。在周巧、杨小春和张清明一同吃饭的过程中，李吉顺通过杨小春点菜的行为将杨小春的形象变化展现得淋漓尽致。杨小春从之前的多愁善感、天真烂漫的小姑娘转变为现如今的大手大脚、不知节俭的饮食男女，性情的转变在饮食上就可窥见一斑，这也为人物后来命运的走向作了一定的铺垫。

"天下熙熙，皆为利来；天下攘攘，皆为利往。"杨小春的变化大抵是利来利往之后的彰显，她的悲剧是经济发展过程中人迷失方向之后的典型结局，与之相匹配的还有张清河的牢狱之灾。他们来自那片霜降便有白雪覆盖的村落，他们见过穷的样子，也领略了富带来的滋润。

杨小春本可以念着红楼，过着工人阶级的舒坦日子，但却在纸醉金迷中逐渐迷失。她的一生是极其悲剧性的，本该顺畅的人生最后却变得不堪入目。在物质资源稀缺的年代里，《红楼梦》不再是她关注的重点，物质消费让她的心灵受到巨大冲击，她没有顾忌地点菜是为了弥补内心的失落与自卑，网上寻爱是为了填补内心的空虚与寂寞。

杨小春的迷失是外界推动和自我挣扎下的迷失，这表现在三个方面：一是由农村户口转为城市户口，她便失去了落脚的根，苍龙镇再也没有了她的土地，这是她悲剧命运的开始。故事的最后她没有回到故乡，即使父母在当地有一定的实力，她依旧选择投靠前夫的母亲，无根的人终究是一棵浮萍。二是商品经济下存在的恶，让她失去了保持本真的心。刘涣的花言巧语让她暂且忘记了没有得到张清明的痛苦，刘涣带来的物质条件也让她迷失自我，商品经济下人心理的异化让后面的诱奸在她心里也变得可以接受。她本该反抗，本该清醒地认识到这条路是伊甸园的蛇扔出的果实。"鸽子"的"温柔乡"给了她最后一击，但是早已坠入时代漩涡的她再也没有挣扎出去的可能。三是在丈夫去世破产后，杨小春承担起了养育幼子等家庭重担。杨小春逐渐自觉尊严和生活受到极大的打击和侮辱，精神状态由天真烂漫转变为自卑萎靡。网友交友是她麻醉自己最后的手段，她生活的重担压在身上，也以玩味男性的姿态在网络上交友，以维持自己所剩无几的高傲。

《安宁秋水》中杨小春的压抑无处不在，因为尊严被践踏，所以要争取尊严；因为缺失需要，所以燃起欲火。综合嫉妒、欲望等诸种心理因素，人物内心的存在感由此遭到更加严峻的威胁，这更迫使人物不得不采取疯狂的复仇行动。但是根植于小春内心的善意与之成为巨大的矛盾体，走向疯癫是她最后无奈的归宿。

杨晓春是那个时代悲情真实的存在，社会经济在发展，但终会有人跟不上发展的脚步，他们本着最大的善意随着社会发展，总是以个人与社会发展的原因让他们境遇变得悲惨。值得深思的是，这片土地上的人们，无论所受之变故是多么动荡，也都是自己默默承受下去，没有去用恶意吞噬这个世界。李吉顺通过《安宁秋水》让人看见了这片大地山至真至纯的善，也结合现实，通过人物悲惨的境遇，真切地思考着关于农村经济和城市经济发展之间的矛盾。

李吉顺一手创设的川西南世界，来源于他对于四川故土的热爱。《安宁秋水》以波澜壮阔的故事结构书写着七八十年代的奋斗故事，用温和翔实的口吻讲述着那片土地上的爱恨别离。李吉顺心系四川社会的发展，也关注在发展过程中人的变化，借杨小春等人的命运探讨着在经济发展过程中普通大众的处境与变化。李吉顺借张天雷、杨世芬夫妻等人赞颂着南方人藏于深处的善良与勤劳，并且将这种品质作为这个乡土世界里最纯的爱，也借张清明的奋斗历程展现着这个世界的前途无限，讴歌着这片土地中孕育出来的智慧与勇敢。李吉顺怀着一种积极乐观的心态看待川西南世界的发展，这片土地上以祥和的姿态养育着一代代年轻的生命在大地上跳跃，他们以向上的姿态跳跃在苍龙镇，跳跃在冬阳县，跳跃在四川那绵延的大地之上，跳跃在中国民族的生生不息之中。

（作者单位：南昌大学人文学院）

《安宁秋水》中的爱情叙事及其现实启示

◎ 卢晓梅

《安宁秋水》以张家兄弟的成长经历与爱情故事为线索，书写了 20 世纪 80 年代后期至新世纪初 20 年间改革开放时代普通人对理想人生的向往和对爱情的执着追求，真实地反映了改革开放年代青年男女在爱情观、婚姻观和价值观方面的转型与嬗变，对当代青年的爱情观和婚姻观也有一定的现实启示作用。

《安宁秋水》中的爱情类型

《安宁秋水》的题记中说："人生是快乐而痛苦的寻梦过程，如果没有爱和梦想，生命、青春就像冬日里枯黄的野草。"因此，除了讲述张家兄弟在社会转型期艰难的成长故事外，描写他们在追梦途中的爱情经历也是这部作品的一大主旨。

这部作品人物众多，内容丰富，为了更好地结构故事，谱写人物的爱情乐章，作者李吉顺在几个重点男性角色身上营造出了"众芳环绕"的爱情景观，如张清泉的"一男三女"模式和张清明的"一男四女"模式。但是为了厘清《安宁秋水》的爱情叙事，并且将其典型化，本文将采用重点突出的方式，着重讲解"众芳"中具有代表性的女性与相关男性角色的爱情，如张清明与李晓雪，张清泉与杨洪会。其他诸如张清河、张清阳的"一男一女"现实模式，则略微进行分析和讲述。

"两情相悦"的爱情。在《安宁秋水》中，李吉顺塑造了一对青梅竹马的年轻人——张清明和李晓雪，他们"从小一起耍，互相知道性子"，只是后面大了，性子反而拘谨了。正如路遥在《平凡的世界》中所说："是的，生活就是这样。在我们都是小孩子的时候，一个人和一个人可能有家庭条件的区别，但孩子们本身的差别并不明显。可一旦长大了，每个人的生活道路会有多大的差别呀，有的甚至是天壤之别！"因此，尽管张清明和李晓雪在糖厂的亲密接触中，早就互生情愫，两情相悦，但张清明一想到自己是个一穷二白的"倒补户"，而李晓雪却是李家的千金，就不由得退却了。面对李晓雪对他明目张胆的偏爱，他先是激动、欣喜，后是一阵酸楚，最后竟忍不住叹气和流泪了。古往今来，有多少两情相悦的爱情就是这样在现实面前隐退了，变成了内心深处那一弯深不见底的幽潭，之后的每一次遇见和思念都是对这潭水的猛击，一次又一次激荡起冲天的水花。

后来，李家糖厂先后遭遇工人出事、王德秋卷款跑路等一系列重大变故，张清明都一直陪在李晓雪的身边，为她分忧。"岁寒知松柏，患难见真情。"在这个过程中，两人都进一步确认了自己对对方的心意。如果没有意外，在渡过难关后，两人也许真能佳偶天成。然而，"人生易尽朝露曦，世事无常坏陂复"，陆游的慨叹穿越千年又在李晓雪的身上应验了。李父因无法承受糖厂破产的打击，在寻死未果后留下一张简短的字条就离家出走了。这对于早就摇摇欲坠的李家来说，无疑是压死骆驼的最后一根稻草。在亲人的离散面前，爱情的儿女情长只能退居幕后。面对日渐消瘦的母亲和支离破碎的家庭，李晓雪决定外出寻父。哪怕在临别之际确证了自己对张清明的爱，她也毅然踏上了漫漫寻父之路。

因为一些误会，外出寻父的李晓雪最终选择与罗风云结婚，身心受创的张清明也在周巧的"呵护"下走出失恋的阴影，两人就此错过。但他们始终都在内心为对方持守一份纯真的爱情，正如汪国真所说："只要彼此爱过一次，就是无憾的人生。""两情相悦"的爱情，其魅力大抵就在于此吧！

"死生契阔"的爱情。小说中最令人唏嘘和意难平的一对恋人非张清泉和杨洪会莫属。两人相爱多年，但是一直没有公开，原因是张清泉想在有能力到杨家订婚的时候再让人知道。为了这个目标，张清泉先是去东阳县苏师傅的裁缝铺里当学徒，期望学成归来后开个小店面，改善家里的经济状况，再把杨洪会娶回来。然而，这一期望因为苏师傅被抓而落空了。之后，张清泉又报名成了铁路护路连的一名护路人员，为了心中的目标，张清泉每日刻苦训练，不断精进，因表现突出一路升至九班班长。眼看着张清泉就要在新的人生舞台上大放异彩，和杨洪会修成正果，不料"天有不测风云"，张清泉带队巡逻时遭遇一伙车匪路霸，在对抗中中枪倒下，不幸去世。

"曾经沧海难为水，除却巫山不是云。取次花丛懒回顾，半缘修道半缘君。"随着张清泉的逝去，杨洪会的心也死了。"整日里失魂落魄的，话也没有了，一年四季只是闷着头在田地里干活"。十多年过去了，任凭爹妈亲友劝慰都无动于衷，孤身一人执守着一份对爱的承诺。"死生契阔，与子成说。执子之手，与子偕老"，往日的美好诺言因为恋人的逝去已经随风飘散，但失去恋人的痛苦却要由生者承受。杨洪会的孤身坚守显示出她的有情有义，更令人感受到"死生契阔"式爱情带给人的巨大感染力。以至于看到杨洪会因为赵翠香的一句"我的二嫂"而潸然泪下时，读者也不由地跟着一起涌出热泪。

"相濡以沫"的爱情。张清河和徐月相识于微末。彼时张清河因为养殖场的失败只身从家里跑出来，身无分文，在漆黑的雨夜流落到采石场。而徐月则因为家贫无法上大学，辗转多地到处打工，后来感染肺炎走投无路之时被李志豪场长搭救，才在采石场安定下来。同样坎坷的命运，让两个年轻人相知相守，发展出了令人歆羡的"相濡以沫"式的爱情。徐月在张清河落魄时给予他温暖和关爱，用善良和温柔重新激起他对生活的信心和希望。而张清河也不负所望，充分发挥自己的才能，先后向李志豪进言献策，极大地提升了采石场的经济效益，并因此一路晋升为采石场场长和公司的副总经理。这不由得让我们想到薄伽丘的著名论断："真正的爱情能够鼓舞人，唤醒他内心沉睡着的力量和潜藏着的才能。"

后来，当死亡的阴影笼罩在徐月头上时，张清河没有退却，更没有放弃。他先是为高昂的医药费到处奔波筹款，在多方努力无果后，甚至冒着生命危险，瞒着徐月把自己的肾换给她。在隐瞒的过程中，张清河为了不让徐月生疑，忍着做完手术后的痛苦，不顾医生护士的劝诫，拖着病体去照顾徐月，又分心处理公司的事情。结果被徐月误会，多日的病痛劳累加上一时气急攻心，张清河倒下了。所幸，在误会解除后，张清河和徐月的感情又恢复了，甚至因为"夫妻同肾"，他们的感情比以前更好了。

俗话说："夫妻本是同林鸟，大难临头各自飞。"古往今来，有无数的爱情在刚开始的时候都无比缠绵浪漫，令人歆羡。可是，当遇到现实中的困难时，却往往像一盘散沙，不用风吹，走两步就散了，怪不得纳兰性德在《木兰花·拟古决绝词柬友》要感叹："等闲变却故人心，却道故人心易变。"相比之下，张清河和徐月在困难处境中培养出来的这种"相濡以沫"式的爱情实在是难能可贵，可以说他们通过自己的行动建构出了爱情的真理，令人敬佩。

"志趣相投"的爱情。张清阳和赵翠香的初遇非常具有戏剧性，张清阳一不小心吃了对方的回锅肉，被误以为是"小叫花子"；而赵翠香做戏让对方帮自己买车票，又被认为是"小癞皮狗"。总之，萍水相逢的他们，从一开始就吵吵闹闹，误会不断。不过，也许正是"不打不相识"，一个看起来并不靠谱的初遇，却发展出了一段非常靠谱的爱情。

彼时张清阳正处于退伍回来跑出租被抢，去检查站工作又赌气离开的困境中，正愁不知道做什么；而赵翠香也在半个月前从冬阳酒厂"下课"了，正要寻求谋生的出路。于是，在了解双方的情况后，两人一拍即合，一个出场地，一个出经验，合伙办起了酒厂。不过他们的创业之路并不是一帆风顺的，不久就遇到了销售困难的问题。然而，正如松下幸之助所说："逆境给人宝贵的磨炼机会。

只有经得起环境考验的人，才能算是真正的强者。自古以来的伟人，大多是抱着不屈不挠的精神，从逆境中挣扎奋斗过来的。"

张清阳和赵翠香没有被眼前的困难打倒，而是听取周巧的建议跑起了运输。两人风里来雨里去，历尽艰辛，终于打开了酒厂的销路。也正是在这个同甘共苦的创业过程中，两人的感情迅速升温，成就了一段"志趣相投"的爱情佳话。

之后，两人又是搞养殖，又是建枇杷基地，期间虽然几经波折，也免不了一些吵闹和误会，但最终总能顺利解决，两人的感情也日久弥深。英国女作家夏洛蒂·勃朗特的代表作《简·爱》中有一句话："爱是一场博弈，必须保持永远与对方不分伯仲、势均力敌，才能长此以往地相依相惜，因为过强的对手让人疲惫，太弱的对手令人厌倦。"这句话用来作为张清阳和赵翠香的爱情宣言再合适不过。张清阳不当大男子主义的一家之长，赵翠香也不做攀援的凌霄花，两人互助互持，共同创业，呈现出新时代背景下爱情的崭新面貌，令人欣喜。

法国著名哲学家巴迪欧曾经说："爱是一种真理的建构。"它既千篇一律，又千变万化；既通向每一个个体，又通向每一个群体。《安宁秋水》中张清明与李晓雪"两情相悦"的爱情、张清泉与杨洪会"死生契阔"式的爱情、张清河与徐月"相濡以沫"的爱情以及张清阳与赵翠香"志趣相投"的爱情各不相同，却同样感人至深，谱写出改革开放新背景下青年男女纷繁多样的爱情乐章。

《安宁秋水》中爱情的现实启示

有人说："最理想的朋友，是气质上互相倾慕，心灵上互相沟通，世界观上互相合拍，事业上目标一致的人。"这句话用来形容最理想的爱情同样再合适不过。《安宁秋水》描写了改革开放新时代下几对青年男女不同的爱情，其中有"忠贞不渝"的古典爱情，也有"有情人难成眷属"的现代悲歌。仔细分析每一段爱情，好像离最理想的爱情都有一些距离。但是，通过观察这些青年男女在人生和爱情追求上的苦闷、挣扎、奋斗的历程，当代青年人是能受到深深的感染和影响，并且获得一些有关爱情和婚姻的启示的。

互相欣赏是爱情的必备要素。汤显祖的代表作《牡丹亭》的题记中有一句话："情不知所起，一往而深。"意思是她的情在不知不觉中激发起来，而且越来越深。这句话说明了爱情的产生是不需要什么缘由的，它可以是《凤求凰·琴歌》中"有美人兮，见之不忘，一日不见兮，思之如狂"的一见钟情，也可以是《诗经·氓》中"总角之宴，言笑晏晏，信誓旦旦，不思其反"的两小无猜。然而，爱情的产生不需要理由，爱情的长久维持却需要理由。其中最重要的一点，就是爱人之间的互相欣赏。

《安宁秋水》中的青年男女性格各异，没有一个是十全十美的"完人"，但这并不影响他们互相倾慕，互相欣赏，正如梦露曾经说过的一句话，"如果你不能接受我最差的一面，也就不值得拥有我最好的一面。"在张清泉的眼中，杨洪会温柔体贴、清纯可爱、柔情万千；在杨洪会看来，张清泉外表英俊、多才多艺，吹拉弹唱、绘画和武术"样样精通"。

总之，他们都能看到对方身上的优点，并且为之深深着迷。同样，在描述张清明和李晓雪这一对"两情相悦"的恋人时，作者也反复强调张清明眼中的李晓雪是多么纯洁动人，犹如"那天上皎洁美好的明月"，而张清明在李晓雪心中也是那样一个"满身洋溢着青春活力的英俊的哥哥"。实际上，他们每一个人可能都没有那么完美，但是恋人之间的互相欣赏让他们产生了"情人眼里出西施"的效果，他们的感情也随着日久弥深。

因此，对于当代的青年男女来说，要想拥有一段长久的爱情，善于挖掘和发现对方身上的优点和长处是必不可少的。只有这样才能在荷尔蒙消退之后，还能依靠这种对对方的欣赏将爱情维持下去，而不是随着荷尔蒙的消退，爱情也随之消逝了。

沟通是维系爱情的纽带。《安宁秋水》中的张清明和李晓雪明明两情相悦，却意外错过，导致"有情人难成眷属"的爱情悲剧。究其原因，是因为出现误会时没有及时沟通。英国有句俗语，叫作"许多东西都因不发问而丧失"，张清明和李晓雪的爱情就是这样。当时，外出寻父的李晓雪在罗风云的陪同下回了家，本打算和张清明互通情意，成就一段爱情佳话，结果被张清明误会。张清明以为罗风云是她男朋友，于是心灰意冷地躲到边远的村上去了。而李晓雪上街赶集的时候，误听大婶的谣言，以为张清明变了心，马上就要和杨小春订婚了，订了婚下半年就要结婚办酒了。于是她在精神崩溃中慌乱地逃离了家乡，之后就和罗风云结了婚。可以看到，当产生误会的时候，两人的第一反应都是逃避，连当面发问的勇气都没有，他们的爱情也就在这样的误会和缺乏沟通中被消磨殆尽了。

无独有偶，张清河和徐月之间也曾发生过误会。当时，张清河瞒着徐月将自己的一个肾换给了她，在术后休养的十几天里，为了保密，医护人员假托张清河有急事回家了所以才没有来照顾徐月。结果这个善意的谎言被不知情的李志豪捅破，引起了徐月的怀疑。徐月后来又被居心不良的唐英误导，以为张清河出轨李飞雁，跑去大闹了一场。一时间，两人的感情因为误会产生了前所未有的重大危机。后来张清河意外倒下，被送去医院抢救，才被医生戳破他曾经割肾的事实，从而解开了误会。同样是因为缺乏沟通而产生的误会，和张清明李晓雪的爱情悲剧相比，张清河和徐月无疑是幸运的。但是如果他们不从中吸取教训，加强彼此之间的沟通的话，幸运之神也许并不会长久地眷顾他们。这也给当代的青年人敲响了警钟，沟通作为人与人之间的交流，在爱情中同样十分重要，甚至可以说，沟通是维系爱情的纽带。

精神同步是爱情长久的秘诀。苏霍姆林斯基曾经说过："真正的爱情不仅要求相爱，而且要求相互洞察对方的内心世界。"这里所谓的"洞察对方的内心世界"只是第一步，接下来需要做的应该是追求精神上的同步。只有精神上同步的爱情，才能善始善终。关于这一点，《安宁秋水》中分别呈现了一个正面案例和一个反面案例。

正面案例是张清阳和赵翠香，他们的爱情属于"志趣相投"型，一开始就有一个共同目标，那就是创业。他们一起办酒厂、跑运输、搞养殖、建水果基地，随着事业的发展，他们的感情也越来越好，这就是精神同步给爱情带来的保鲜效果。与之相反的是张清明和周巧，周巧在张清明"经历了爱的风雨之后"开始走进他的心里，随后两人修成正果，走进了婚姻的殿堂。婚后，张清明忙于事业，在家庭方面有心无力，而周巧在婚后更多承担家庭责任的同时，原想在事业上开创一番天地好跟上张清明的步伐，可是却先后经历下岗、门市被烧、餐馆生意越来越差、搞野山菌火锅第一天就导致食客大面积食物中毒等不幸。在这个过程中，张清明对周巧的冷落与忽视最终使周巧下定决心离开他、离开冬阳这个伤心地。

总的来说，张清明并不是不爱周巧，周巧也不是真的对张清明彻底绝情，只是两人在精神上存在不同步、不同频的情况。周巧不理解张清明的大公无私，张清明也不理解周巧反反复复的折腾，总觉得她在家做好家务、带好娃儿就行了。这种精神上的不同步最终导致了两人在爱情和婚姻上的悲剧。

鲁迅的《伤逝》中有一句话，"爱情必须时时生长、更新、创造。"这句话至今仍有现实意义。开始一段爱情很简单，可是要想让爱情长久下去却并不容易。在这个过程中除了要互相欣赏、加强沟通外，保持精神上的同步也是必不可少的。

（作者单位：南昌大学人文学院）

从《安宁秋水》透析改革时代的农村奋斗者

◎ 林洁仪

引　言

世纪之交，随着改革开放的不断推进，新鲜的生活状态、思维方式、价值观念涌入农村。在传统农村和现代文明的撕裂与重组中，农村青年有了更多样的人生选择。

《安宁秋水》的时代背景正是起于 20 世纪 80 年代末，落于 21 世纪初，带有大变革浓重色彩和厚重的历史纵深感。李吉顺创造出一批具有"开放性"的农民新形象，其笔下的农村青年挣脱出保守、封闭、自我压抑的传统农民形象，在改革开放的浪潮中谱写新的奋斗乐章。

小说最为突出的农村青年形象是张清河、张清明、张清阳三人，他们的奋斗历程恰好分别映照了农村青年迈向新生活的三种路径：外出务工、为官从政、留乡创业，他们人生选择也是中国农村时代变革性的重要表现。

张清河：背井离乡的打工奋斗者

20 世纪 80 年代的张家可谓"负债累累"，父亲张文山早年摔成残疾，做不起重活，家中的顶梁柱不仅在一夕之间失去了劳动能力，让整个家庭失去了主要经济来源，还因为治疗欠下了巨额债务，陆陆续续还了十多年，五个孩子就是在如此艰苦贫困的环境中长大。但现实总是在不经意间给予人沉重一击，爷爷张天雷突然患病，又使家里陷入贫穷的冰窖里。他们东奔西走再向亲朋借钱，就连农村人视如珍宝的牛也不得不卖了，兄弟三人每天上山捡柴换得微薄的钱，可惜最终也未能挽留下爷爷。正是张家二十年来穷苦的生活，让四兄弟都萌生出"奋斗"的种子，希望依靠自身努力突破农村家庭的经济束缚。

张清河是张家的第三个孩子，因为照料家中一切的长姐张清丽远嫁给牛坪村的陈德军，二哥张清泉外出学习裁缝技术，照料双亲以及田地里犁田打耙、栽秧打谷的农活全落在了张清河的肩上，对家庭和土地的责任感牢牢拴着他，让他停留在农村的田地里。但是日出而作、日入而息的农耕生活并没有消磨他对外界新鲜事物的向往。

张清河是具有开放性思维和创新精神的农村青年，他从不拒绝新技术和新思想，还借助农技员弟弟张清明带回来的新点子吐故纳新，采用地膜覆盖、作物轮作、稻田养鱼等等种植方式充分利用自家土地，自觉地将传统农业生产方式向现代农业生产转变，实现增量增产，后来竟然单靠种地还清了家庭的欠款甚至略有余钱。创新技术带给张清河的不仅是物质上的丰收，还有精神上的鼓舞，它让张清河以更开阔的视野去接纳这个世界，以更积极主动的态度去学习新知识。经历了一次成功的农业实践，他还想继续在农村这片土地上深耕创造新的成绩。所以当他看到报纸上的鱼氟粉广告时，便想想占先机放手一搏，汇了 1200 元钱给海龙公司换取资料，谁曾想这竟是一场骗局。他失望而归，继续在农村的土地上辛勤耕耘。

张清河无疑是农村青年奋斗之路的一个缩影，作为土生土长的农民，他自然而然地对土地有原生的亲近和依赖之情。他的前半程奋斗之旅是农村土地绽放的花，接受现实的风吹雨打。在农业种植上，他是新农民的代表，主动接受新兴农业技术，勇于尝试。小说开篇不久，李吉顺就用苍龙镇农民遇上稻谷因抽穗扬花时节高温高湿导致大量减产的事件，"庄稼人啊，喜怒哀乐都在一年四季的收获中，收获是梦想，收获也是噩梦"，道出了小农经济在农业技术不成熟的条件下的不稳定性和脆弱性，这既是促使农村青年外出务工的一大因素，又是农村经济发展需要解决的根本性问题。张清河就是在时代迅猛浪潮下让自家土地从"靠天吃饭"到"人定胜天"的一个典型。

埋藏在张清河心中的奋斗和创新的火苗从未熄灭。当日子走向红火时，他又萌生出建立养殖场的念头。他从信用社贷款了在自家在大平子的那一片旱地养本地黄牛和黑山羊为主兼养鱼。80 年代，我国将农村信用社真正办成群众性的合作金融组织，独立自主地开展存贷业务，还成立了县级联社，投放了大量的贷款。张清河也是借此"东风"顺势启航，倾注了大量的心血和精力，将他的事业重心也偏移至养殖场建设和维护中。

但张清河的奋斗历程堪称波折，他一时贪便宜买到了染病的幼崽，牲畜 5 号病毫无征兆地降临在养殖场内。负责此项工作的张清明第一时间赶到，无论张清河如何哀求，他仍不留情面地下令扑杀圈养的所有牲畜。首次创业的失败，未来的巨额欠款，"背叛"的亲情三座大山同一时间向他压来，让他近乎溺死在绝望之中。此时，张清河选择了逃避，他逃离这片伤心的土地，亦是逃离他所遭遇的打击，外出打工成为他的第一选择。养殖场 5 号病事件成为张清河人生的分水岭，将他的人生依照地域划分成农村和城市两个板块。大台乡干沟湾采石场是他后半段人生的归属地，靠着高情商，张清河一步一个脚印当上了经理，走到采石场的管理层，无奈李吉顺在书中又给了他现实的最后一次打击，他作为采石场负责人，因场长李志豪不愿出钱整改安全隐患导致工人一死三伤事故入狱。

具有年代特色与历史烙印的人物形象能够还原故事的时空属性，将读者带入历史脉络中。由于改革浪潮席卷全国，敢拼敢闯的观念在农村青年的心头不断长大，他们也想解开土地拴在他身上的纤绳，跟随时代前进的步伐。所以面对养殖场创业失败，张清河跻入人口地域流动的浪潮。他与糖厂破产的李峰一样是被农村和土地"放逐"的同一批人，离乡出卖劳动力成为他们唯一获取经济收入的途径，这也是农民对谋生方式的主动调整，更是农民在改革时代思想的感召下的一种外输行为。

张清明：学以致用的从政奋斗者

以往的社会转型题材小说中，进城务工农民通常是重点关注对象和叙事主体，他们身份转化的目标一般与金钱挂钩，积极投入改革开放时期的商业活动之中。知识分子和农民这两种身份往往呈现出交互与对立的状况，用以展现农村和城市社会的分层与断裂。李吉顺在小说中却另辟蹊径，在小说中他让张清明完成了农民到知识分子的身份转化，让他顺应改革时代浪潮，挣脱出代际流动的困局，展示了一条独特但具有理想化色彩的农民奋斗路径。

张清明是李吉顺在《安宁秋水》中最偏爱的人物，这种"偏爱"就体现在他的奋斗路径上。他与农村青年普遍选择的打工、务农、创业之路不同，他走的是一条迈入政治官场的奋斗道路。而且张清明踏入官场的机会也是极具偶然性。他解救了因调解糖厂欠款问题而被围困副镇长刘开军，从此刘开军记住了这位热心、理智的青年人。所以当苍龙镇农技站招聘农技员的时候，刘开军私下委托人给张清明送去一本《农业技术知识手册》，助他攻克农业基础知识考试。张清明也没有辜负刘开军的期待，不分昼夜地将书本知识背得滚瓜烂熟，顺利通过了农技员考试，从此开启了他的政治生涯。张清明负责的领域从农业到法治，担任的职务从基层技术员到副市长，他的奋斗之路充满了传奇色彩。

可以说，张清明是李吉顺塑造的非典型的农村奋斗者，是最具理想化的形象。他的成长都在农村，但是他的思想并未受农村地域环境的限制，反而具有进取心和开拓性，有一颗好学、向学的心。张清明的文化水平仅是初中文凭，但他从未放弃求学，刻苦钻研农业理论知识并结合自身实践考上了农技员。一旦外地有新技术时，他也会第一时间前往了解先进技术和经验，然后回到家乡传授给其他村民。在完成政府工作之余，他也不忘努力学习，通过自学考上了大学本科并完成了学业。张清明在自强自立的人生道路上实现着自己的价值，他竭力挣脱和超越他出身的阶层，从出身的局限中解放出来，从意识上彻底背叛农民因地域限制产生的狭隘目光，追求更高的生活意义。

张清明奋斗之路理想化色彩还在于地域性和精神性在他身上的相背特征。张清明事业发展从未离开过这片生长的土地，他的一心扑在家乡建设，为了农民和居民尽心尽力。冬阳县政府受贿向各单位各乡镇颁发禁止甘蔗外流的正式官方文件，只准农民把甘蔗卖给本县糖厂。但是冬阳县糖厂却开出极低价格进行收购，隔壁县仍维持正常市场价，农民就想方设法运甘蔗。面对政策和现实相矛盾情况，张清明授意所有的镇干部对全镇群众外卖甘蔗的事睁只眼闭只眼，让老百姓多卖一分算一分。最后，张清明还在政府会议上拍桌而起公开反对上级文件。苍龙镇暴发洪水时，他第一时间奔赴现场坐镇指挥抗洪救灾，被洪水冲走……张清明身上始终有着农民天然的朴实和坚韧精神，也有着时代改革在农村青年精神世界催生出的向前动力。这种扎根乡土为民服务的心与向外求学求知生成内外拉扯的张力，强烈的理想色彩从裂隙中迸发。可以看出理想化的"张清明"奋斗者形象，是李吉顺对改革时代的美好期待和对农村青年奋斗路径具有无限选择性的提示。

张清阳：立足乡土的创业奋斗者

张清阳是张家老幺，在张家经历变故和波折时，张清阳正在镇上念中学，家庭的重担有父母和兄姐顶着，压不到他的身上。但是他和大哥张清泉、四哥张清明不同，他不喜欢读书，想尽早回家为家庭分担经济压力。因此在初中毕业后，他便在沈阳服了三年的兵役。张清阳当兵一是想实现自己的心愿，二是因为国家在军人退伍后会安排工作。然而，改革的浪潮席卷的不止有农业。当他退伍回来在冬阳县武装部报到的时候才得知，从去年起政府不再为复员退伍军人安排工作，只给安置费和土地承包权，他只能自行回乡创业。

张清阳和张清河的从商之路看似有重合，但是细细品来却极为不同，虽然他们俩最初的创业都选择在苍龙镇上，但是张清河贷款操办养殖场，张清阳则选择贷款买了一辆摩托车从事运载工作。万万没想到的是，创业刚开始没多久，就被人拦路抢劫打成重伤。面对欠款，他和三哥一样无颜面对家人，选择离开苍龙镇，乘坐上火车去投奔事业已经有所起色的张清河。

　　与张清河不同的是，小五走上"外出打工"的路，反而迎来了一次回马枪，人生的下半程都落回到苍龙镇这片沃土之上。张清阳在车上遇到了他事业和爱情的重要转折人物——赵翠香。她是冬阳酒厂的合同工，酒厂亏损倒闭，一大批工人面临失业的困境，赵翠香就是在下岗工人中的一个，同样想向外寻找生存发展的机会。二人经过交谈发现，一个握有酒厂技术人脉，一个拥有场地，于是一拍即合共同开办酒厂。赵翠香找来酿造技术高超的师傅，张清阳利用家门口废弃的养殖场开启了酿酒销售的创业之路。

　　二人的偶遇碰撞出酿酒创业的点子颇具戏剧性和偶然性，但是放置于 90 年代也觉得自然。激烈的市场竞争下企业和个人充斥着不确定性，随时都有被"洗牌"的可能性。改革开放既是对原有工商农的一次行业大清洗，又带给农村青年潜在的机遇。

　　张清阳牢牢把握时代动向，趁东阳酒厂倒闭，及时填补苍龙镇酿酒行业空缺，掌控和打开市场，从小区域自营自销慢慢发展。在数年积累到一定资金后，他又将目光投向了由于农村青壮年劳动力大量外流的未被合理耕种的大片农村土地，与人合作投资建设枇杷果园。张清阳的奋斗之路是多样的，他涉猎兵农商三个领域，奋斗过程经历了退伍军人"包分配"取消、国企改革、新农村建设。张清阳依靠对时代变革敏锐的感知力和强大的适应能力在激流中脱颖而出，是小说中最贴近时代改革开放的农村青年。

　　张清阳和张清河两兄弟的奋斗轨迹仿佛是两条对照且交叉行进的线。当张清河在家从事农业种植时，张清阳在外当兵；张清河因养殖场创业失败逃离家乡，张清阳此时却开始返乡创业；兄弟二人在外从商的经历也不同，张清河从采石场小工到经理步步高升，最终人生却急转直下锒铛入狱，张清阳从酒厂到果园虽有波折但也走得平坦，果园的未来欣欣向荣。

　　张家老三和小五是农村青年从商的两种模样，外出务工和在乡创业。在改革开放时期的中国，处处是机遇，城市对农村青年有着无穷的诱惑力，千千万万的"张清河"顺着时代的浪潮涌入城市，靠着农村青年天生带有的踏实和努力脱贫致富。"张清阳"更像是李吉顺设置的美好乡村建设的独特人物，他在小说中用张清阳的奋斗经历，来证明农村青年寻求自身发展的途径不只有"外出打工"一条，扎根在农村的绿水青山一样能实现人生价值。

　　张清阳兄弟并置对照的人生路径，是李吉顺给读者留下的新启发：农村青年迈向成功的路不一定在外面。他也借张清阳之口表达了看法"我们自己有土地，那是不一样的，干好干坏、挣多挣少、除了国家的，都是自己的……城市里每年有那么多居民没有就业，我们农民放着土地不种去跟人家抢岗位，这不出矛盾才怪。"回归最熟悉、最肥沃的家乡土地，主动融入新农村或许是社会转型时期新农民的新选择。

《安宁秋水》的叙事框架带有传统乡土作品宏大历史叙事气息，其对改革开放社会的呈现和农村奋斗者形象的塑造的不仅基于历史的纵向维度，着眼于社会的重大变革，还将叙事的基点下放到农村青年的日常生活之中，苍龙镇农民的勤恳善良、锐意进取被一一观照。

此外，中国世纪之交的巨大变革，让农村青年的奋斗之路充满机遇与挑战，他们与时代同频共振，面对身份阻隔、乡土牵拉、现代文明召唤的多种因素作用，找寻自身发展的道路和时代发展的平衡成为他们思考的重要问题。以张清河、张清明、张清阳为代表的一代农村青年在时代潮音的号召下，试图挣脱贫穷落后的农村的束缚，改变自身命运，多途径尝试建立与改革时代的新型关系，打工、从政、创业是李吉顺给出的改革开放时代下农村青年奋斗的三种范式。

（作者单位：南昌大学人文学院）

改革开放图景下的现代知识女性

——评《安宁秋水》中的周巧形象

◎ 熊　瑶

社会转型时期爱情观念的转变

在《安宁秋水》中，作者生动地描绘了改革开放年代青年男女对爱情的执着追求，以及途中遭遇的各种各样的波折。通过他们的爱情经历和心理变化，小说真实反映了那一代青年在爱情观、婚姻观和价值观方面的转变，并由此折射出时代的精神风貌。《安宁秋水》中，作者主要讲述了张氏兄弟的爱情故事，既有张清阳与杨洪会这种生死不离的爱情，又有张清河与徐月之间惺惺相惜的爱情，还有张清阳与赵翠香这类年轻活泼的爱情。当然了，最吸引读者的还是张清明与李晓雪、杨小春、周巧、秦玉华之间"一男四女"的爱情纠葛。

周巧与张清明的相恋道路并不是古典爱情中的一见倾心那般，而是有一定的波折。在《安宁秋水》中，张清明的感情线是复杂的，在没遇见周巧前，他内心住着初恋李晓雪，身边还有对他充满爱慕之情的杨小春与秦玉华。周巧是较后出现的一位人物，可以说在这场"一男四女"恋爱战中，她是获胜概率不高的，读者最初也是很难想到张清明最后会选择周巧。而对于周巧来说，她对张清明的感情也是逐步深化的。

周巧与张清明的相遇并不美好，那是张清明被刘开军臭骂了一顿，心中有火正找不到发处，遇到了周巧，他还并不知道周巧是刚分配到供销社农资门市的营业员，面对周巧的疑问，以为周巧是说他们的货价格低怕是假货，当场就给把周巧顶回去。在小说后面的描写中，可以看出，张清明给周巧的第一印象并不美好，周清明的粗鲁甚至让周巧感到有些反感，两人是在杨小春组织的饭局上才解开误会。但也正是这场不美好的相遇，让周巧对张清明充满了好奇。在之后工作的接触中，周巧一直在偷偷注意张清明，逐渐被他那聪明好学、扶危救困、公正不阿的品质所吸引，开始欣赏这位青年，在不知不觉中深深爱上了他。

二人之间关系的转变，发生在张清明收到李晓雪信后。张清明从信上得知，心爱的姑娘李晓雪已结婚嫁人，他在大雨中悲伤地呐喊、哭泣，这一切都被这个叫周巧的女孩看在眼里。她望着雨里的张清明，心也跟随着一同悲痛。受了伤寒的张清明，生病住院，周巧对他细心照顾。从未煮过饭的她，为张清明杀鸡熬汤，竟不知道要处理鸡的内脏，惹得张清明哭笑不得。在周巧的陪伴下，张清明逐渐走出了失恋悲伤的情绪，身体也得以康复。更重要的是，这位生性善良姑娘开始走进张清明的心。

终于，二人在互相明确心意后走在了一起。但是不久，张清明又出于种种顾虑，向周巧提出分手。周巧作为中专毕业的一位大学生，享受着当时的商品粮待遇，而张清明是一位贫困的农村人，现在只是农技站职员，随时可能失业。很明显，二人之间存在现实的鸿沟。面对周巧，张清明有着极强的自卑心理。因为担心自己随时失业，也不忍心让周巧跟着他回到农村过苦日子，他屡次拒绝周巧的爱意，对周巧的爱也一直犹犹豫豫，无法迈出最后一步。

文学来源于生活，又高于生活。改革开放时代下，虽然解放了生产力与生产关系，解放了人们的思想，但是传统的旧道德旧规范依然制约着人们。在中国几千年的封建文化中，男权社会的门第观念及社会习俗、传统观念下的"男尊女卑"的家庭模式，男性总是处于优越地位，女性处于劣势地位，要求女人必须要附属于男人、听从于男人。

张清明与李晓雪之间的爱情很大程度上是这种男权社会思想观念的牺牲品。不同于李晓雪的是，周巧作为一名现代知识女性，接受新文化、新思想的熏陶，自我意识觉醒，思想开放、敢爱敢恨，她敢于正视自己的爱情，敢于大胆追求自己的爱情，传统的道德伦理规范不再是阻碍她追爱道路上的绊脚石。她对张清明的爱情不受传统思想中的"男尊女卑"制约，没有世俗的种种考量，只有对张清明最真挚的情感，对爱情的忠贞不渝。最终，在周巧的主动追求与坚持下，张清明超越了自己观念中的自卑，超越了二者之间在现实中的鸿沟，坚定心意选择了周巧，一同步入了婚姻殿堂。

周巧对张清明只有单纯的爱，她不在意对方的经济、家庭、过去，只要张清明说他爱自己，周巧便可以抛开一切，超越现实，超越世俗的观念、地位、物质利益的羁绊，奋不顾身奔向对方。此时，男方良好的家庭背景不再是结婚的必要条件，女性在婚姻中应该和男性是平等的，衡量女性实现人生价值的标准再也不是嫁给一位物质条件富裕的男性，而是要通过成就自己个人的事业来实现自我价值。

可能现在，我们对于周巧、张清明的爱情选择能够理解，但在传统社会，男女双方结婚，是不可能不考虑男方的家庭的。不论是在城市还是在农村，凡事都讲究个门当户对，爱情只是男女双方的事，但婚姻却是两个家庭的事。在改革开放时代下，青年男女在爱情观念上有所转变，其背后体现了时代思想的转换，真实地反映出了青年男女爱情观、婚姻观、人生观的进一步解放。青年们开始不拘泥于传统，不在意身份的差异，敢于大胆表达爱意，追求爱情，遵循自己的内心，追求并最纯真的爱情。当然了，周巧与张清明之间现实条件的差异，加上二人人生追求的不同，必将会给他们未来的生活带来无尽的矛盾与痛苦，也为二人之后的婚姻失败埋下伏笔。

改革浪潮下个人事业的奋斗者

1978年12月18日，中共十一届三中全会的召开，开启了改革开放的历史征程。经济的发展、思想的更迭、文化的繁荣与创新，整个社会都处于大变革的浪潮之中。此时，号召"一切以经济建设为中心"，政府开始实施"计划"与"市场"并行的"双轨制"。一方面，在计划经济体制内，政府对于国有企业工人进行体制改革或企业重组，工人被迫下岗失业；另一方面，一些人开始抛弃传统观念，舍弃在传统体制内的工作转向市场经济，下海经商、创业。在社会转型时期"过渡性"的政策环境之下，虽然带来了许多机会与可能，但由于缺乏经验，大家不免存在诸多困惑，也会遭遇到一些挫折，都是摸着石头过河。

《安宁秋水》不仅是一部记录青年成长的长篇小说，还是一部反映时代变迁的宏伟巨作。作品通过写周巧从改制下岗到个体经营的艰难转型，反映了九十年代国企改革的下岗浪潮。由于经营不善等问题，绝大部分国企都在亏损，于是国家出台有关国企改革政策，数百万国企工人纷纷下岗。国企改制下，周巧所处的供销社改革，整个苍龙供销社的人都纷纷下岗。好在周巧不仅有买断工龄的钱，还有政府给予的一定扶持基金，所以她并没有气馁、绝望，而是租下店面自己干，自己当起老板来。对周巧来说，虽然她失去了一份稳定的工作，但为了支持政府工作，她毫无怨言，并且下岗说不定，也可能是一次机遇。

在这之后，周巧便开始个体经营，接下店铺，继续销售日用品，一人操劳所有事，虽然苦点累点，但是日子逐渐好了起来，周巧也有了盼头。可突如其来的一场大火，把她的店铺和家烧得一干二净。周巧不是脆弱的女性，这次意外也并没有使她垂头丧气从而放弃对个人事业的追求。虽然店铺烧了，但是还可以卖出去。本想着将店铺以4万块的价钱卖出去，可是买家都认为这店铺被烧过，不吉利，不愿出价要。后面在种种机缘巧合下，店铺被张清阳买下了。有了这笔资金后，周巧开了一家饭馆，刚开始生意惨淡。她在厨师的建议下改成了野山菌火锅，但又由于经验不足，导致客人中毒，赔了许多钱。这几次经营失败的经历伤透了周巧的心。

空间环境的转换是推动情节发展的一个重要线索，周巧的工作环境从国企转变为个体，不管是在店铺还是在饭馆，都记录着周巧在事业上的一路成长，具有不同的时代意义与内涵。在不同的空间环境中，周巧对人生的感悟也是不同的。作为一名国企员工，周巧认为做好自己的本职工作，照顾好家庭就好了；而作为个体经营店铺时，她需要打理店铺所有事，从进货到售货，大大小小的事务都要自己亲力亲为，还得担心店铺的盈利情况。相较于前期，周巧对生活有了一个更深刻的体悟。到后面租店铺开饭馆，她的创业再次受到打击，原先对生活充满希望的她，终于明白了生活的不易，陷入了自我怀疑当中。在经历空间转换后，带给周巧最直观的就是新旧交替的冲击以及更积极的思考，此时，周巧的形象逐渐走向成熟与丰满。

周巧未能在个人事业上开辟属于自己的天地，这是为什么呢？是周巧不够勤奋吗？是周巧不够聪明吗？深究其原因，还是传统道德礼教规范对她的束缚。在过去几千年里，在以男权为中心的社会里，男性始终占据主宰地位，而女性则是被主宰的一方，一直没能拥有姓名。女性在传统道德礼教规范下，成了温柔善良、逆来顺受和最富有自我牺牲精神的角色，这使得女性天生带有一种女人的妻性，听从于丈夫，遵循于传统礼教，屈服于命运。男性不希望女性有独立事业，不希望她们追求属于自己的事业。他们希望女性照顾好家庭，每日围绕丈夫转，女性的生活就是柴米油盐，她们一生的幸福都取决于所嫁的男性，没有独立的社会地位与权利，她所能拥有的标签只能是妻子与母亲。而女性对于爱情的专一与痴情，性格温柔贤惠，将家里打理得井井有条，也只是为了获得丈夫的爱。

从周巧与张清明结婚起，家庭所有的大小是几乎都是周巧在操劳；周巧每次工作不顺心的时候，张清明总是以一种"回家吧，你不用挣钱，我养你，你把家里孩子教育好、父母长辈孝顺好、兄弟姐妹照顾好、同事朋友招呼好就可以了"的态度安慰周巧，对周巧的事业从不在意，就连周巧让他带同事来饭馆吃饭，替她打打广告这样的要求，张清明都严厉拒绝。从这些我们可以看出，张清明是不希望周巧追求自己的事业的，几千年来的男权思想深深扎根于张清明的骨髓。

正如波伏娃曾在《第二性》中提出，"他日常工作的连续性是靠他的妻子来保证的；不论他在外部世界碰到什么意外，她都要保证让他吃好、睡好"，"一位被倍倍尔列举过的资产阶级作家，认真总结了这一理想：男人所渴望的是这样一种人，她不但只为他一个人操碎心，而且可以抚平他额头上的皱纹，可以带来宁静、秩序和稳定；他每天回到家时，她可以温柔地调节他的情绪和控制他得到的东西；他希望有人能够让家中的所有东西都飘洒着女人那种难以言状的芳香，具有生命那种生机盎然的温暖。"① 由此可以看出，不论是在中国，还是在西方社会，女性事业总是不被支持的。

张清明在李峰糖坊倒闭后，为了减轻家里负担，在刘开军的帮助下，通过招考进入体制，成为一名农技员。此后他不断努力学习、奋斗，职位越来越高，从一名乡镇干部到县长、县委书记，最后成为副市长。可以说，张清明在事业上是成功的，这一切都离不开周巧。正是由于周巧将家里事都打理好，不用张清明费心，他才能专心学习，一步一步实现自己的理想抱负。反观周巧，她将家里照顾得很好，承担了大部分的家庭责任，而在个人事业上却是失败的。

周巧是受过高等教育的知识分子，具有较高的文化修养，能够接受外界的新事物，敢于走在时代浪潮的最前端。在小说中，她摆脱传统束缚，自尊独立，不满张清明对家庭的态度，大胆出走追寻个人事业，实现了女性由传统向现代的转型。改革开放时代下的国企改制在周巧身上留下了深深的烙印，她面对工人下岗事件的态度，彰显了她敢想、敢做、不怕吃苦的美好精神，也代表了70后那代青年人的成长历程。虽然周巧下岗再就业道路坎坷，但并没有阻挡住她追逐赚钱养家、让家人生活条件变好的梦想之路。

冲破枷锁，勇敢说"不"的时代新女性

改革开放时期，国企改革，工人下岗，在下岗人员中，女性占有很大的比重。妇女回归家庭后，减少了家庭收入，整日困于家庭琐事之中，损害了女性的尊严与价值。这一时期，下岗工人离婚率很高，一方面是家庭收入减少，夫妻双方会因生活琐事而经常吵架，正所谓"贫贱夫妻百事哀"；另一方面，为家庭生计，夫妻双方往往会分隔两地，在不同的地方工作、生活，分居离异也增加了离婚概率。在这种情况下，冷漠、猜忌、争吵、贫困都可能会导致婚姻失败。

周巧也没能逃过这样的命运，自从下岗再到后面就业失败，她心情低落，每天待在家做家务，照顾女儿悦悦，"伺候"张清明。久而久之，她认为张清明不关心自己，对别人热情而对自己冷漠，感觉自己失去工作进而失去了价值，与周清明处于不平等的地位。加之张清明经常出差，常常不回家吃饭，周巧还看到杨小春和张清明在外面卿卿我我，秦玉华又对他纠缠不清。周巧内心更加委屈、悲凉，于是狠心舍夫弃女，外出闯荡，追逐梦想，成就自己的事业。

---

① [法] 波伏娃：《第二性》，陶铁柱译，中国书籍出版社，1998年版，第207页。

　　周巧与张清明同是农民出身，学习了许多知识，但是两人的人生追求是截然不同的。对于张清明来说，他对知识和真理充满坚定的信念，并将之视为自己的人生追求。在工作中，他志向远大，追求的不是名利，而是为了实现自我的人生意义与价值。从这可以看出，张清明的人生追求侧重于精神层面。而周巧，追求的是物质财富的极大满足，她希望家里人吃穿不愁，不用担负欠款，生活富足。她敢于走在时代的前列，敢于同生活搏斗，不甘穷苦，背负着沉重包袱艰难行走，用自己的血与泪书写自己的人生篇章。

　　张清明和周巧都是改革开放时期的代言人，二者体现了时代的不同精神面貌，但也正是二者人生追求的大不相同，使得他们在婚姻生活中越走越远。虽然小说中并没有直接点名二人婚姻的破灭，但通过小说中，作家反复提及的张清明的朦胧的"梦"可以得知，周巧与张清明的婚姻走向了失败。

　　李吉顺此前曾坦言，"当年的《平凡的世界》激发了我写《安宁秋水》的激情"，"我的《安宁秋水》反映的年代是 1986 年—2006 年，正好是接着《平凡的世界》的年代开始写的"[1]。《平凡的世界》中同《安宁秋水》一样，塑造了许许多多的典型的女性人物，例如，兰花、贺秀莲、田润叶、田晓霞等等，而在周巧的身上，我们也能看到她们的影子。

　　兰花和贺秀莲代表着传统中国劳动妇女，她们没有知识，依附于男性，照顾家庭，对爱情专一，温顺贤惠，最具奉献精神，她们所做的一切，都是想获得丈夫的爱罢了。田润叶是抉择于传统与现代之间的中国农村知识女性，她出生于传统与现代这两种关系的夹缝之中，徘徊、撞击传统道德观念和现代思想意识之间，她和兰花、贺秀莲相比，有知识、有文化、有主见，可是她没能摆脱自身局限，社会习俗与舆论限制着她，最后沦为传统道德规范的牺牲品。田晓霞象征着摆脱了传统束缚的现代知识女性，在城乡改革中顺利实现转型，具有较高的文化素养，具有能够接纳新事物的能力，自尊自爱，敢爱敢恨，始终走在时代的最前端。

　　《安宁秋水》与《平凡的世界》讲述的是在不同的历史时期发生的故事，后者刚好承接前者，显然，周巧的形象是最贴近于田晓霞的形象。在改革开放浪潮下，周巧积极进取，顺应时代发展潮流，接受新事物，实现了思想的转变。我们也可以看到，周巧对贺秀莲、田润叶这两类女性人物的超越。一方面，周巧不再用中国传统农村女性以丈夫为圆心，以劳动为半径画出的圆来束缚自己，男人不

──────────

　　[1] 李吉顺：《〈安宁秋水〉与〈长路〉的有关话题回网友、听友和读者朋友》，李吉顺信，2021 年 5 月 18 日。

再是她的天，生活也不是她的全部。另一方面，周巧不再徘徊于传统与现代之间，她将传统道德观念连根拔起，社会习俗与舆论不再能主宰她的命运。周巧的爱情观念是一步一步的转变。最开始，她确实是像传统的中国农村妇女一样，对丈夫言听计从，温柔贤惠，为了丈夫可以牺牲一切。随着改革开放思想深入人心，创业的失败，让周巧开始怀疑自己的处境，她不想困于家庭，依附于男人，开始在爱情与事业间变得犹豫、徘徊；最终她摆脱男性束缚，不再专心于爱情，出走找寻自我价值，来展现女性在改革开放不同阶段时期的时代面貌。

《安宁秋水》最后并没有表明周巧到底有没有回来，这样开放式的结局产生了多种可能。最后她是像李晓雪一样，在外面找到了真正关心自己、疼爱自己的另一半，过着幸福的生活吗？是像杨小春一样，在外面随意找了一个男人，饱尝生活之苦？是找到一份顺心、满意的工作后不甘心回来后再以丈夫为中心、困于家庭琐事当中吗？还是不满再自己出走后，张清明没有来寻找自己呢？这样的结局意味深长，让读者在思考周巧到底有没有回来的同时，也让读者感同身受，如果自己是周巧，会选择出走吗？出走后会再回来吗？

周巧出走的行为使我们联想起了易卜生的《玩偶之家》以及鲁迅的《娜拉走后怎样》《伤逝》。1918 年 6 月，易卜生发表了剧作《娜拉》，也就是《玩偶之家》，作品中，娜拉最初有着一个美满的家庭，每天的生活就是围绕丈夫转，不用外出工作，打理好家务，每天让丈夫开心，可一场突如其来的意外，将她拉回了现实。面对丈夫的债务，娜拉没有放弃，而她想尽各种办法救丈夫出米。而丈夫却在知道娜拉假借父亲的名义借债后，觉得玷污了自己的面子，对娜拉种种的指责。通过这件事，娜拉觉醒了，她发现，自己只不过是丈夫的一个玩偶，一件附属品，当自己不再对丈夫有用时，她也就失去了价值。所以在作品结尾，娜拉摔门而出。

五四新文化运动以来，西方各种文化思潮涌入中国，很多外国作品被介绍和翻译到国内，基于这样的时代环境，易卜生的很多作品也被广大知识分子所熟知，陈独秀也在《新青年》杂志中开设了"易卜生专号"，围绕妇女独立、婚姻家庭、伦理道德等问题展开讨论，可以说这对当时的思想解放起了重大的作用。

1923 年 6 月 23 日，鲁迅先生发表了《娜拉出走后怎样》，探讨了娜拉出走后的结局，指出，"不是堕落，就是回来。"[①] 一方面，鲁迅点明，"娜拉既然醒了，是很不容易回到梦境的，因此只得走"，而另一方面，也指出，"梦是好的，

---

① 鲁迅：《鲁迅全集》第 1 卷，人民文学出版社 1981 版，第 159 页。

否则，钱是要紧的。"① 尽管两部作品所处的社会背景和接受的文化思想大有不同，但不论是在当时西方还是在中国，社会都提倡妇女解放，让妇女出门工作，实现男女平等。但是要实现真正的平等，最为重要的就是女性要实现经济独立，否则这样的出走是不会有结果的，也不能实现真正的自由。

再后来，1925 年，鲁迅又发表了《伤逝》一文，以第一人称手记的形式，讲述了涓生与子君的故事。可以说，《伤逝》在一定程度上是对《玩偶之家》的延伸，让读者看到娜拉在中国家庭会发生怎样的故事。故事中，子君在不顾外界反对，和涓生自由恋爱，走进婚姻生活。虽然她喊出来"我是我自己的"，呼吁男女平等，但是婚后子君回归家庭，做贤妻良母，每天都是柴米油盐等生活琐事，逐渐丧失了自我。可以看出，幼从父、嫁从夫、夫死从子的传统思想深深地扎进了妇女的内心，虽然子君接受了西方文化的洗礼，但在男尊女卑的社会里，想要彻底摆脱束缚，是不可能的。

《安宁秋水》叙述时间主要在 1986 年至 2006 年，和鲁迅所写的时代相隔六十年，在这段岁月里，我们不仅国家独立，民族富强，科技文化的高速发展，在思想上也取得了巨大的进步。此时，社会上呼吁男女平等，为了促进经济发展，号召女人走出家庭，参与劳动。同时，传统观念又要求妇女勤俭持家，做好家务，抚育孩子，将家里家外打理得井井有条。

周巧作为一名大学生，接受过先进文化的熏陶，思想开明，可以说是改革开放背景下新女性形象的代表人物。她不在意张清明农民的身份，不在乎张清明的家庭和经济收入，自从确定了爱张清明的心意后，便主动追求；不管是在恋爱中还是在婚姻中，周巧始终是无私付出的。虽然婚后周巧始终围绕着家庭，但她从没有放弃工作，将自己禁锢在家庭这块小天地。

周巧创业一路走来十分坎坷，从国企改制下岗、店铺被烧，到之后的开饭馆，都一一失败。每一次，她内心都渴望得到丈夫张清明的关心与安慰，但换来的确是一句，"我是你的男人，你一样不做，我一样供你"。② 看似是张清明对周巧的负责，实则是在"画大饼"。张清明结婚后，一心扑在工作上，对家庭琐事从不过问。他不知道，凭他的工资，哪能支撑得住家庭的开销。这也从侧面也能反映出张清明的大男子主义，"男主外女主内"的思想在他心中根深蒂固。

周巧在一次次失望后，不想失去自我价值与尊严，不想处于家庭里的劣势，不想靠张清明而活，狠心离去。从这我们可以看出改革开放解放了思想，解放了

① 鲁迅：《鲁迅全集》第 1 卷，人民文学出版社 1981 年版，第 161。
② 李吉顺：《安宁秋水》第一卷．四川：四川民族出版社，2019 年版，第 1077 页。

女性，使得人们开始注重自我价值的实现，女性不再依靠男性，不再甘愿成为男性的一部分，而是开始摆脱"玩偶"身份。这也是这部小说中周巧这个人物形象进步的一面。

反过来思考，为什么作家不直接写周巧与张清明离婚而写出走呢？显然作者也受到了自身男权意识的影响。《安宁秋水》一书以男性视角展开叙述，以男性的眼光谋篇布局，构成了一个以男性为中心的世界。在书中作者大力赞扬张清明在政治道路上的大公无私，敬佩他那"为大家而舍小家"的精神。张清明结婚后也没有对感情不忠，完全是作者塑造的一个非常完美、理想的人物。在作者的潜意识里，女性不能够提出离婚，离婚似乎是男人的特权，张清明没有做错什么，所以身边的人也不能够理解周巧的委屈，而周巧只能留下信默默出走。

《安宁秋水》内容宏大，主要人物是 70 年代成长起来的青年，他们分布在社会上的各行各业，从城市到农村，在农业、商业、官场上都能看到他们的身影。作品的伟大之处就在于，作者通过这代青年人的成长来反映时代的风貌，从日常小事来折射国计民生，演绎了青年人在那段不平凡的岁月里收获的爱情、友情、亲情，描绘出一幅波澜壮阔、气势恢宏的历史画卷。

周巧只是这部作品众多人物中的一个，作者通过刻画这个渺小人物从追求纯真的爱情，到工作的下岗再就业，再到后面对婚姻的失望，毅然出走，折射出改革开放浪潮下，周巧爱情观念的不断发展变化，女性自我尊严、自我价值的觉醒。女性不再拘泥于传统礼教的那三从四德，而是既要敢于追求爱情，也要拥有个人事业，实现梦想，真正实现与男性的平等地位。印证着题记所说："人生是快乐而痛苦的寻梦过程，如果没有爱和梦想，生命、青春就像冬日里枯黄的野草。"女性青年也在找寻爱情与追求梦想的路途中，散发着青春的炙热与生命的光芒！

（作者单位：南昌大学人文学院）

试论《安宁秋水》中小人物形象的塑造

◎ 王 青

一

作为一部以中国城乡变迁为背景，以中国迅速发展的 20 年历史为主线的长篇小说，《安宁秋水》的故事从 1986 年讲到 2006 年，在艺术化的写实手法的加持下，这个与"国家""个人""奋斗"有关的故事补全了人们对社会转型时期现状的了解，开阔了人们西南地区浓郁的地域风情和社会百态的想象，而身处其中的小人物的"变"与"不变"是这现状的一部分，也预示着未来；是虚构，也是现实；是成功的，也是失败的。

小说囊括了中国现当代文学创作中比较典型的几类小人物形象，并通过突出他们身上的生存欲望、抗争意识和未知的命运来展现转型期的社会现实。从历史发展的角度来看，社会的转折往往伴随着无法排解的精神痛苦和迷惘，小人物在这一时期会产生孤独、无助和苦闷等感觉，而这种消极情绪的体现恰恰说明，小人物就是社会变革的具体行动主体，是变革转型期社会矛盾、冲突的承受者和解释者。① 质言之，从 1986 年到 2006 年这 20 年的发展和变化是小人物推动的，也由小人物作出阐释。

小说采用现实主义的写法，将 20 年的历史与小人物的命运交织缠绕，将个人的生命经历隐于国家发展之下，将小人物的"变"与"不变"阐释为个人选择、社会推动和命运使然这三重影响的结果，将小人物人生处境、社会身份以及性格的转变嵌入国家和历史的发展轨迹，并以特定的时间节点突出，在一定程度上了消解了"个人"成长的独特性，合理化了小人物的"转变"与"坚守"，无论是他们的性格还是人生际遇。但需要注意的是，"在小说这样的叙事文学作品中，人物性格塑造是核心问题，人物的成败是小说成败的一个关键。"② 特别是着

---

① 赵纪娜，张晓燕，潘峰《转型期小说作品中"小人物"形象研究》，山东大学出版社 2016 年版，第 25。

② 何西来：《评论家十日谈》，陕西人民出版社 1987 年，第 118 页。

力塑造小人物的小说，反映小人物在现代转型过程中经历的精神冲突、人生抉择和价值归依，是需要细致且富有张力的性格塑造和故事叙述来完成的，每一个小人物都应该留有姓名，有自己的故事和叙述，而不是被简单地归类。

有意思的是，在《安宁秋水》这部小说中，主人公张清明是农民出身，凭借自身努力成为市级政府官员，我们能从他身上看到中国农民在现代转型过程中的精神困惑与极力求生，看到知识分子在转型过程中逐渐强大的文化人格和精神世界，看到中国乡镇官员的坚守，以至于我一度认为这是一个带有中国传统士大夫精神内涵的人物。但令人迷惑的是，张清明这个人物形象，或者说张氏兄弟这一类形象的塑造，到底是指向了新时期以来农民形象的颠覆性塑造，还是知识分子成长史的另类叙述，抑或是不同于普希金笔下"小官吏"形象的中国式官员的成长史？我认为，大抵都有涉及。

作者希望将其塑造成一个社会主义新时代的有为青年，一个农民出身的人民公仆，一个永不言弃的草根英雄。因此，作者以满怀激情的笔触写下了这群青年和整个民族的故事，主题虽然宏大，但下笔却落在了实处，激励作用不言而喻。长篇小说的范式与宏大主题的结合，于当下的文学创作和文学评论而言，更是有益。作者对国家和社会的高度关注、对普通民众的悲悯情怀和强烈的民生意识都通过"张清明"这个人物体现出来。为将张清明推到台前，作者可谓煞费苦心。

小说的主要人物有张氏兄弟和几位女性，他们交替登场，继而采用中心辐射式的方法一一介绍次要人物，将个体形象整合成一个整体形象。这样带给读者的阅读感受便是：主要人物身上齐聚了各类性格特征，又投射出去，一一对应到了其他人物身上。这样呈现出来的小说中的"人"是复杂的、立体的，由人物和具体事件构成的故事情节也更为复杂。

张清泉是张氏兄弟中的老二，这是一个几乎没有缺点的形象，集勤劳、智慧、善良于一身，受到三位女性的青睐，并都对他倾注了纯粹的情感。可以说他是作者审美理想和审美追求的体现，也是当代中国社会主义核心价值观和民族审美追求的载体。但是这样一个艺术形象却被草草处理，以"与车匪路霸对峙，最后英勇牺牲"的结局为这个"光辉"的英雄人物画下了句点，而且张清泉并不是在战斗中被打伤，而是在救人时被暗算。

作者在这里用了非常艺术化的手法表达众人对此事的悲痛之情。这里是符合小说内部逻辑的，张清泉的枪法了得，功夫也不错，自然不能在与车匪的对决中死去。但对于一个颇具分量的小说人物而言，张清泉的死太过轻巧，如果仅仅是为了借由人物达到推动故事情节、凝聚主题的作用，那么效果可说是微乎其微，而且让前面围绕张清泉而展开的几条故事线都断裂了。读者估计只记住了三个女人对他的深刻爱恋，而这爱恋的来源是人物自身的性格魅力。

作者花费了许多笔墨着力描写张清泉的好学、上进、正直，而这些品格在小说主要人物张清明身上都有体现。这是国家、民族希望青年所具备的，也是青年人争取广阔生存空间和人生舞台所必备的。两兄弟拥有相似的生命轨迹，但张清泉显然成为张清明的陪衬，小说中不止一次提到张清明怀念张清泉，并在每一次遭遇挫折时受到兄长的鼓励而重新振作。因为张清泉是一个理想化的人物，他作为张氏三兄弟的精神向导，贯穿整个故事，最后已然成了一个形象符号，代表了社会转型期小人物的艰难成长和顽强拼搏。

基于这一点，爱情与过于突出的个人光辉并不会成为叙述的核心，小说的核心是通过张清泉的奋斗经历和悲惨命运而完成的对中国乡土的忧患、痛苦、裂变、转型和世纪之交的乡愁与乡村新人的艰难成长叙述，并借此反映的新世纪中国乡村社会从基本文化形态、经济生活方式、社会结构到农民文化人格等方面的巨大变化。[1] 张清泉这个小人物因而具有了独特的审美内涵，体现了小说的悲剧性和非虚构性，这也是小说的文学价值所在。

张清明是作者着重塑造的小说人物，他的经历代表了这一代青年的挣扎沉浮，从他的视角展开叙述，安宁河流域这方水土的悲欢吟唱才真正被奏响。较之张清泉，张清明身上的"英雄性"更为突出，而且作者有意剥离了人的某些消极面，将之称为"小人物"似乎不太妥当。但是，如果将其与小说中的"大"人物进行对比，将其置于小说复杂的张力关系中去分析，他也确然是一个"小人物"。至少从人类学的发展眼光看，张氏兄弟最初都处于社会底层，挣扎求生，被边缘化，后期因为自身的努力和许多机遇各自在不同的领域获得成功。

小说叙述张氏兄弟的成长，一方面肯定他们作为"小人物"的不懈奋斗，一方面反复强调中国这20年的飞速发展给社会、人民生活带来的欣喜变化，而这变化又赋予了人物成长的可能性。从苍龙村到苍龙镇再到冬阳县、方月市，张清明的身份也随之改变，从农民到农技员到镇长、县长，最后走向了市一级政府。可以说张清明的成长历程代表了中国最为典型也最为艰难的小人物走仕途的艰难过程。

张清明是农民也是官员。作为农民，张清明俨然是一个乡土守望者，他与土地相生相依，土地给了他旺盛的生命力，也寄托了他对生活的美好憧憬；作为官员，张清明则被赋予了"以人民为中心"的精神特质，成为小说表达"人民性"

---

① 傅书华：《文学创作如何走向新的时代——论新时代社会生活的变革与文学发展的关系》，山西大学学报（哲学社会科学版）2019年第2期，第18页。

的重要载体。在此我们可以提出另一个质疑，这个"人民"在小说中似乎并不包括张清明的家人，从张清河负气离家到周巧留书出走，作为一名官员的张清明在坚守"一切以人民为重"的信仰的路上似乎排除了自己的家人。

一方面，在面对政治陷害和经济诱惑时，他坚守住了，但面对亲情和爱情，他确然是个失败者。另一方面，作为农民的张清河较之张清明多了一份圆滑，少了一份耿直，但土地依然是他赖以生存的全部。小说在这里设置了张氏兄弟内部的第一次矛盾冲突，也是农民与官员、个体与社会的第一次对立，最后以张清河的离家而结束，但兄弟间的嫌隙却越来越大。后来兄弟俩解开心结则是因为割不断的亲情，即个体与社会的冲突最终只能依靠个体的觉悟来化解。

作为商人的张清河，精明强干，一直保留着农民淳朴的本性，但也无法抵挡酒色诱惑。虽然小说只是带了几句，但无可否认，作者试图通过张清河的"转变"传递出这样一个信息：商品经济浪潮之下，人性是最经不起考验的。包括小说后面提到张清河施计使恒生公司化险为夷，都强化了张清河作为一个商人的精明和算计，而弱化了土地给予他的忠厚和朴实。问题的关键是张清明和张清河的转变在小说中出现得有些随意，比如张清明对周巧和家庭的忽视，比如张清河动手打徐月，小说未对这情节的处理太过生硬，而且也未对此作出解释，而是选择淡化。这种处理方式让我们不禁产生疑问：张清明做到修身齐家然后治国平天下吗？张清河赚到钱了就必须要花天酒地吗？男性的成长就必然以忽视和牺牲女性为代价吗？

二

周巧、徐月和赵翠香等女性形象在小说中次第出场，她们既有东方女性的温婉柔顺，又被赋予了新时期女性的敢爱敢恨、勇敢追求爱情的人格魅力。但是，这类极具光彩的形象却在遇到赵氏兄弟之后被同质化了。或者说，在相同的故事情节和场景的设置下，女性角色的故事线并没有如预想那样蜿蜒着延伸，而是朝着既定结局笔直前行。女性确然成了男性的陪衬，单薄的形象塑造无法撑起深刻的女性成长话题的思考。

说到这里，必然要提及另一个疑惑，张清河和张清明在小说中都有过对妻子的背叛，这背叛来得无征兆、无后续、无解释，被潦草地以人性、时代等借口糊弄过去。按照小说人物创造的规律来说，张清河作为一个发展中的人物，他的心理、性格层次会随着故事的发展逐步显示出来，并处于不断变化中，但性格实质并不会轻易发生变化。特别是张清河在面对酒色诱惑时，他的急不可待让人觉得仿佛他前期的深情全然出自伪装，看不到一点前期对妻子的情感、对是非黑白的坚守。而妻子（女性）对此作出的反应则呈现出两个极端，忍耐和撒泼，全然不顾女性在面对情感背叛和人生转折时复杂的心境和艰难的抉择。

小说最后试图以"周巧的出走"引发思考，重新阐释"娜拉出走"的故事，建构新时期小说中的女性形象。但是，从张清明反复强调"预感周巧一定会回来"来看，基于本心的女性寻找自我的需求始终被无法抗争的命运束缚着，"返回"已成既定的事实。女性的呼喊和"出走"的意义终将被淹没在时代的巨浪中，未被作者感知和共情，抑或是被忽略，那这样的"转变"意义何在呢？

对于小说中女性形象的塑造和女性故事的讲述，我们还需要关注到两点：其一，小说并未对主要的几位女性的家庭做过多介绍，而是注重叙述她们融入丈夫家庭的过程；其二，小说一方面强调了女性主动争取恋爱和婚姻的自由，比如徐月与张清河私订终身，赵翠香与张清阳合伙开酒厂，另一方面又回到了中国传统的故事的叙述模式和写作伦理中，女子嫁人就意味着与原生家庭再无联系，而这种在情感层面上主动的割裂在小说中无处不在。比如徐月和张清河虽得到了张清河父母的祝福，但却未顾及自己父母的感受，小说后面也再未提及这件事，赵翠香的经历也是如此。

这时我们会发现，这种情感上的割裂不也正是二元对立的叙事模式和非黑即白的写作伦理的体现吗？小人物的"变"与"不变"的确是社会转型期的现实，描述这种现实，讲述底层小人物的悲欢离合是新时期以来文学创作不懈的坚持。小人物形象在文学创作中的不断被书写为文学和现实建立起了新的对话方式，强调了文学对"人"的关注，建构起底层书写的伦理体系，回应了社会对底层人物的关注。

但我们也要承认，这类创作和书写确实存在"类型化""泛道德化"的问题。《安宁秋水》这部小说的宏大主题使其对待小人物形象的塑造有些操之过急，小人物的形象呈现出一定程度的"脸谱化"特征。作者在叙述过程中为了使人物形象更加饱满，强硬推动人物发生转变，但有时却未形成文本的逻辑自洽，小说内部的逻辑存在断裂，人物形象的整体性和一惯性被打破。

这里我们必须回顾一下文学创作与社会、时代的关系。社会形态的变化一定会通过生活于其中之作者的创作而带来文学形态的变化，价值形态的变化。一时代有一时代的文学，历史质变期的时代尤其如此，这是文学发展史的基本常识而为学界所公认不疑。① 另一个不容置疑的常识是，文学通常都是走在时代前面的，发时代新声，引时代潮流，继而影响社会形态和价值形态的生成。如果从这两方面来解释我们对小说中小人物形象塑造的诸多问题，那么应该能够在回到文学本体问题来理解这部小说。

改革开放后，中国社会的变化首先反映在作者的创作中，并同时带来了 20 世纪 90 年代末直到 21 世纪初的文学形态和价值形态的变化。小说《安宁秋水》反映了中国西南地区城乡变迁的全过程，诸如农技推广、发展蚕桑、修建公路、修建水库等历史性事件经过艺术化处理勾连起整个故事和人物的成长，全景式的写法起到了丰富人物形象、完整故事情节的作用，反映了 20 世纪末到 21 世纪初的社会形态和价值形态的变化。社会形态层面的变化主要是指中国在改革开放之后由自然经济社会逐渐走向商品经济社会、产品经济社会，在此期间，城乡问题是社会学、哲学和文学集中关注的。价值形态的变化主要是指因社会形态发生变化而引发的民生问题、生态问题、人的异化等，这些在小说中都有体现。

作者在呈现、解释这些问题，表达自己观点时采用了类似新闻纪实的方法，社会发展的进程不断，问题层出不穷，但我们可以依靠正确的政策和管理来解决这些问题。文学形态的变化主要是指要驾驭宏大的主题和时代对文学提出的要求，长篇体制或称范式是必选，前导性的理念统摄小说创作是不可避免的，由此引起的为塑造而塑造、为阐述而阐述的问题便引发了小人物的"变"与"不变"的不顺畅感和断裂感，这也是小说无法进行深入挖掘的根源之一。但我们不能否认，《安宁秋水》完成了它预设的任务，丰富了底层小人物形象的长廊，并增强了这类形象的真实性，呼应了当代小说中人物形象创造中人情、人性的回归，也在一定程度顾上促进了小说本体的认识深化。② 这也告诉我们，关注文学自身的问题，推动文学创作在保持独立性和本体地位的同时，着眼社会，着眼人类，着眼历史，或许是推动中国文学完成现代化的可选方式之一。

（作者单位：江西师范大学文学院）

---

① 赵纪娜，张晓燕，潘峰《转型期小说作品中的"小人物"形象研究》，山东大学出版社 2016 年版，第 31 页。
② 赵俊贤：《中国当代小说史稿——人物形象系列论》，人民大学出版社 1989 年，第 194 页。

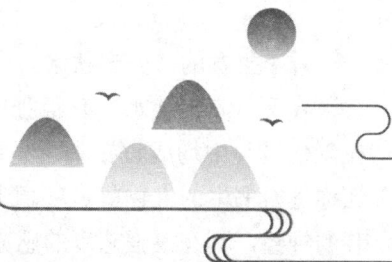

下篇

八面来风

《安宁秋水》：迷惘与奋斗谱写的心曲

◎ 晓　风

看李吉顺的《安宁秋水》有几个月了，想说说看法。

我看《安宁秋水》有很强的艺术性。从作者的语言的运用和布局谋篇可知，在创作过程中均成竹在胸，小说情节在平常中波澜起伏，揪人心魂，以情动人，让你觉得书中的人物就是广阔土地上的鲜活人物，他们的快乐或哭泣，都能牵动我的神经，具有很强艺术的感染力。

《安宁秋水》的主要人物是 70 年代成长起来的一代青年。作者把这些具有典型的青年放在农村、城市、工厂、学校、商贸、部队、官场等行业和特定的环境中摸爬滚打，可谓宝剑锋自磨砺出，梅花香自苦寒来。给人一种久违的精神，这正是我们这个时代所需要的。

《安宁秋水》有很强的历史价值。这是一些网友提到过的，我不多说。书中人物成长的历程从 1986 年到 2006 年，在他们的生活中，我们还可以从中重温一些让人难以忘怀的大事，这也是难得的。但小说不是历史，我们更不能把它当作历史书来看。

《安宁秋水》的容量很大，从书中的青年到社会各行各业人物，从平凡小事到国计民生大事，各种矛盾自然而然穿插在一起，读来就像微微的海波一样永不停歇，让你感觉到这就是社会，这就是现实生活。文学虽然不是史籍但它应该是一个时代的镜子，正因为有这面镜子才让俺们记下了《人到中年》《平凡的世界》《芙蓉镇》《长恨歌》《抉择》，才让俺们达到心灵的感动和震撼。

《安宁秋水》是多卷本小说，三部九卷，可谓工程浩大。作者的写法既传统又现代，既写实又轻灵，语言朴实而充满美的特质。以微波般的叙事，绵密的细节，书写一种日常生活状态和男欢女爱，两性私密、社会变迁。对在变化发展中的中国城乡民众所面临的矛盾、苦闷、迷惘和挣扎，作了很好的反映。那些平静和平常的喧嚣之中隐藏着的滚滚暗流，冲击着每一个人，让人生更加凝重，让社会更加纷繁复杂。这一时代的青年由此拥有了鲜明的个性和精神。

《安宁秋水》的成功就在于反映了一个时代青年的精神风貌，就在于用 20 年的时空升华出一个时代的典型社会生活。见证了 20 年来中国一代青年走过的平凡但不平常的曲折历程，见证了 20 年来中国城市乡村社区的发展变迁，充满着强烈的大众意识和抗争意识，它深情关注着普通人的命运，体现了强烈的民生观点。

青春男女的情感恋爱在社会波澜中面临着重重危机，一连串的矛盾和灾难汹涌而来……情感家庭事业的恩恩怨怨，世事的变幻无常，亲情、友情、爱情的永恒和脆弱，官场、商场、情场和现实的激烈纷争，把本来平常平静的生活搅得波涛汹涌。那些平凡而不平静的年月，处处陷阱，重重危机，让他们的人生、婚姻、情感、事业面临一次又一次的严峻考验和艰难的抉择。

不管是务农、经商、打工、当兵、从政，还是当混混作老板，失业、下岗、择业就业、情爱、婚姻、家庭、生存与发展，对他们来说，犹如射出之箭，只能向前，不能逆转，要么射中靶子，要么融入尘土……

这是迷惘与奋斗谱写的心曲；这是一个时代青年生存、成长磨难成长的缩影，也是一个时代发展变革的缩影；一幅波澜壮阔、气势恢宏的历史画卷。一个伟大时代的青春之歌。是原创文学中不可多得的史诗性的长篇小说。

美中不足的《安宁秋水》中有些人物的刻画似乎太艺术化，没有现实中的特有具象。

——原载 2021 年 8 月 25 日人民网、光明网，同日新浪网看点栏目转载

《安宁秋水》：青春在磨砺中闪光

◎ 风吹草低

有面对苦难绝不放弃理想的奋斗精神，才是一个无愧于青春的人。长篇小说《安宁秋水》（李吉顺著）中塑造的张清明等无疑是这样的青年形象。

这是一部难得的青春励志小说。我不是恭维。在现在这种少了艳情不写，少了下身不看的年月，我们能看到《安宁秋水》，应该是一种享受了。当然，我不是说《安宁秋水》就是很纯很纯的那种小说。男欢女爱永远是写作的佐料，生活也本来如此。小说是现实的多棱镜。

一开始看《安宁秋水》，我第一个意识就觉得它很有《平凡的世界》的味道，但又有很多独特的东西。

李吉顺的《安宁秋水》的写法大多是现实主义的写法。它所反映的年代是1986—2006年，正好是接着《平凡的世界》的结局年代（1985年）写的。这不知道是巧合还是作者有意为之。而这，就恰恰弥补了在我国社会转型时期集中反映一代青年人精神面貌的小说缺失的现状。让我们从这20年的广阔发展空间去了解当今的中国，了解从70年代成长起来的一代青年人。由此，我觉得《安宁秋水》有其他青春励志小说不能比拟的一些价值：

《安宁秋水》以20年的广阔空间和广大的地域和多个阶层的境况来塑造了典型的年轻人形象，那就是在困苦磨难中挣扎成长，面对苦难绝不放弃理想的奋斗精神。艺术真实地反映了一代青年对人生、对生活、对社会、对情爱、对欲望、梦想的不同认知和不同的成长轨迹，揭示了很多让人深思的社会矛盾和社会问题，属于青春励志读物。

《安宁秋水》篇幅宏大，包容了一个时代的很有价值的历史。读《安宁秋水》能让我们能了解那个青春绽放的年代发生的一些真实的事件。当然，《安宁秋水》所反映的事件和塑造的人物决不是现实生活的翻版。《安宁秋水》三部九卷，在读者面前展现的就是那些风华正茂、焕发青春风采的妙龄男女挣扎、爱恨、悲喜、打拼、奋斗的大世界。平和而不平静，平常而不简单，可以说在社会的风波暗流的磨砺之下，他们的青春是哭泣的也是微笑的。也正是这样，青春在磨砺中成熟，在磨砺中闪光。

　　《安宁秋水》通过一些平凡青年的平常生活，以现实的手法为我们描绘了一幅 20 世纪 70 年代—21 世纪初期中国社会生活的特殊画卷，其笔触像雄鹰一样环视大地，其气势像长生天一样博大，在这样一个特定的天地里生长、生存、挣扎的青年，他们本身就是一部吸引人的书。它没有过分的夸张生活，没有虚假的编造生活，书中的人物就像在我们身边一样。虽然我是马背上长大的草原孩子，虽然我们的风俗习惯不同，但我的成长也经历了象《安宁秋水》中一些年轻人经历的事情和阵痛、挣扎。从人生和社会，生存与发展来说，我们是相同、相通的。

　　再者，小说优美的语言，娴熟的艺术表现形式和善于质疑和思考的心灵，从道德的范畴、良知的呼唤到青春的梦幻和呐喊，人生的观念，情爱的意识，都体现了丰富的情感与细致深刻的思考完美地融为一体，使之独具魅力。成为新的看点和亮点。小说塑造了众多的、不同的人物形象，就现在的篇幅来看，我能说出名字的人物就有 200 多人，当然书中的主要人物就是 20 来个，主角就是四五对青春男女。从这些方面很欣赏作者写作的功底。

　　《安宁秋水》体现的是一代青年人不气馁、不绝望、不后退、不消极、持之以恒、锲而不舍的积极进取的精神风貌，倡导的是一种真实而可贵的新青年精神，它反映和塑造的主人公不是那些"叛逆"、那些"老大"、那些"要让地球爆炸"，那些"垮掉的"和那些"非常前卫"的"地痞"青年。它体现出的是一种精神，是过去、现在、将来都需要的精神，那种精神也是当前一般文学作品最缺乏的。由此也可以看出作者的写作是扎根于大众的生活之中，融合于大众的生命与生存之中，加上清新纯正的思想，使其不同于一般的文学作品。

　　——原载于 2021 年 6 月 9 日中国青年网、《消费日报》

《安宁秋水》：一方水土的悲欢吟唱

◎ 齐月盈

在《安宁秋水》众多的人物中，李峰虽然只是昙花一现，却很有代表性，也是小说主人公张清明人生之路上遇到的特殊人物。

在张清明年少的心目中，李峰就是一座山，让他仰望。李峰因为经营糖坊，很早就成了苍龙镇的老板，十里八乡的名人。张清明因家境艰难，初中辍学后就到李峰的糖坊当烧火的小工。平时很少跟李峰接触，虽然李峰是张清明的老辈子，但因为李峰平时不善言笑，又是糖坊总老板，张清明一般都是敬而远之。李峰也喜欢厚道老实肯干的张清明，加之又是沾亲带戚的，就把他从小工提拔到管全糖坊安全的人员，增加他的工资。

在外人眼里，李峰是了不起的老板。但李峰的致命弱点却是不会用人，不善经营，最终导致他破产。

在《安宁秋水》中，我们看到这样一个李峰：在用人上，他只用李氏家族的三亲六戚，其他人再有本事，他都不会重用，致使他的糖坊形成了家族式的管理模式。

李峰的外甥王德秋是导致他破产的致命因素。王德秋既是糖坊的会计又是出纳，在李峰困难时期，他突然把糖坊仅有的货款十六万全部卷走，失踪了。

李峰被击倒了。十六万多，糖坊的周转救命钱。几十号工人的工资和全镇卖甘蔗的人家的钱啊。李峰拿什么付给他们？

几个月时间，李峰一家人四面八方找王德秋，一点消息也没有，公安局至今也没有任何进展。他人瘦了，眼睛也落眶了。加之，天天有人上门找他要钱，他的精神都要崩溃了。

可就在这样的日子里，他眼睁睁地看着本村本社从小一起长大又是表亲的跟他同龄的好友刘宏亮专门组织动员起一大拨没拿到钱的工人和乡亲来他家，生拉活扯地把他家的黑白电视、凤凰牌自行车、拖拉机，还有三头肥猪和两头小猪全部卷走了……婆娘、儿女还要跟刘宏亮等求情，他绝望地吼："让他们拿、我李峰的命他们都可以来拿。"他的声音有些像狼嚎一样，满脸是泪、愤怒而两眼冒火……婆娘、儿女更是哭成一团。可是，就在那样的情况下，他还是没有绝望的。

怪谁呢？都怪自己用人不当，搬起石头砸自己的脚。恨谁呢，恨也只有恨自己。如果把所有的红糖和蔗皮酒的销售欠款及时收回来，他还可以在栽秧结束前，支付一部分。可是，人倒霉喝水都是哽的——那些拿了他货的单位和个体商贩知道他的底了，见了他不是推就是躲，又不说不给，就一直拖着。简直是急死人，半年过去了，还只收了点零头。

李峰去找信用社主任刘起明，刘起明答复他，如果你把往年还没有还完的贷款先还了，我们一定支持。他以前的贷款是用糖坊的固定资产抵押的，现在，还不起，就理所当然属于信用社的了。信用社不支持，李峰的糖坊就是雪上加霜了。李峰像喝醉了酒一样，跌跌撞撞地出了信用社大门，心里一片茫然，满目凄凉。李峰把最后的希望放在来年榨季了，还有半年时间，他就不相信筹不到启动的钱。只要能启动就有希望在明年支付完所有的欠款……

不料，屋漏偏遇连夜雨。苍龙镇企业办主任刘永俊来说为了保证冬阳国营糖厂的原料供给，全县的土糖坊一律禁止生产……如此这般说了一大堆道理。刘永俊还给他一个盖着苍龙镇企业办大印的停产通知叫他签收。

停产通知，给了李峰致命的打击，他的糖坊再无起死回生的机会了。亲戚朋友在利益面前都一文不值，人情世故是一把无情的双刃剑，而这把剑在李峰最无助的时候刺进了他的胸膛……李峰彻底绝望了，他先是想选择跳苍龙河自尽。但在最后一刻，他选择了离家出走。

在《安宁秋水》中是这样描述当时的李峰——李峰突然想："假如我就这样死了，别人会怎样呢？首先，不要他的巨额欠款了？不，父债子还，他们还会找婆娘娃的。还有，我死了，他们会怎样说？说我死得不值？不，我死了，地球一样的转，他们该吃饭一样吃饭，该笑还是笑……死，好不简单，再走几步就行了……不——我不甘心！……"李峰突然发出一声哭喊，手脚搅起漫天的水花，然后跌跌撞撞跑上河岸消失在迷茫的夜色中。回到家，李峰一夜没有入睡，天不亮，就起来悄悄走了。除身上穿的外，其他什么也没有带。他用水笔在纸烟盒上给婆娘写了几个字："仕芬我走了，你们别找我。我会回来的。"他写完，几滴泪已悄然落在烟盒纸上……他轻轻拿了一个白碗把那张纸压在堂屋中间的桌上。婆娘和儿女都还在睡梦中。李峰用衣袖揩了揩泪水，长长地叹了一口气，轻脚轻手地拉开了大门的横闩，出了大门，最后回头看了一眼黑漆漆的家，头也不回地走了。

这是《安宁秋水》给我们留下的李峰最后的形象，这是一个在改革开放初期社会转型过程中一个呛水消失的个体户形象，他是成功的，也是失败的。虽然李峰从此不知所终，我们也无法得知他最终的命运如何。但他留给我们读者深思的东西太多……

——河北网络广播电视台 2021 年 9 月 13 日播，同日载光明网阅读栏目、云南网文旅频道文艺精品栏目转载

《安宁秋水》：青春绽放的力量

◎ 采桑子

在北方，看到冰雪、沙尘的时候多了，就想到南方走一走，看一看，看那花红柳绿，草长莺飞，水乡轻舟，看那四季碧绿，生机盎然的南国风光和独特的风土人情。还有那与我们的青纱帐相连的诱人心魂的甘蔗林……

这些成了我今年的一个梦想，一个出行的目标。月初，我先看到了，先体验到了，那就是，我在李吉顺长篇小说《安宁秋水》中体验到了一种浓浓的西南的迷人气息，诱人的地域风情。虽然《安宁秋水》不是描绘的江浙一带的梦里水乡，却让我有了更欣喜的收获。随着《安宁秋水》我走进了西南的神秘之域。

说起来，掐指一算，我到西南的次数也只有那么一两次，走过的地方也很少，一般都是城市，而且是走马观花，几乎是没有深入，印象深一点的就是成都的"夫妻肺片"、昆明的"过桥米线"，二十世纪我国修建的最大的二滩电站，还有滚滚的金沙江，多民族杂居之地，明媚的阳光、蓝天绿地，纯朴的民风民俗……

这些都是几年前的事了，都有些模糊了，心里有感觉却道不出了。《安宁秋水》又一次勾起了我当年的一些失落的记忆，那平静清澈流淌的小河、四季常青的巍巍群山，那些稻香、花香、竹林、山村、满山遍野的甘蔗林……无不深深地打动了我，迷住了我。基于这点，我看完了《安宁秋水》，其中流溢浓郁的地域气息，飞扬着青春魅力，读之畅快，心灵也得到一次洗涤。诸多感慨，不吐不快——

《安宁秋水》主题很好，地域特色浓郁，语言有美的特质，适度的方言平添了作品的吸引力和地方特色。始终飞扬着青春的光彩和魅力，催人奋进。不是消极空想、悲观厌世、故弄玄虚、无病呻吟的作品。《安宁秋水》虽然没有那种扣人心弦的悬念，但有亲情、友情、爱情、激情的相交相融，有的是平常生活激烈的矛盾冲突，那种矛盾是青年人的世界观、人生观的冲突，不同思潮与不同欲望的冲突，梦想与现实的冲突，爱情与事业，婚姻与家庭的冲突，灵肉与身体的冲突，人生与社会的冲突，这些汇成"小人物挣扎成长"变幻不止的无常风波，正是这样那样前袭后涌的无常风波，让一代青年人或哭或笑或悲或喜或忧或愁，或沉没、或停滞、或迷失、或奋进，由此续写了在同一时代中各人的不同人生和命运，焕发出青春的靓丽风景。

《安宁秋水》的结构严谨，以宏大的背景来反映一个时期的社会生活和青年人的积极上进的坚毅精神，难能可贵。不但是青春励志的好作品，而且具有很强的现实意义，历史意义。这是一般的青春社会小说所不具有的。作者以 20 年的时间跨度，从多个阶层的不同青少年的成长和两姓家庭的兴衰为主线，囊括了整整一个时期的广阔的社会发展历程。读来，让人又回到了那个风云变幻的社会转型和发展的新时期，《安宁秋水》篇幅宏大，包容了一个时代的很有价值的历史。塑造了众多的、不同的人物形象，就现在的篇幅来看，能说出名字的人物就很多，当然，书中的代表性人物就是 30 来个，小说在张扬青春的风采、激情、魅力、永不言弃的精神的同时，对现实生活、社会的阴暗也揭露得入木三分。

《安宁秋水》以广大的地域和多个阶层的境况来塑造了典型的年轻人形象和一种精神，那就是在困苦磨难中挣扎成长，面对苦难绝不放弃理想的奋斗精神。艺术真实地反映了一代青年对人生、对生活、社会、情爱、欲望、梦想的不同认知和不同的成长轨迹，揭示了很多让人深思的社会矛盾和社会问题。在读者面前展现的就是那些风华正茂、焕发青春风采的妙龄男女挣扎、爱恨、悲喜、打拼、奋斗的大世界。平和而不平静，平常而不简单，可以说在社会的风波暗流的磨砺之下，他们的青春是哭泣的也是微笑的。《安宁秋水》从个体到群体，演绎出众多形象各异，不同阶层的鲜活青年形象——

备受美人爱慕的俊才张清泉，坚毅积极上进的张清明，憨厚纯朴的张清河，顽皮可爱的张清阳，纯洁而后水性的美眉杨小春，痴情而幽怨的山村佳人李晓雪，纯洁而消极美丽的周巧，自强不息的李晓军，痴情的杨洪会、刘灵、秦玉华，随便的王露，贤惠大方、可人的赵翠香、徐月……在这些洋溢着青春活力，敲击着青春之鼓点的青年人身上我们看到了那个时代的最动人最感人的东西，那就是坚毅和永不言弃。

他们对事业、对人生、对爱情、对金钱，对权势的欲望，对性的困惑、迷惘、渴求和不同的行为，点亮了青春最脆弱、最无奈、最亮丽的迷人光华，极具感染力。

在广阔而复杂的社会背景中，众多虚伪、阴险、奸诈、卑鄙的典型人物纷沓而来，他们对现实生活的不同态度，揭示了社会和人性的无常变化。城市和乡野的纷繁变幻和滚滚暗流，热血与柔情，肉欲与梦想，亲情、友情、爱情交织，像羔羊、像野兽一样吸引着、威胁着、吞噬着靓丽的青春和爱做梦的年轻人。

城市与乡村的亘古情丝和鲜明的反差，城市与农村以外的事物的相互吸引和相互排斥……那已经不是小资情调式的怀旧和抒情，更不是自我无病呻吟的做作表现和哗众取宠。作者已经不是对人与自然的表象抒写，其笔触已经完全融入到了对社会、对人生、对人性、对现实生活，对城市和城市以外的深层思考。而这些，似乎是在不经意间用不经意的文字来完成的。让人在不经意的阅读中就找到了一种共鸣。就像一曲《高山流水》，一曲《渔舟唱晚》，一曲《平沙落雁》，一曲人生的《十面埋伏》……亦是一方水土的悲欢吟唱、一个时代的春秋潮声中流溢出的让人心跳的青春魅力，彰显着活力、和谐的生存生活理念和人性的绚烂光辉，这就是青春绽放的力量……

不过，《安宁秋水》在性的描写和青年男女的恋爱婚姻，没有放开，显得传统了，也就是不怎么符合那个特定年代的两性模式。最后一点，书名不好，太一般。个人所感，愿商榷。

——2021 年 9 月 24 日发山东鲁网，同日载中国青年网，2021 年 10 月 26 日新浪读书频道转载

《安宁秋水》：自然形成的迷人风情

◎ 秦 珊

　　李吉顺长篇小说《安宁秋水》在广阔的空间刻画了不同的社会阶层，展现了西南浓郁的地域风情，云集了丰富多彩、性格各异的人物，不管是农民、工人、教师、官员、商人、打工仔……都彰显出一个时代的典型痕迹，让人能深切地感受到一个时代的青年和民众的生存、生活状况和一些本质的东西。似乎可以这样说，《安宁秋水》的故事似乎是我们身边曾经发生和正在发生的活动着还在延续着的故事，那些故事就像书中的人物一样，一直怀揣美好梦想，锲而不舍地寻找一条生存、发展之路……

　　《安宁秋水》情节虽不是那种让人血脉贲张，悬疑连环，吊人胃口的。但书中人物情爱、婚姻、事业、社会生活不时掀起的浪涛，有时悠然，有时欢快，有时翻卷，有时惊心动魄，扣人心弦，催人泪下……它反映的却是距离我们最近的、最普通的人、最普通的生活。在那普通的生活、在那群普通的人中间，有着人世间最纯、最美的感情。这种感情生长在生活的每一个角落里，艰难困苦摧残不了它的生机，相反，越是在艰难困苦之中它越能开出美丽的花朵。这些花朵不是在温室里培养出来的，它们扎根在乡野，扎根在城市，扎根在各行各业，扎根在温暖的大地，散发出的是人与大自然的迷人气息。它们不娇艳，但是自然美丽动人。

　　《安宁秋水》给人的审美愉悦是健康的，读完这部书，人的精神得到的是一次次提升，人的灵魂得到的是一次次净化。书中的人物都有城市和乡村青年人的特性和共同点，是具有典型性的形象，是 70 年代青年人生活的缩影。而现在，70 后正是中年之时，是遍布各行各业的中坚力量，是一个庞大的社会群体，他们的所爱、所忧、所悲、所怨，他们的失败和成功无不打上了一个时代的烙印。

　　人生是快乐而痛苦的寻梦过程，如果没有爱和梦想，生命、青春就像冬日里枯黄的野草。

　　最亮丽的是青春，最残酷的也是青春。书中青春男女的热血与柔情，肉欲与梦想交织，迷惘与困惑，希望与梦想始终在熊熊燃烧……

　　真情自然、荡涤心灵。这样的小说，在当今大家看腻了谍战、武侠、悬幻的情况下，无疑是人们欢迎的清新剂、兴奋剂，是最让人感动，最容易引起人们共鸣。

《安宁秋水》以宏大的背景来反映一个时期的社会生活和青年人的积极上进的坚毅精神，难能可贵。不但是青春励志的作品，而且具有很强的现实意义，历史意义，这也是一般的青春社会小说所不具有的。作者以 20 年的时间跨度，从多个阶层的不同青少年的成长和两姓家庭的兴衰为主线，囊括了整整一个时期的广阔的社会发展历程。读来，让人又回到了那个风云变幻的社会转型和发展的新时期，能真切的感知那个时期青年人的闪动的灵魂和精神风貌。是对中国改革开放新时期那 20 年的珍贵的艺术化的记录，艺术化地记下了那个不平常的时代中国民众与命运抗争的顽强精神和人与人之间催人泪下的美好感情。

《安宁秋水》题材、主题选得不错，语言空灵，有美的特质，适当的方言运用，平添了作品的吸引力、浓郁的地域特色，也是反映我国西南民风民俗、山水田园、大众生活的难得的特色作品。

《安宁秋水》人物刻画和故事情节，从容不迫，一卷、二卷、三卷下来，没有刻意编造的痕迹，就像自然堆成的大山，想更改它都只有望"山"兴叹。在章节转换上，自然而然，不拖泥带水，几乎不受时间和空间的限制，很自由。它里面包容的东西太丰富了，这就让人想到了《红楼梦》，想到了《平凡的世界》……

《安宁秋水》是一代青年的奋斗励志篇章，一部全景式描写中国当代城乡青年生活的长篇小说。通过复杂的矛盾纠葛，情感纠葛，现实与梦想的差异，刻画了众多改革开放新时期社会各阶层普通人的形象。人生的自尊、自强、自信与坚毅；人生的奋斗与拼搏，挫折与追求，痛苦与欢乐；日常生活与社会大潮的巨大冲突，纷繁地交织在一起，一幕幕激动人心的凡人故事揪人心魂，一次次苦难中展现出的顽强坚韧使人的精神得到升华，使人性的和谐之光灿然盛开。充满着诱惑，充满着梦想，铭刻着无常的人生和生存的艰辛，飞翔着自由的女神，升腾着无边的希望和快乐，有一种未了的情缘和起起落落的梦想。在现实生活的提炼中，自然形成了一方迷人风情。在这样迷人风情中诠释青春、人性与社会，净化心灵，滋养精神。

从这个角度来看，《安宁秋水》既是主旋律作品又是通俗大众读物，在当今着力弘扬主旋律和加快文化大发展大繁荣的新时期，是符合社会发展潮流的小说。

——2021 年 9 月 29 日河北网络广播电视台首播，同日载光明网

《安宁秋水》：一部诠释青春魅力的情感励志小说

◎ 卿海恬

  我在九龙读中学学国语时，就喜欢看大陆的小说。大陆的小说跟港台小说有些不一样，港台注重娱乐，大陆小说是兼顾娱乐。对我来说，大陆的小说对我的影响要比港台的大得多。我读过大陆的四大名著和古代的三言二拍、七侠五义等等，现当代的作品印象深刻的有《许茂和他的女儿们》《芙蓉镇》《黄河东流去》《沉重的翅膀》《平凡的世界》《骚动之秋》等，她们让我在阅读的时候学到不少新的知识，在阅读的时候了解大陆的社会发展变迁，在阅读的时候感受到一个民族的可贵精神。这些是港台作品无法比拟的。

  由于受大陆小说的影响和对大陆小说的偏爱，我上网阅读也受其影响，喜欢读一些有分量能有所感所悟所获的小说。

  李吉顺的《安宁秋水》我阅读也有一个月了，感受颇深，每天晚上不是特殊的事情都准时看，不看睡不着觉。

  对于《安宁秋水》，我只能说是我喜欢的小说。对于一部小说，每个人的看法都不会完全一样。扇贝和龙虾，螃蟹和海参，各有所好。虽然我还没有细看完《安宁秋水》，但从它作品的构架和跨越的时间和作者驾驭文字的能力和反映的主题来看，我清楚了小说的主旨。

  《安宁秋水》以张清明从一个初中毕业回乡务农的小子到市级政府官员的曲折成长历程和张文山、李峰两家的兴衰为主线，背景时间跨度 20 年（即从 1986 年写到 2006 年），展示了 20 世纪 80 年代到 21 世纪初中国城乡的变迁和一代青年人艰难成长的历程，反映了中国改革开放的转型时期和新时期的社会生活和一代青年的精神气质。通过平常人不平静、不简单的生活揭示了社会与个体，物欲与精神的主宰作用。作者用的是艺术化的写实手法，为我们勾勒出一个严峻而现实、理想而不虚幻的世界。

  小说始终洋溢着青春的光彩，青春的魅力。始终张扬着年轻人永不言弃，勇敢面对多舛人生的积极态度。作品不仅结构严谨，观察准确，描写细腻，而且具有经典式的思想主题和创新的艺术手法。在广阔的空间刻画了不同的社会阶层，融汇了丰富的生活"矿藏"，展现了浓郁的大陆西南地域风情，云集了丰富多彩、性格各异的人物，不管是农民、工人、教师、官员、商人……都彰显出一个时代的典型痕迹，让人能深切地感受到一个时代的青年和民众的生存、生活状况和一些本质的东西。

可以说《安宁秋水》的故事都是曾经的岁月活动着的故事，那些故事就像书中的主要人物一样在风雨霜雪飘洒的世界里漫游，锲而不舍地在寻找一条生存、发展之路……

青春对于每个人来说，是必然的成长阶段，不同的人生有不同的年代，拥有不同的青春。青春是清纯的，犹如山野间的清泉，犹如含苞待放的春花。青春不负人，只要是有梦想、有志向的人，他的青春就是最美好的。

张清泉、杨洪会、王菁菁、张清明、李晓雪、周巧、杨小春、张清河、徐月……他们爱过、恨过、错过、哭过、笑过、奔号过、奋斗过……失去和拥有的都是无悔的青春。由此，可以说，《安宁秋水》一部诠释青春的魅力的情感励志小说。

《安宁秋水》中的呈现的少男少女、怀揣青春梦想的青年男女，为我们鲜活了一代青年别样的青春世界，足以让人放松心儿畅游而流连忘返……这就是《安宁秋水》的魅力。当然，《安宁秋水》还有一些不足：比如人物的塑造有的过于艺术化，一些特定场景的描绘上有些主观……如果能更直接一些、冷峻一些，风雨霜雪飘洒的、别样的青春世界，会更具魅力。

一家之言，不一定妥。

——原载 2021 年 11 月 30 日新浪读书

《安宁秋水》：一幅川西南民众改革开放生活画卷

◎ 夏　宏

2008—2009 年曾以《长路》为名，在搜狐原创频道连载参加中华书局、江苏文艺出版社、北京时代华语有限公司、搜狐网联合举办的 2008 原创文学大赛，点击量过千万，荣获优秀奖。受到网友好评的长篇青春励志小说《安宁秋水》，目前已经完稿。并由四川民族出版社出版。

《安宁秋水》全书分三部九卷，每部可单独成书。定稿篇幅约 150 万字，每部 50 万字，是一部极有特色的青春励志小说。

全书以川西南民众生活为基点，以中国城乡社会发展变迁为载体，用 20 年的广阔时空，层层反映在 20 世纪 80 年代末至 21 世纪初（1986 年—2006 年）中国改革开放浪潮中沉浮的青年男女和中国老百姓的悲喜故事。犹如一幅波澜壮阔、气势恢宏的新时期中国城乡发展的历史画卷。

书中主人公张清明、张清泉、张清河、张清阳四弟兄不同的成长历程、情爱、婚姻、命运为线索，展现了 70 后青年男女在中国改革开放浪潮中，青春迷茫、两性情感、社会生活。使该书更显真情自然，荡涤心灵。

书中作者以凝重而轻灵的笔触，挑动二十载岁月风雨，细腻的倾诉，燃烧着饮食男女的欲望和情爱，普通人的命运，书里其中许多节点均为真实历史发展资料，对从事研究新中国建立到新时期的城乡发展变迁，是一部不可多得的艺术化历史读本，对于了解这段时期中国城乡社会生活的发展变化和不同的人性精神风貌具有重要的价值，具有很强的现实意义和社会价值。

——原载于 2020 年 9 月 3 日网易、腾讯《科技金融资讯》《时尚生活大聚焦》

《安宁秋水》：青春从梦想开始

◎ 邹博琳

从一个梦开始，是李吉顺青春励志长篇小说《安宁秋水》给人的第一映象。从一个宁静、空明、温软而幽远的梦拉开序曲——

她伫立水边，一袭白色长裙，一束水仙花在胸前开放，幽香随风凌波而来牵动了他的小船。她的眸子好清澈、好明亮，像一泓迷人的湖。他的小船能进去吗？看那轻风拂水，点点涟漪，尽是些欲说还休的言语。水在小船边呢喃，能告诉他，她心中萌动的情愫吗？他想让水波推动小船，悄悄向她靠近、靠近……水仙纯洁如雪，她纯洁如水仙。飘飞的心绪如水轻漫……

作者以诗意的语言为我们营造了一个迷人的青春梦境，让人怦然心动。

小说开篇的这个梦，可能是主人公青春年华中的一个平常之梦，可能是每个进入青春之人都会做的梦；也是一个时代的青春之梦；一个在人生的春天里的要做的平常而诱人的梦。

梦想是人生的闺蜜，青春从梦想开始。沿着这个梦，我们看到了很多追梦之人：单纯而脆弱、疯癫的女子杨小春，独守空房、背负过去的杨洪会，敏感倔强、特立独行的周巧，性如烈火、敢爱敢恨的王青青，温婉含蓄、深情如酒的刘灵，聪慧温柔、纯真无邪的李晓雪，默默相思、一直守望爱的天空的秦玉华，平淡生活、朴实无求的张清丽；多才多艺、英年早逝的张清泉，浮躁偏激、遭人暗算的张清河，知足常乐、率直无忌的张清阳，心志坚定、风雨笃行的张清明；在幻想和现实中折腾的李晓军……

这样一群在青春之梦中行走激情飞扬的热血青年，他们的高呼、欢笑、忧郁和哭泣，都糅合着青春的特别味道，都饱含着对人生的期盼，对美好生活的追求和向往……

《安宁秋水》要向我们展现的远远不止这些。人生就像四季的天空，没有不变的风云。书中的年轻人，他们的脸上有迷人的笑，也有秋雨般的泪水。在这些脸上流着泪水还在欢笑的年轻人，现实社会既给予他们丰富的阳光，又带给他们无尽的风霜雨雪，在无尽的风霜雨雪中，他们有的没有跌到，有的跌到就没有再起来，有的跌到了又爬起，跌倒或爬起，都是他们人生之路上的风景，命运始终会赐予那些迎着风霜雨雪前行的人的力量，也会给予他温暖的阳光和蓝天白云。

《安宁秋水》自然地向我们传递出一个呓语：青春和人生只要有梦，一切一切的磨难都会烟消云散。

有梦，不正是所有人都经历过或正在经历的吗？那些清纯的梦，稚嫩的梦，好笑的梦，青春的梦，也就是对那一个时代青春时光的一种品味，一种依恋，那是他们心灵的彩虹虹和山花，情感的清泉与绿叶。有的是朴素与华丽，有的是平淡与幽香，有的是青春韶华流溢出的真怨与真爱。那些梦是情感的风雨，是智慧的霜雪，是一代青年个性的风采，是普通人精神理想的飞扬，是对情与爱的轻松诠释，是对青春、人生和社会生活的深层表达。青春从梦想开始，人生就永远充满魅力。

尝试人生五味、解读青春密码。这就是李吉顺长篇小说《安宁秋水》带给我们的别样风景。

——载于 2020 年 10 月 20 日腾讯网新闻频道

《安宁秋水》：中国社会变革转型时期的艺术映像

◎ 吕阳凤

  长篇小说《安宁秋水》宛如一条河，一条生命之河、青春之河、时代之河、希望和梦想之河。那条河，自心海而生，由远而来，从岁月深处而来、从山川大地而来，在我们的生活中自由流淌，有的是清澈、有的是浑浊、有的是舒缓、有的是肆虐……她的行动无时无刻不牵动着一方的悲欢离合、喜怒哀乐。

  李吉顺的《安宁秋水》的叙述方式也犹如长河，风清月明时，缓缓而流；阴云密布时，波澜激荡；狂风暴雨之际，浊浪滔天；春和景明，则水波不兴。张弛之间，让人不知不觉陷入其中。

  小说的语言空灵、质朴、优美，如诗如画。富有特色的语言营造了一个诱人的艺术世界。在李吉顺笔下，那些在宁静平和的山野乡村，在翻涌、躁动的城市潮声中摸爬滚打的普通人的生活，平常、平和，不平静，家长里短、凡人小事，却不简单。张清明、李晓雪、周巧等妙龄男女可以说都有城市和乡村青年人的时代特性和共同点，是 70 年代青年人生活的折射。他们的所爱、所忧、所悲、所怨，他们的失败或者成功无不打上了一个时代的烙印。在洋溢着青春活力，踩着青春鼓点前行的年轻人身上我们看到了那个时代揪人、难忘的、感人的东西，那就是淳朴、纯真、向善、向上。

  《安宁秋水》很多细节感人至深。走进她，就有种回到青春年少，回到我们曾经的刻骨铭心的生活之中的熟悉的感觉，里面活跃的是日常生活里的、真情凝聚的牵动人七情六欲的东西……徜徉其中，会让人流连忘返，跟随书中的人物一起漫步、一起奔跑、一起哭泣、一起欢笑……

  青春是靓丽的，最靓丽的也是青春，青春是催人的，青春也是伤人的。每个人都是从青春飞扬的年月过来的。每人的体验、感觉、经历都不一样，忧伤、悲喜、冷暖自知。当我们被青春宠爱，被青春伤害，我们都无法回避。但我们都有一个办法与青春为友，那就是始终牵手青春风雨前行。反之，我们就会失去青春，失去希望，失去爱和梦想。

  一个作家的作品既要有自己独特的世界，又要有共性的特质，才能获得通感和共鸣。除了爱情、婚姻、事业之外，《安宁秋水》还用让人向往的浓郁而迷人的西南地域风情来渲染社会现实生活。

小说以西南安宁河流域为基点，把笔触从乡野延伸到了城市，工厂、机关、学校和军营、商界、官场……讲述的是普通民众的情欲爱恋、平常生活、挣扎成长奋斗的红尘往事。全书三部九卷，以一个时代的男女青年曲折成长历程为主线，反映了一个时代的青年的生存、成长的不寻常的历程和社会、人性的无常变化，城市和乡野的纷繁变迁现状、很多值得深思的社会现实生活问题。具有时代感、厚重感和社会生活人文魅力。

社会主要是由小人物组成的，一个国家一个民族的命运往往与小人物的命运融为一体的。小人物既是世界的创造者、见证者、拥有者，他们的命运也是一个时代的晴雨表。比如张清明、张清河、张清泉、李晓雪、杨洪会、刘灵、王露、周巧、赵翠香、徐月、杨小春这些形象各异、思想各异、成长轨迹各异的青春男女，他们对生活，对工作，对爱情，甚至对性的各种观念，都是极具个性、代表性和感染力的。

这些有血有肉，栩栩如生的小人物，形成了一个时代独有的众生相，在芸芸众生中显得撩人、感人，让所有的欲望在现实与梦想之间碰撞生发出一道道奇特的风景。

书中青春男女的热血与柔情，肉欲与梦想交织，迷惘与困惑，希望与梦想一直在肆意燃烧……不管是情爱事业生活的得失，不管是快乐与忧伤，成功和失败，流淌在书中的、体现在主人公身上的都是迎难而上激情乐观的精神风貌。

《安宁秋水》的视角不是盯在一处，她犹如中国画的散点透视，由小人物延伸开来，散发到更广阔的社会生活领域，透视一个时代的社会现实。比如，从李晓雪的寻父经历，把读者的视线延展至改革开放的前沿阵地沿海；杨小春的情感波折，串起了工厂、学校、舞场、机关，乃至刚刚兴起的网络虚拟世界；周巧的从业经历，反映了从改制下岗到个体经营的转型艰难等等。

20世纪80年代后期至新世纪初，中国进入到一个新的社会转型时期，从计划经济向市场经济转型，从乡村社会向城镇社会转型。社会转型是一种整体性发展，是一种特殊的结构性变动，它不仅意味着经济结构的转换，还意味着其他社会结构层面的转换，在经济制度变革基础上，随之而来的是生产生活方式和思想观念的变化。

从乡村到城市，从官场到市场，从个人到家庭，从家庭到社会，《安宁秋水》以宏大的构架把广阔的乡野和城市囊括其中，以不同的视角和独特的情节艺术再现了中国改革开放转型时期不一样的社会风景，塑造了一代青年在时代大潮中的不同生存、发展状态和砥砺前行、追求美好梦想的青春风采。这是一个时代的难忘记忆和映象，可谓自然而深刻，平常而激越，情节自然生发，又有很好的艺术效果和思想追求。

《安宁秋水》，意寓似乎不在地域。安宁，已不是限定的地域"安宁河"，这个安宁，只有在追求美好梦想的进程中获得，只有在国家梦想与个人梦想的融合中才能长久拥有。秋水，应该是年轻人的满怀梦想、满怀美好愿望幻化而出的盈盈秋水、青涩而充满激情的人生秋水；也可以说，是那个时代和社会风雨形成的秋水，而不仅仅是哪几个青春男女情爱涟涟的秋水。望穿秋水感觉，也只有在青春年华绽放之时才有。

可以这样说，《安宁秋水》既是小人物挣扎成长的生活写照，也是一代青年奋斗的励志篇章，既是中国社会变革转型时期城乡发展变迁的缩影，也是一个时代蝶变的艺术映像。从这个角度看，《安宁秋水》的价值似乎已经超越了小说本身。

衡量一部小说有无价值，一要看它是否对社会有益，具有引领社会良好风气，弘扬正能量；二要看它是否有文学价值；三要看是否有吸引力，人民大众喜不喜欢，是不是人民大众需要的。

在《安宁秋水》中，我们已经找到了这些元素。这也正是《安宁秋水》的魅力所在。

——2021 年 12 月 28 日载腾讯网

《安宁秋水》：自然撩拨人性的柔软之处

◎ 裘山月

对于一部小说，每个人的看法都不会完全一样。当今小说无外乎有三种：一是纯粹娱乐的，看过了事；一种是通俗的，供消遣的读物；一种是大众的、时代的，可以留存经常翻阅的。纯粹娱乐的专门捕捉人们的好奇心理来生产加工，哗众取宠；通俗的大多以个人为中心，无病呻吟，装靓扮俏，画地为牢，靡靡情调；大众的、时代的则是深深打上时代和大众情感的烙印，反映一个地方一个时代一个民族的最可宝贵的东西，就像酒，存放的时间越长味道越好，越醉人，越受人喜爱。李吉顺的长篇小说《安宁秋水》应该属于后者。

《安宁秋水》给我的感觉是还可以，动人、感人。说实在的很长一段时间，我看的都是玄幻和穿越小说，所谓的正统、主流小说一概不看，作品名不艳的不看，不刺激的不看，看得都有些烦了，倒胃口了。

现在看到《安宁秋水》，精神一下子又起来了，有网友说像《平凡的世界》。我在没看之前，觉得他们是瞎说。现在看了，看进去了，才觉得真有那么回事。小说语言也很有意境，是诗意的语言，甚至有些篇章就是美文。比如序曲就写得很美。

《安宁秋水》用20年的时空，通过平常人不平静、不简单的生活揭示了社会与个体，物欲与精神的主宰作用。作者用的是艺术的写实手法，为我们勾勒出一个严峻而现实、理想而不虚幻的阳光世界。人物刻画和故事情节，从容不迫，看似波澜不惊，实则是暗流汹涌，自然形成人生的汪洋大海，让人望洋兴叹，它容纳的东西太丰富了，这就让我想到了《红楼梦》，想到了《在人间》《白鹿原》……

小说对性的描写适度而不失精彩。对于性描写，《金瓶梅》与《红楼梦》不说了，单那《查太莱夫人的情人》，就把性生活写得华美而庄严。是的，一个"性"字，演绎出了多少悲欢与离合，甚至卑贱与崇高。当然，也有不少写手，把"性"描写当作了一种纯然动物性的或者贸易性的便饭或者大便来处理和兜售。两种态度，必然会是两种阅读感受。一个地点出发，却走向了两个截然不同的方向。

　　《安宁秋水》对男欢女爱、两性的述说是朦胧的、清纯的、唯美的。写青春小说，很容易一开始就陷入"性"的深渊不能自拔，那就完了。青春是跟性成熟有关，青春是随着对性的认知而成熟的，也可以这样说，性成就了青春，性也能毁了青春。对于读者和作者来说，随意地弄"性"，那就真俗了，太多的性就烂了。《安宁秋水》对性的描写，恰到好处，也符合那个时代，不论是哪个阶层的少男少女、青春男女，他们对性的朦胧意识，还是对性的渴求、梦想、欲望，还是对性的行动……都描写得真实而有美感，撩人而不低俗，让人怦然心动。

　　《安宁秋水》格调不俗，不灰，调子不怪，始终飞扬着青春的激情、光彩和魅力，催人奋进，不是消极空想、悲观厌世、故弄玄虚、无病呻吟的作品。在张扬青春的风采、激情、魅力、永不言弃的精神的同时，对现实生活、社会的阴暗也揭露得入木三分。这些，只要看过《安宁秋水》的都有同感。就不多说。

　　在李吉顺笔下，青年男女的爱恋幽怨一改现在浮华言情小说靡靡之音和无病呻吟，在纯真朴实之中，演绎出了平凡男女之不平常的恋情，感人泪下，是荡涤心灵尘埃之作，是一部难得的青春励志情感社会生活小说。是以真、纯、美滋养心身、滋养青春、滋养人生，具有一定的艺术价值和社会价值的小说。应该是能经受时间的考验，可以传承、教化的小说。似乎还具有经典作品的一些特质，这是一般的浮华、纯娱乐小说无法比拟的。

　　《安宁秋水》有的是亲情、友情、爱情、激情的相交相融，有的是平常生活激烈的矛盾冲突，那种矛盾是青年人的世界观、人生观的冲突，不同思潮与不同欲望的冲突，梦想与现实的冲突，爱情与事业，婚姻与家庭的冲突，灵肉与身体的冲突，人生与社会的冲突，这些汇成"小人物挣扎成长"变幻不止的无常风波，正是这样那样前袭后涌的无常风波和暗流，让一代青年人或哭或笑或悲或喜或忧或愁，或沉没、或停滞、或迷失、或奋进，由此续写了各人的不同人生和命运，焕发出不同的青春风景。

　　《安宁秋水》的魅力在于以涓涓细流似的真纯自然地倾诉撩拨人性的柔软之处，让人在悲与喜中泪奔……

　　不过，我认为《安宁秋水》有的东西似乎有点主观化、理想化……也许是作者有意为之？我不好妄加评论，只能先说这些了。

　　　　　　——摘自 2022 年 1 月 6 日载腾讯网

《安宁秋水》：小人物挣扎成长的众生相

◎ 一　常

　　近段时间看了李吉顺的长篇小说《安宁秋水》，觉得有话想说。《安宁秋水》是讲述的是小人物的情欲爱恋经历和挣扎成长的红尘往事。全书分三部九卷，以少年张清明的曲折成长历程和张、李两家的兴衰为主线，背景时间跨度20年（即从1986年到2006年），这20年的空间不小。

　　作为久居城市，耳染喧嚣的城里人来说，首先感受到的是李吉顺笔下在幽静平和的山野乡村、躁动的城市潮声中摸爬滚打的小人物的生动气息。这是小说的特色。这个社会就是主要由小人物组成的。这部书反映的小人物的生活是平常的、平和的，但决不是平静的，更不是简单的。

　　小说中的张清明、李晓雪、周巧等妙龄男女基本是可以说都有城市和乡村青年人的时代特性和共同点，是70年代青年人生活的缩影。他的所爱、所忧、所悲、所怨，他们的失败或者成功无不打上了一个时代的烙印。在他们这些洋溢着青春活力，敲击着青春之鼓点的青年人身上我看到了我们那个时代的感人的东西（因为我是70年代出生的人），读这部小说，让我有种回到青春年少时候的感觉，有种想哭的感动。是的，我们都是从青春飞扬的年月过来的。那种感觉感受是各人自知。虽然，我不是西南地方的人，但我深深地体验到了小说中流溢的是浓郁而有魅力的西南地域生活的特色。这是小说的优势，也是吸引我的地方。一个作家的作品总要有自己独特的空间，才能获得通感共鸣，才是自己的风格。

　　初一看，我还以为小说仅仅是写农村年轻人的，但看到第二部，我才恍然明白，小说是以几个青年男女的挣扎成长的历程，把笔触从乡野延伸到了城市，工厂、机关、学校和军事、商界、官场……可谓自然而深刻，平常而激越，情节无编造之嫌，又有很好的艺术效果和思想追求。

　　对于书中的所有青年人，我看得出来，作者是以一种很客观又很无奈的心态来写的，比如说张清明、张清河、张清泉、李晓雪、杨洪会、刘灵、王露、周巧、赵翠香、徐月、杨小春他们这些形象各异，思想各异，成长轨迹各异的青春男女，他们对生活，对事业、对工作，对爱情，甚至对性的各种观念，都是极具感染力的。这是小人物的众生相，在芸芸众生中显得撩人、感人，让所有的欲望在现实与梦想之间碰撞生发。

这几点，我说李吉顺的《安宁秋水》应该是年轻人的秋水、人生的秋水，那个时代和社会的秋水，而不是哪一个青春男女的性爱情感的秋水。望穿秋水，也只有在青春年华之时才有的感觉。

小说反映了一个时代的青年的生存、成长的不寻常的历程和社会、人性的无常变化，城市和乡野的纷繁变迁现状和很多值得深思的问题，那就是人生要面对、经过的秋水。那种望穿秋水的是对人生的安宁、美好生活的向往和永远的追求。书中青春男女的热血与柔情、肉欲与梦想交织，迷惘与困惑、希望与梦想一直在肆意燃烧……

小人物也是世界的创造者、见证者、拥有者……这是一个时代的光华绽放这是小人物挣扎成长的特别影像！这是一代青年的奋斗励志篇章。

——摘自 2022 年 3 月 3 日百度百家号

隐入尘烟的安宁秋水

◎ 小楼听雨

从书橱取下《安宁秋水》翻阅时，我想起导演戴锦华女士的一句话：你知道他们经历过什么，眼见他们经历过什么，但是你看到那份无法被剥夺的精神的拥有，就觉得这特别特别值得，这样的人生特别值得。

这是一部约150万字的具有鲜明时代和地方特色的长篇小说，全书共三部九卷，集中反映了20世纪80年代末—21世纪初改革开放浪潮中，张清明、张清泉、张清河，张清阳等人的成长经历，他们的悲欢离合无不体现在对现实的认清、对爱情的黯然神伤以及对人生的无悔选择。我喜欢书中主人公张清明，一个独自应战人生仓皇的男人，他的一生，他的眼泪，他的主要情绪出口，就是故乡日夜不停流淌的安宁河。

这部作品保留着小人物的质朴善意，字里行间的优美风光、古老的制糖工艺、别出心裁的歌词让人浮想联翩，撷取片段以飨读者："空阔的熬糖坊里，南北两边靠着土墙并排着两条卧龙般的大灶，每条大灶四个人九口锅，头锅最大，尾锅最小。那甘蔗汁水进入头锅后就由工人一锅一锅往后翻，翻到尾锅就成了又浓又稠的稀糖，然后从尾锅出锅到又圆又大的木盆里，再经过认真地搅动，最后舀到房中央一长排架板上那口琴格似的糖箱里，过一两个钟头取去箱板，就成金黄的砖一样的红糖了。"又如"张清泉摆正姿势，怀抱三弦琴，轻拨琴弦又重弹《春江花月夜》，刘玲跟着旋律从容优雅地唱起来：江楼上独凭栏，听鼓声传，袅袅娜娜散人那落霞斑斓。一江春水缓缓流，四野悄无人，唯有淡淡袭来薄雾轻烟……"

那是作者的观察仔细和深厚文学素养的呈现。书中人物命运大起大落，既有改革的阵痛，又有亲情、爱情的撕心裂肺和酸楚，但每个人物的命运走向，都有他既定的轨道。诚如《安宁秋水》的简介语："一方水土的悲欢吟唱，一代青年的挣扎沉浮，一个时代的春秋潮声。"

故事从张清明、李晓雪青涩、朦胧、略显甜蜜的初恋开始，他们互相倾心，不料噩运降临李晓雪家里，亲戚卷款外逃造成糖坊破产，一对有情人在困顿的生活压力下，饱尝人世冷暖，阴差阳错中被迫分离，不得不去直面艰难的现实。其中穿插着大姐张清丽的出嫁，四兄弟都是在姐姐的背上长大的，因为父亲身带残疾，重的农活做不了，家里大小事情都落在爷爷和母女身上。简单的嫁妆——一个红柜子、一个红箱子、一张红色的双人架子床和一床红色的铺盖，是那个年代很多农村长女一生中最为奢华的时刻，她的身上有众多"姐姐"的身影，没有上过学，懂事起就在田间地头干活，照顾年幼弟妹，跟在母亲背后慢慢长大，是家里不可或缺的主事人，又是最常被遗忘的那个卑微、只管付出的沉默寡言的人。

印象深刻的段落很多，二哥张清泉执意离家去学裁缝的那个章节就是其中之一。他愿意学手艺，聪明能干又好人源，有头脑会来事，关键人很善良。他的身上总是晃动着退伍军人的影子，大家都以为他当过兵，正直、和气、仗义，善解人意。张清明进城看他时，谈及李晓雪家的变故，把苍龙镇因李晓雪父亲李峰出走引起的纷争和他说了。他当时就大吃一惊，原文中兄弟俩的对话写到："那他家惨了。家里的粮食能坚持好久？"张清明说："大概，能吃到明年八九月份，差不多。你问这个干什么？"张清泉说："嗯，如果晓雪家有什么，我们得帮一下人家。"三言两语一个具有预判力和愿意担当的形象跃然纸上。

在拜师学艺的过程里，他保守师傅教他练武的秘密，对师姐师兄们关爱有加，也赢得大家的尊重和喜爱。入选铁路护路连，认真刻苦训练，力求上进，军区比武大赛优异的表现都暗示着他的未来一片光明。可是天有不测风云，人有旦夕祸福，因为遇到抢火车的劫匪路霸，他在救护同事的过程里中枪牺牲。书里多次提到他经常梦见去世的爷爷和爷爷的鸽子在蓝天白云间穿梭。这个对爱情抱着美好憧憬的年轻人，没有来得及向家人宣布他心爱的女子姓甚名谁，也没有来得及明确拒绝身边同事的爱慕之情，猝不及防就离开了，让人扼腕叹息。

著名评论家李明泉先生在评论《安宁秋水》时精准入微："作者在故事情节上追求真实再现和曲折发展，并不设置顺风顺水的人生演绎。"深以为然。拿在手里的书是很有重量的，不仅仅是纸张的厚度，更多的是沉甸甸的生命之歌。

女一号非李晓雪莫属。她是张清明眼里的皎皎月，心头的朱砂痣。整部作品从开头到结尾，晓雪的清丽可人形象就深入人心：单纯、透明、活泼，人很美丽。我们通常形容一个惹人喜爱的女子时，希望用上所有美好的词句。她的出场像一个长镜头，是在张清明的梦境中：伫立水边，一袭白色长裙，一束水仙花在胸前开放，眸子清澈明亮，幽香随风凌波而来……

因为年轻、懵懂、含蓄，张清明和李晓雪的彼此暗恋显得格外珍贵，也心伤累累。"初恋都是不会成功的"，"初恋是酸酸甜甜的"，"初恋是刻骨铭心的"，我看着他们的故事一波三折，心潮起伏，眼泪、误会、从来没有化解的那些纠结心绪，因人为的错过而永远成为遗憾和陈年旧事。张清明后来时常看着深邃的夜幕，心已碎，月光冷却了一段情史，分配给变色的记忆。

作者在安排故事情节上，不落俗套，没有按读者预期的心理期待去做渲染和夸张处理。一个故事开了头，自然有下一个故事去承接，看似无关的描写叙述，都是不动声色的伏笔。最后的结尾处，李晓雪带着爱人罗风云回到魂牵梦绕的故乡苍龙镇，在张家家宴上，她终于和张清明相逢。罗风云在张清明的眼里是这样的：一身西装，丰神俊逸，他心想这男子跟晓雪还般配，不委屈她。晓雪眼里的清明哥"一身便装，星目剑眉，成熟，神朗气清"。

张清明见到李晓雪的那一刻，就知道所有的前尘旧梦翻篇了，都化在了寒暄里，一句"是呀，一晃就是十多年没有见到了"，把彼此的如意和不如意，化在了简单的问询里，以后就是亲人了。

看书的时候，我对周巧、杨小春的叙述描写很在意，他们其实是张清明生命中非常重要的两个女人——周巧是他妻子，是用滚烫的心温热张清明这块"石头"的人，她温柔果敢、美丽聪慧。他们算得上是患难与共，只因后来张清明忙于工作冷落了周巧，加上她开的店出了野菌蘑菇中毒事件，心灰意冷离家出走，这也让张清明后悔不已，他终于意识到周巧是自己心爱的女人，已经不再是潜意识里李晓雪的替身。文中留着悬念，她是否还回来，读者也是牵肠挂肚，毕竟她是悦悦的妈妈，孩子不能没有妈妈。杨小春是真心喜欢张清明的，但是在当面表白被婉拒后，她开始玩世不恭，对待感情不慎重理性，草率交友和婚姻选择都以失败告终，是全篇女性角色中比较悲情的一个。最后她疯了，张清明一直心痛自责。

文学源于生活又高于生活，张清明在婚后疏于关照家庭，忽略与妻子的情感交流，一心忙于工作，也是现实生活里不少问题夫妻的折射。是不是一定要到婚姻走到崩溃边缘时，才开始反思婚姻质量、精神伴侣的重要？杨晓春的自身囿于情感困惑，也是那个年代不少女性对自我的迷失。她们敢爱敢恨，但是冲动下的代价又令人唏嘘。茨威格说"所有命运馈赠的礼物，都已在暗中标好了价格"。

全书接地气，俚语俗语俏皮话方言时常映入眼帘，作者没有刻意拔高张清明这个人物形象，而是如实叙述，娓娓道来。他是整部作品的灵魂人物，依照书中的描写，第一次出现在读者面前的是这样的形象：穿着羊皮褂，剑眉星目，头发自然黝黑。后面再出场时破胶鞋换成了凉鞋、布鞋、皮鞋，这是他身份的一次次转换，"剑眉星目"始终是他的标志。情感上他情有独钟、压抑、爱得深沉、略有精神洁癖；事业上他的自强不息、苦干巧干、大胆革新、"曲线救国"的智慧管理，都在工作中得到乡邻支持和上级的认同。他的仕途走得很扎实也很辛苦，一个农民，初中文化，通过自学考试获得高等学府文凭，他是改革初期，锐意进取的基层优秀干部的一个缩影，也是专业学者型干部的缩影。他为苍龙镇的百姓修水库、架电线、修公路、为维护农户权益抗争打击销售假种子行为、带动大家养桑蚕、坚决反对强迫农户贱卖甘蔗……他工作上兢兢业业，对父老乡亲的爱是极深沉的；他对家乡的贡献大，但生活上朴素无华、低调。他的哥哥弟弟和朋友李晓军淳朴善良，弟弟张清阳退伍回乡后也是几经波折，因为张清明不给他开后门安排工作，他就琢磨着开摩托车招揽生意，不曾想没赚多少钱不说，被坏人抢劫打成重伤住院；哥哥张清河养殖场生意有起色时遭遇了"口蹄疫"，张清明顶着家里的压力"大义灭亲"，活埋了所有的牲畜；李晓军是李晓雪的哥哥，一直都是张清明在改革中的有力支持者和坚定践行者。家庭变故后，在张清明的鼓励和开导下重新振作，不仅还清了糖坊破产时父亲欠下村民的债务，开始成为带领村民致富的领头羊和村上干部。虽然他们在一些重要事情上撕裂了亲情，但是打断骨头连着筋，关键时刻都做出了牺牲小我，顾全大局的选择。命运的大手翻云覆雨，时常给这几个人的人生际遇一些磨难、锤炼，不是要把他们打趴下，而是更多去磨砺心性和信仰。他们依然热爱故土，热爱家人，在痛苦和变故面前不妥协不退让，又懂得取舍和变通，不甘心和挫折总是交织在一起，始终满怀希望和追求。

细读《安宁秋水》，我的视角已经不再停留在个人恩怨的纠缠，网上书友们提及的书中故事是不是《平凡的世界》的延续，我更倾向客观视野下理解、认同像张清泉、张清明，张清河、张清阳、李晓军这样的人，他们身上的闪光点很多，困境、逆境、绝境都有可以再世为人的气魄和格局。

这里有一个反面人物不能不提，阅读第二部书时，一个道貌岸然的"伪君子"商人李志豪粉墨登场。作者用了大量的笔墨来勾勒这个人物形象——大方、热心、爽快，急人之所急，想人之所想，简直就是雪中送炭的恩人。如果不是看到后面他如何用计把张清河当成可以甩锅的棋子，使他身陷囹圄的"替罪羊"，读者是万万想不到一个奸商的卑劣行径是多么可怕和冷酷无情。在作者的叙述中，我们看到了圈套的起因，做局的狡诈，会替蒙在鼓里的张清河着急，为他的单纯和感恩之心所惋惜和不值。这也是《安宁秋水》带给读者的一个严肃思考：在复杂的社会里，善良是不是也要带有一点锐利的锋芒？祈望安宁人生的同时，有些背叛和伤害并不可以原谅。

去年阅读时，我没有意识到《安宁秋水》的一个主题，如今在书中找到了——"尊重生命"和"珍惜爱"。秋水可以说是这部小说的情感基调和意象，安宁是人们向往美好生活的基本心愿。作者用散文诗般的笔触，描绘着山村的美好和内心的宁静、平和；也在诙谐的方言里重复用着一个词"心焦"；刻画张清明的内心活动时会指出他的习惯动作——右手捏一捏左手的食指，成了他心理活动的外泄的典型动作。书中其他和张清明有交集的女性从母亲到弟妹，从同事到女儿的幼儿园老师，都是个性鲜明又特别真诚的人，她们在特定的时间闯入张家兄弟的世界后，一直不离不弃。王青青、刘灵、徐月、赵翠香、秦玉华、杨洪会，咀嚼痛苦也品尝幸福，这些女性的群体形象留给读者难以忘怀的记忆。特别是张清明在病中，周巧第一次杀鸡想给他滋补身体的场面，狼狈、手足无措，整个过程很滑稽。还有赵翠香和清阳的不打不相识，活灵活现不说，那份人与人之间的信任和单纯是多么难得。正是这样接地气的生活场景，使得我们在看到张清明一嘴咬到鸡嗉子里的包谷时忍俊不禁，是多么希望周巧能再次奔赴于那个宽广、坦荡的胸怀……

秋水三分，二分春色，一分风雨。《安宁秋水》于无声处的倾诉，随着时间的推移，似乎已慢慢隐入天地的烟尘之中，而那些挥之不去的眷恋和身影，已在人海里悄然生发出美妙的风景。

——原载 2022 年 9 月 14 日腾讯网

张清泉：悲剧性命运的偶然性与必然性

◎ 吴　秋

在《安宁秋水》中，张清泉就如同他的名一样，恰似一股在蜿蜒山涧中流淌的清泉，转瞬即逝。

三个颇具年代特色的符号，与他短暂的一生紧密相连——山清水秀的苍龙镇白龙村、冬阳县城老北街的缝纫店、铁路护路连九班营地。

这三个主要的场景记录下张清泉一生命运的轨迹。在这三个重要的场景中，一个年轻的生命正视贫苦，自我激励，奋发图强，展现出自己的天赋，燃烧生命和智慧，在求索奋斗中绽放青春。

张清泉以其英俊潇洒的外表和好学上进的内在，无形与无意之中，撩动了三个美丽少女的情怀。但他始终守住自己情感的底线：对初恋情人杨洪会无限的思念和钟爱。

张清泉牺牲于一场和铁路盗匪的枪战，悲壮的同时，更令人悲伤——一个生于贫寒，英俊好学，悟性极高的青年，就这样突然英年早逝，烟消云散。实在让人扼腕悲叹。

张清泉无论学什么，做什么，都很快能心领神会。他多才多艺，人见人爱。可惜天妒英才，如夜晚的一颗流星，辉煌灿烂，却十分短暂，留给人们深深的怀念与遗憾。特别是三个如花少女，她们对他情窦初开，寄予其无限的柔情与爱恋。她们梦中的白马王子，转瞬之间消失了踪影，最终在他魂牵梦萦的家乡的青杠树林里，在他无比敬爱的爷爷的坟茔旁边，凝结成了一座新坟。三个妙龄女子心中的幽梦，伴随着新坟上空鸽哨悠悠的清鸣，彻底破碎。

如一颗流星划过夜空，碰撞出美丽的火花，只是短暂的一瞬，这就是张清泉一生命运的写照。

在《安宁秋水》中这个张家五个兄弟姐妹中排行老二，四兄弟中排行老大的主要人物，是李吉顺笔下最先完成人生轨迹的一个。

张清泉的悲剧使然，其他不说，就看他与三个如花似玉的妙龄女子的情感纠葛，就已显露出一些端倪。

在家乡，张清泉与杨洪会最初萌生的情愫，让他在懵懂之中，似乎品尝到了男女之事的一些甜蜜的味道。那些亲密的交往，明月知晓，大山作证，溪水珍藏，溪水竹林、鸟语花香相约……虽然没有突破最后的防线，如亚当夏娃般采食男女乐园里最后的禁果，但他们之间的感情，却早已如胶似漆，难舍难分。一个多才多艺的青年才俊，如果一辈子在山沟里深藏，也许会满足于与杨洪会过完平凡的一生。但他那颗不安分的心，就像雄鹰之于苍天，他是一定会飞出山沟，去寻觅外面精彩的世界。况且，作为张氏家族男儿中的老大，面对一贫如洗的家庭状况，他不得不首先站出来正视。穷则思变，寻找出路，便自然而然地萌生了到冬阳县城去学缝纫的想法。

冬阳县城老北街的苏氏缝纫店，一个完全陌生的世界，好不容易拜苏师傅为师，开始自己的学徒生涯。张清泉聪明勤奋，很快掌握了缝纫方面的相关技术，深得师傅和师哥师姐们的赞赏。而且为了减轻家里的负担，他通过自己的机灵，在老茶馆里谋得一个展示自己音乐速写才华的机会，拼得一份收入，解决了自己拜师的费用以及生活所需的开支，并且存下了一些钱帮助家里的生计。张清泉凭自己的真本事，深深赢得了柔情似水的大师姐刘灵的青睐，花季少女的心为他蠢蠢欲动。这一切被涉世老练的师傅看在眼里，记在心头，萌生了想促进二人姻缘的念想，并付诸实施。师傅的提说虽然让他有些难堪，一时不知所措。虽然青梅竹马的杨洪会着实让他难舍难分，但大师姐（其实年龄比他小）柔情似水的浸润仍然让他有些心动。要不是师傅因之前犯事被原籍的公安抓走，缝纫店匆匆解体，师兄师姐们各自纷飞，二人之间的情感演绎会是什么结果应该很难说。那就不是一张素描画背后的几句无力无奈的拒绝的话所能左右的了。后来刘灵经历千辛万苦找到铁路护路连九班营地，向他明确表达自己的感情就是明摆着的证明。痴情少女的心，一旦被牵动，那是很难再收回去的。哪怕相隔天涯海角，那丝细柔的情线会在隐隐约约中，牢牢抓住至爱情侣的心魂。就如放飞的风筝，即使狂风吹断那根牵引的线，也难彻底断灭冥冥中蕴藏的情怀。

再看英姿飒爽的王青青，是张清泉在铁路护路连服务期间，由一场误会而结识的战友。王青青热情大方，泼辣，敢爱敢恨，直来直去，从不转弯抹角，完全区别于之前张清泉认识的两个女子杨洪会和刘灵。如果把那两个女子形容成两棵含羞草，那么这个喜欢霸王硬上弓的辣妹王青青，就是一朵奔放的牡丹，热烈而又浓郁，赤裸裸地向他绽放青春艳丽与情感欲望。张清泉虽然开始有点懵，还有点自以为是地认为杨洪会就是他的一切，但随着认识的不断深入，渐渐发现这个外表火辣的女子，其实更有一颗温柔的心，是杨洪会和刘灵之外，又一种性情特别的可人儿。她的音容笑貌，以及那火辣辣赤裸裸地对张清泉的一片深情，撩起心魂中另类的波涛，让张清泉，欲罢不能。

在李吉顺《安宁秋水》中，处于这三难境地中的张清泉，将如何做出抉择？张清泉难，作者更难。只有让他成为她们的梦，一个青春旅途中的揪心的春梦，让她们无可奈何花落去，慨叹流水的无情，才是明智之举。让他在与铁路盗匪的一次战斗中，悲壮地牺牲，这是再好不过的结局。一个十分优秀的铁路卫士，这样的牺牲是光荣也是一种莫名的解脱。

最懂水性者死于船难，最会捕猎者败于猎物的凶猛，最优秀的军人牺牲于激烈的战斗……每个行业最优胜的人，都逃不出本行业的宿命性悲剧，这是符合情理的。在符合情理的人物命运的结局安排中，作者巧妙地把握住了分寸，使故事的结果符合事实和真相。

张清泉的悲剧性命运虽属偶然，更是一种必然。小说中青春男女之间的爱恋因为张清泉而幻化成自然的春花秋月、安宁秋水，他们彼此之间没有任何的怨恨，爱与被爱使他们都体验到了爱的甜蜜与痛苦。这样的青春让人心动、心酸、心痛、心碎……

——河北网络广播电视台 2021 年 11 月 1 日首播，11 月 5 日载山东鲁网

张清河：一只厚道的"替罪羊"

◎ 肖　飓

张清河是张文山家老三儿子。在李吉顺的《安宁秋水》里，我们看到的是一个朴实、吃得苦、不服输、敢闯敢干的年轻人。但他也是一种中国社会转型时期的矛盾体，他反对商业中的不正当竞争，却又参与其中，明知不能做的事，为了维护企业的眼前利益，他还是去做。他能够在污浊的商人圈里洁身自好，但最终还是受牵连入狱。

在张清河心里，始终蹿动着一个欲望，那就是尽快发财。也许他自己也没有意识到。但正是这个深埋在心底的欲望，一旦蹿出，就会给他带来一次次伤害，就会让他暂时的迷失方向。因为觉得种田挣钱太慢。他信了报纸上的牛皮广告想花小本钱搞鱼氟粉发财，为此他千里迢迢到湖北寻求鱼氟粉致富秘诀，不料却上当受骗回来，空空而归。不过，在经过一段时间的愁苦消极之后，不服输的性格又让他站起来了。他的全身心地投入到土地和这个养殖场种草养畜，想尽办法苦心经营养殖场。

他种了三亩多牧草，养了一些黑山羊、黄牛，还筑起了一个山湾塘，喂了不少的鲤鱼、草鱼、罗非鱼……可谓羊肥牛壮鱼满塘。眼巴巴地看着一定会收回所有投资还要赚钱，艰难的日子眼看就要到头了。不料，天不佑人，张清河的牛羊全部得了"五号病"，被全部坑杀深埋。他最伤心的不是他辛辛苦苦挣起来的养殖场突然垮了，也不是那些被小口径步枪打得皮开肉绽血流成溪的一百多牲口。张清河最伤心的是自己的亲弟弟张清明竟然亲自带着人来收拾他。张清河怎么也想不通？怎么也受不了！张清明当了镇长不但没有给家里帮上忙，五号病一发，就首先拿自家人开刀。他张清明是什么张家的人啊！简直是一当上官就黑了心肠的狗。张清河气得要发疯了，他恨张清明，是张清明亲手毁了他们的家。他恨张清明，对养殖场对那个家突然彻底绝望了，他离开了苍龙镇，离开了家。他心里只有一个念头——他不想再看到张清明，永远不想见到张清明。他绝望地离开了家，从此只身在外开始艰难的流浪打工生涯。

在《安宁秋水》中，张清河又是重情重义的。在艰难的流浪的日子里与温柔的女子徐月相识相爱结婚，殊不知徐月得了绝症，需要巨额医疗费和换肾，张清明筹钱无望，为了换回心爱的人的生命，张清河偷偷献出了自己的肾……

采石场的李志豪收留了他，他竭力回报，历经艰难为李志豪收回公司成年老账；他为采石场的开采提出了降低成本得建议，让李志豪企业利润翻番。他建议制定了一些刚性的规章制度，加大了采石场各方面的管理，堵塞了采石场在生产、加工、销售、经营中得漏洞，换来了企业得兴盛……

张清河其实内心也是一个想享乐的人，小说中恒生公司董事长、总经理李志豪第一次带他进歌舞厅时，他的紧张、尴尬、欢喜、担忧和不甘心都表现在他与歌舞厅里的小姐那些让人啼笑皆非的表情和动作里，都反映在回家在妻子徐月身边胆怯得几乎像小绵羊一样的表现里……

张清河因此也成为恒生公司副总经理、采石场场长。但他也得罪了人，遭人诬陷。一封匿名信把张清河说成是一个贪污挪用侵吞公款、大吃大喝、到歌舞厅找小姐又赌又嫖、偷运货物、吃回扣等等的十恶不赦、坏得透顶的烂人，一心要整得他背起铺盖狼狈不堪地离开采石场。

当那些告张清河的匿名信全部堆在恒生公司董事长、总经理李志豪的办公桌上的时候，李志豪心中火冒，恨不得马上就撤了张清河的职叫他滚蛋。但得知张清河得弟弟张清明是县委副书记，就没有完全听信谣言，张清河才得以幸免处罚。

张清河是重亲情的。尽管张清明亲自带着人坑杀了他的全部牛羊，他恨那个弟弟。但当他得知弟弟张清明被洪水冲走之时，尽管自己割肾救妻后身体虚弱，依然带人顺着安宁河搜寻上百公里，终于找到了奄奄一息的弟弟。他自己也由此旧伤复发昏倒与弟弟张清明住进了一个医院。

张清河用情是专一的。张清河落魄时遇到了徐月，徐月以女子的清纯给予他以温暖和关爱，张清河就觉得一辈子要对徐月好，由此双方暗生情愫，相恋，结婚。尽管后来他地位提升、头上有了经理、场长等等光环，面对各方面的诱惑，他始终对徐月深爱有加，在徐月生病后，倾其所有，甚至冒着生命危险，瞒着徐月把自己的肾换给她，他们在患难与共中建立起相濡以沫的爱情。这不是理想主义的爱情，这应该是那个时代普通人对婚姻、爱情的基本诉求。事实上，不管那个时代，普通人本来就是这样——对于爱情、婚姻，除了纯真、稳定、和谐，他们别无所求。

张清河是朴实厚道的。但他在商场上打滚，还是违心地跟李志豪开皮包公司，玩起空手套白狼的把戏炒房地产，假冒弟弟张清明之名找关系找靠山，竞标工程项目，依然参与设套放火烧官员住宅的事件之中……

最后，因为公司瞒报重大安全事故，张清河替李志豪的企业背黑锅，最终成了阶下囚……

　　在张清河的身上，我们看到了社会现实生活中"树欲静而风不止"的别样风景，看到了滚滚红尘中人性的悲催。张清河是朴实厚道的，是善良仗义的，本身也是复杂、矛盾的。这是一个社会转型时期产生的矛盾体，一个生动、鲜明、深刻、典型的人物形象。这就让我们最后在《安宁秋水》中看到张清河在无常、严峻的现实生活中最终成了一个厚道的"替罪羊"。这就是无常的人生，这就是无常的生活。

　　——2022 年 1 月 6 日载腾讯网

李晓雪：情到深处非无情

◎ 靳中月

在张清明眼里，甚至在苍龙镇人的眼里，她是什么也不愁的大老板家的千金。李晓雪是李峰的小女儿，聪慧可人，善良美丽。在《安宁秋水》中对李晓雪最初出现时是这样描写的："灯影中，她从熬红糖的厂房里出来了，秀发如瀑、红衣闪动，身影迷离……"

李晓雪跟张清明从小到大，可谓青梅竹马。两人在情窦初开的青葱年华之时就喜欢对方，那是一种朦胧而磨人的情愫。一种说不出而纯美的情愫。

张清明辍学后到李晓雪家糖坊打工，李晓雪一直默默地帮他。天冷了，看到张清明在堰沟里洗冷水，她心疼，为他准备热水；食堂吃饭时张清明没有肉票买肉，她就悄悄地把肉盖在饭下面留给晚到的他；见张清明烧火很脏，她说动父亲李峰把张清明调到糖坊轻松干净一点的活（看头锅、当安全员）；为了能跟张清明一起到镇上看电视连续剧，她不惜花钱买一角钱一张的入场票，招待张清明的兄弟姐妹和好朋友一起去看；张清明的眼睛被氨水弄伤，她到处找带娃女人的奶水给他洗眼睛；她们家有什么事，她第一个想到的也是张清明……

可以说，那时的李晓雪心里眼里装的全是张清明。而张清明对他也是一往情深。只不过觉得他和李晓雪之间差距太大，不可能走在一起。李晓雪越对张清明好，张清明就越感到自卑，甚至有意躲着李晓雪。

后来李晓雪的父亲李峰上当受骗，欠下了巨额债务，辉煌一时的糖坊破产，绝望之下，抛妻弃子，离家出走。债主上门逼债，李晓雪的母亲意欲上吊自杀。张清明帮李晓雪家处理麻烦，李晓雪都一直把张清明当作自己的依靠。为了改变李家厄运，李晓雪决定外出寻找父亲，不料，在临走之前，她想把她用少女的温柔、清纯和火热的心为他飞针走线、熬更守夜费了三个月学着做成的一双有两只鸳鸯戏水的鞋垫送给张清明时，却看到了张清明跟杨小春的亲密样子，李晓雪误解了他们的关系，负气离开了山村，他们的关系从此改变，她的命运也从此改变。

自从离家以来，李晓雪为寻找父亲李峰，从方月找到成都，从成都找到重庆，从重庆找到武汉，从武汉找到南宁，从南宁找到昆明，从昆明找到海南的三亚，其间历经了千辛万苦。她身上带的钱在重庆时就没有了，就到餐馆、茶楼打工，只要挣够了到另一个地方的火车硬座车票钱她就离开。她不相信就找不着爹。她一边打工一边找爹，一定要找到她爹。她要告诉爹，失败就逃避是没有出路的。她要让爹重新振作起来，只要他振作起来，她家就有希望。她们家不能没有他。但是，人海茫茫，她找了很多地方也没有她爹的影子。在此过程中她历经磨难，还差点被地痞流氓祸害。

在李晓雪找到昆明时，已是一九九〇年的春节了。在春节前后几天，是很难找工作的时候。李晓雪找了四天的工作也没有一处要她，身上的钱也没了，吃住都没法解决，第五天，她在街上找工作的时候由于又累又饿，昏倒了。一个英俊的小伙子救了她，那小伙子就是罗风云，浙江东华县人，在浙东建筑公司昆明分公司上班。罗风云救了她，留她在工地上煮饭。不久，罗风云被卡车上松动的钢筋掉下来砸伤了右脚，李晓雪细心照顾了他三个多月。罗风云因此感激李晓雪，喜欢上了李晓雪。

后来罗风云为了李晓雪不受泰新房地产有限公司发展部的经理黄维侮辱。放弃了泰新公司六千万的承包竞争，让浙东公司失去了可以赚大钱的机会，他也因此失去了经理的职务。让李晓雪又心痛又感动。

有了罗风云在身边，李晓雪也慢慢医好了因为张清明而带来的心伤。但李晓雪依然喜欢张清明、爱张清明、思念张清明，她决定还是要回家向张清明当面问清情况、表明心迹。

没想到，罗风云送李晓雪回苍龙镇时，李晓雪听街上人说张清明当上了农技站站长、蚕桑站站长，刘开军镇长亲自给他做媒，把农技站的杨小春介绍给他，马上要办喜事了（其实那时张清明已经拒绝了刘开军的好意，这又是一次误会）。李晓雪顿时从头凉到脚。对张清明彻底绝望了，肝肠寸断地跟罗风云走了。最终，她投入了罗风云的怀抱。

应该说，在《安宁秋水》众多的女性人物中，李晓雪的结局还是好的。小说这样描述她与罗风云的婚姻：李晓雪望着雪白的素笺，终于拿起了笔，给妈妈写了一封信，给那个给她过快乐，又伤害了她的心的张清明写了一封信。李晓雪封好信，抹去腮边的最后的泪滴，脱了睡衣，关了台灯，轻轻拉开铺盖用她光滑而有弹性的、充满魅力的胴体去贴她男人那坚实的身体，一贴上啊就好温暖、好踏实，这才是她的真正的依靠，这才是属于她的幸福呵……夜，多么温馨的夜啊！所有的梦想都可以任意地生发。

而若干年后，张清明在与罗风云第一次见面后，见罗风云一身灰色西装，丰神俊逸，心中也在想："这男子跟晓雪还般配。不委屈她。"这些都证实了李晓雪在她家破产后，历经坎坷，没有迷失自我，最终找到了自己的归宿，她还是幸运的、幸福的。在《安宁秋水》中，初恋的他和她依然荡漾在他们青春年华宁静的一泓秋水里。那份纯真的爱恋，随着年华的流逝而格外诱人。

——原载 2022 年 1 月 7 日腾讯网

张清丽：平淡自在的女子

◎ 石心玉

张清丽在《安宁秋水》中出场的次数不多。但很特别，给人留下的印象很深。

张清丽是张清明的大姐。未出嫁的张清丽梳着两条辫子，秀气的瓜子脸，一说话脸就红，是一个简单、清纯、安于平淡的女子。

张清丽没有太多的想法。在家里，她只想替父母照看好四个弟弟，侍候好爷爷和爹。对于弟弟们，她是又当姐又当妈。张清明他们四弟兄都在她背上哭过、闹过、尿过……她默默地守护着这个家，任劳任怨。

在《安宁秋水》中，我们看到在那个艰难、物资匮乏的年月，张清丽是很容易满足的，李晓雪请她看一角钱一场的电视连续剧，她都高兴得不得了。

张清丽的婚姻也是简单的，像一块透明的玻璃。对于她的婚事，她也是先考虑家里的情况，没有自己过多的奢望和追求，顺其自然。当然这种顺其自然，也是她愿意的。她的婚姻虽然简单，但也是有媒人牵线搭桥、订婚、结婚。

张清丽的未婚夫是黄龙山那边开源州南月县大河乡牛坪村一社的陈德军。是张清丽给王桂芳家栽秧时认识的，陈德军是王桂芳家的远房老表。王桂芳家栽秧的时候，陈德军来帮忙。陈德军人长得英俊，又很厚道、勤快。张清丽第一次跟他栽了两块田的秧，他不但秧栽得好，而且还很细心地照顾她，老是自己多栽，给她留下了很好的印象。后来，他们俩又单独接触了几次，张清丽就暗暗喜欢陈德军了。王桂芳的父亲王远堂看在眼里，就做媒把陈德军介绍给张文山夫妇做女婿，张文山夫妇没意见，张清丽也喜欢。陈、张两家就选定日子给陈德军、张清丽定了婚。

对于张清丽的婚事，张文山一直心中有愧。张清丽现在都快二十四了，村子里哪家的闺女不是二十岁就出嫁，有门路的，年龄不到二十，就找关系改了年龄办了结婚证，早早地就嫁了。俗话说，喂大猪养老女，那是没脸面的事。女儿过了二十还不嫁，就要被人说闲话。这些年来，张文山清楚，因为他干不起重活的原因，张清丽一直跟她妈一起干活，苦苦地支撑这个家。现在好了，张清泉他们几弟兄长大了，张清明也没有读书了，该让张清丽有个自己的家了。

　　张清丽出嫁时，陈家接亲的小伙子们抬着她父母给她的嫁妆——一个红柜子、一个红箱子、一张红色的双人架子床和一床红色的铺盖，十多个送亲客跟着，翻山越岭到黄龙山背后的陈家去了。

　　婚后，陈德军对她一直很好。小两口日子虽然不宽裕，但过得很自在、充实、愉悦。张清丽给陈德军生了一儿一女。儿子陈志华，女儿陈小英。在《安宁秋水》代表性人物中，应该说对张清丽的婚姻生活是写得最简单的了。而正是这种简单的婚姻，让张清丽的生活稳定安然，没有变故。

　　小说中张清丽最后一次出现时，已经是她嫁出去后十九年了，当年梳着个大辫子，头发青黝黝的她，都见白了，头发剪短，苍老了。大儿子都 19 岁了。

　　对于子女的前途，张清丽也没有多的想法，她说，如果他们考不上大学，也不失望，家里有土地，种土地也一样的过日子，条条路都活人。只要他们一直平平安安、健健康康、快快乐乐就好了。

　　多么朴实的想法，平安、健康、愉快地生活。正是这种想法和人生的态度，让张清丽与世无争，远离名利权势，淡然自得。她的烦恼少，身体好，心情好。简单就是快乐。古话说，少则得，多则祸。没有多少文化的张清丽不会懂这句话的哲理。但她的生活就验证了这样的哲理。也许，张清丽一生想要的就是安宁吧。人生如此，足矣。

　　生活给予人的最终还是希望和美好。这也许就是李吉顺为什么要在《安宁秋水》中塑造张清丽这个陪衬人物的初衷吧。

　　——2021 年 12 月 17 日载腾讯网

杨小春：一朵过早凋谢的山花

◎ 向　华

　　杨小春虽然不是《安宁秋水》的主要人物，却是个性鲜明、命运让人唏嘘的
女性。

　　杨小春是苍龙镇苍龙村六社人，在《安宁秋水》中出场时是一个扎着"马
尾"头发的清秀女孩，苍龙镇农技站的一个临时工。她文化不高，但喜欢《红楼
梦》诗词，里面很多诗词都能够倒背如流。背的诗词多了，她也成了一个多愁善
感的女孩。

　　自从张清明到农技站打工，她就喜欢上了张清明，殊不知副镇长刘开军做
媒，张清明却婉言推脱。杨小春深夜到张清明的办公室，准备以身相许，却遭到
拒绝，心灰意冷。赌气要离开农技站离开张清明。正好遇上冬阳县为了加快城镇
化建设大肆卖户口的时候，杨小春也买了户口。他的爹又跪求刘开军让她到冬阳
国营糖厂当工人，成了"吃皇粮"城镇人。

　　杨小春进了城，到了冬阳国营糖厂上班。在糖厂一次职工活动排练歌舞时认
识了刘涣。刘涣是省建工校毕业的中专生，很有悟性，人也帅气，他们练了几天
配合就很默契了。后来他们朝夕相处，杨小春失身于刘涣怀了孕，刘涣骗杨小春
悄悄地去做了人流手术。可是就在杨小春忍着术后剧烈痛苦坚持上班时候。刘涣
却在厂里公开地跟副县长的女儿王鹭同居了。杨小春伤心欲绝，在一个傍晚走向
安宁河准备自杀，却被张清明救了。

　　自杀未遂，杨小春发誓要找一个有钱有势的男人。她走近了大她18岁的临
河镇粮站的站长朱光，主动献身，很快就与朱光风风光光地结婚了，在县城过上
了有车有房有钱的富足生活，并为朱光生了一个儿子。但好景不长，朱光因为贪
污入狱。杨晓春与朱光离婚。

　　为了养娃，杨小春开了一家"文具店"，勉强度日。但她从此痴迷于网络，
在网络里寻找安慰和寄托。她上网聊天、打游戏。就这样，她在网上认识了一个
叫"天边孤鸟"的人，很巧，"天边孤鸟"也喜欢《红楼梦》里的诗词，那恰是
杨小春少女时期最喜欢的书，网络传递，聊来聊去，很是投缘。

　　后来，杨小春在糖厂下了岗，更是凄苦寂寞。每天就更盼着跟"天边孤鸟"

聊天的时刻早一点到来。他们相约见面了，你看我潇洒，我看你妩媚，干柴遇烈火，一发不可收拾。

"天边孤鸟"叫吴欣，是冬阳城关三小的教师。过了一个月，他们就住在一起，吴欣就成了杨小春儿子朱杨的后爸。

拥有杨小春的吴欣，不再是"天边孤鸟"那么浪漫了，他每天不是上网就是打麻将，已经不注意她的存在了，他上网聊天是跟别人聊了，她上网也是跟别人聊了。两人都怀疑对方在网上乱搅、沾花惹草……常因要检查对方的聊天记录而大伤肝火，以至于晚上睡觉都背对背，不久就干脆分开睡了。

后来吴欣求杨小春找张清明帮忙调整工作，杨小春没有告诉张清明吴欣的劣行。经张清明出面，却让吴欣意外地由一个每个班主任都不愿意要的科任教师摇身一变成了副校长。吴欣当了副校长后没多久，就跟学校的一个女老师搅在一起。那人二十六七岁，人长得很漂亮，有男人还有一个三岁的女儿。杨小春开始不相信，后来她就悄悄地跟踪了吴欣。最后在凉风茶楼的房间里把一丝不挂地缠在一起的吴欣和女教师逮了个正着。吴欣恼羞成怒，揪着杨小春的头发把她按在地上暴打……

杨小春心碎了，吴欣也走了，就一直没有回来。杨小春也被吴欣伤透了心，也没有再去找他……她开了一个文具店，守着店子勉强维持生活。

后来杨小春又在网上结识了一个"鸽子"，自称是冬阳中天化工厂的总经理漆中伟。说只要入股他的厂，就能坐享红利，赚大钱。

凄苦的日子早让杨小春急于想发财，改变现实的困境，就卖了房子，转给"鸽子"20万入股，"鸽子"骗光杨小春家财从此消失了。等杨小春跑到冬阳中天化工厂去找"鸽子"算账，才知道"鸽子"是拿了漆中伟的名片把她骗了……

杨小春病倒了，已经到了崩溃的边缘。她口渴了想喝水，儿子小朱杨就给她倒开水，不料弄翻了开水瓶，被开水从脸上一直烫到下身，惨不忍睹，残废了……杨小春的最后一棵救命稻草也没有了，她疯了，衣衫不整、一身肮脏地在大街小巷乱跑、哭笑……

杨小春，就像山野的一朵自然生发的小花，本来应该有更迷人的芳华，却这样过早地凋谢了。有人说杨小春是爱慕虚荣、水性杨花才成了疯癫女人。其实，杨小春是单纯、任性、脆弱，爱与生活赌气，才坠入情爱和网络陷阱，就像一朵山花过早地凋谢了。可惜可悲。但在《安宁秋水》中，杨小春这个女孩的经历留给世人思索的远远不止这些……

——原载于2020年11月11日腾讯新闻、全球简讯报道

苏师傅：小人物的悲剧

◎ 方雪吟

　　苏师傅是《安宁秋水》中的一个不起眼的小人物，张清泉的裁缝师傅。当他被抓时，我们才知道苏师傅的真名叫唐亮，四川重庆人，原是广西曲池一个食品厂的工人，是因为儿子儿媳的事跑到冬阳县隐姓埋名开缝纫店的。

　　苏师傅的女人在他儿子十三岁的时候就得子宫癌离开了。他儿子十八岁那年冬天去云南某部参军。第二年二月，中越战争爆发，他儿子随部队转战于者阴山、老山、红河等地方。在一次夜袭战中，被越南人的地雷炸成重伤，失去了左手和右脚，立了一等功，在对越自卫反击战还没有结束时就被送回了家。

　　苏师傅的儿子生活完全不能自理，幸好在参军前耍的女朋友（在曲池百货公司当售货员）不嫌弃他，每天都来照顾他。可是，灾难却突然就降临了——百货公司的经理刘升阆看苏师傅儿子的女朋友长得美丽动人，就起了坏心，曾经在他的办公室就调戏她，但几次都被人打岔了，当他知道苏师傅儿子残废回家后，在一天傍晚。他就假假惺惺地提了水果午餐肉罐头跟着苏师傅儿子的女朋友来看苏师傅儿子，苏师傅儿子的女朋友虽然恨他，但他毕竟是领导，又是好心好意地来看自己的爱人，就不好拒绝了。刘升阆跟苏师傅儿子瞎聊了几句，就一直在打苏师傅儿子女朋友的主意，看她在熬药，他就围着她在厨房里转，他看苏师傅儿子断手缺脚的，胆子就大了，先是对她动手动脚，后来就捂住她的嘴把她按在灶台上撕烂了她的衣裤要强奸她。她奋力地挣扎反抗，苏师傅儿子听见扭打声，知道不好，顺手抓起他从部队上带回的军用匕首，吼叫着滚下床，艰难地爬到厨房里帮忙，向刘升阆的小腿上刺了一刀，刘升阆被刺，发怒了，抢过匕首照苏师傅儿子的胸膛就是几刀，可怜苏师傅的儿子，没有在战场上被敌人打死，却死在他这个流氓手里。那个流氓杀了苏师傅的儿子，又把苏师傅儿子的女朋友打晕，就在苏师傅儿子的身边把她强奸了，那个流氓还是很害怕，捅了她三刀才逃跑了。

　　那天苏师傅正好在厂里有事加班。等他回来家看到惨状，哭喊着儿子和儿子女朋友的名字，他儿子的女朋友竟然还有一口幽幽气，她说出了那个流氓的名字才含恨而去了。

　　苏师傅当时听了犹如五雷轰顶，一拳头把厨房的盒子门都打烂了……苏师傅也是当了三年武警的人，知道自己该怎么做。他先给公安局报了案，但没有给他们提供任何线索，他要亲自报仇。

苏师傅儿子死了，儿子的女朋友也死了。苏师傅什么也没有了。他要那流氓血债血偿。当苏师傅处理完儿子和他女朋友的后事就开始了复仇行动。他要那流氓加倍偿还——苏师傅看准了他家一家都在家里的时候，别了把菜刀，从容地敲开了他家的门，从那流氓砍起，像砍南瓜冬瓜一样把他和他的婆娘、他的大概只有十六七岁的女儿一起砍死了，然后，在他家放了一把火就跑到了千里之外的冬阳来了，隐姓埋名开起了缝纫铺，一躲就是七八年。不过他的形迹最终还是暴露被抓。他本来想马上逃走，但是他已不想逃了，他虽然报了仇，也知道自己罪大恶极，不可饶恕。在冬阳这七八年来，苏师傅一直生活在懊悔、痛苦之中，夜里也经常被那些血淋淋的尸体惊醒，他已经无儿无女，年近半白的人了，对于生活，已是万念俱灰。他也想过自杀，但是，他还是想回家啊……看到老家的公安来了，苏师傅凄凉地说，我终于可以回家了。是的，回家。

苏师傅犯下了三条人命案，本来，杀头的不应该是他，应该是那个流氓，但是，他的选择害了我。他不久也就要去见那个流氓了。

所以，苏师傅始终是生活在懊悔之中。在被抓走时，他给张清泉留言：这世上什么药都有，就是没有后悔药……你千万不要学我，也不要找我，找我也没有用，我这几天就是在牢里活着也不会见你们任何一个人的。我走后，你就把缝纫铺处理了，该怎么处理就怎么处理吧。我也没有任何存款，还欠了钱，你替我处理好，让师傅不愧对这待了七八年的地方……

苏师傅在冬阳开缝纫店也做了不少好事，他免费教了一批又一批的学员。张清泉就是其中受益的寒门子弟。但是，苏师傅的选择葬送了他的一生。情与法历来如此。人性的多面性也如此。

在《安宁秋水》中，我们看到的悲剧不仅仅是苏师傅的悲剧。人生道路短暂而漫长，选择错了，有可能一生都错了。而人生的悲剧，往往不仅仅是自己的选择。虽然苏师傅只是《安宁秋水》众多的人物中的一个悲剧式的小人物，但他牵动了我们的心……

——原载 2020 年 7 月 3 日腾讯网，2020 年 11 月 20 日新浪网转载

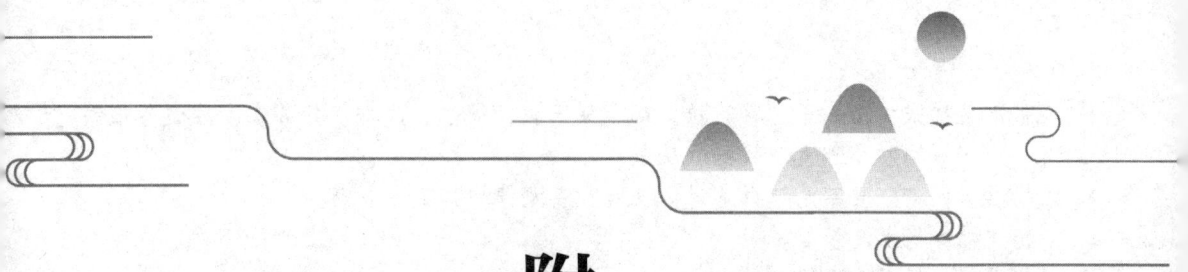

附

录

《安宁秋水》人物表简谱

张清泉：张文山二子。喜欢拉二胡、弹三弦，绘画、武术。先务农，后为冬阳铁
　　　　路护路连九班战士、班长。

杨洪会：冬阳县苍龙镇白龙村一社人。苍龙糖坊打工、务农。

杨文福：杨洪会爹爹。

刘秀莲：杨洪会妈妈。

王青青：冬阳铁路护路连 10 班班长。

刘　灵：张清泉缝纫班师姐。冬阳县临河镇沙平村三社人。

龙　飞：冬阳铁路护路连连长。

顾　安：冬阳铁路护路连九班张清泉前任班长，白龙乡芭蕉村三社人。

刘　石：冬阳铁路护路连九班战士，苍龙镇野鸭塘村七社人。

赵亚军：冬阳铁路护路连九班战士，苍龙镇黑谷村六社人。

杨运红：冬阳铁路护路连九班战士，苍龙镇小河村三社人。

罗天民：冬阳铁路护路连九班战士，临河镇城南街人。

崔永俊：冬阳铁路护路连九班战士，北岭镇柳树村二社人。

苏师傅：张清泉缝纫班师傅。原名苏骏，四川重庆人。

王　贵：张清泉缝纫班师兄。临河镇沙湾村一社人。

杨　军：张清泉缝纫班师兄。北岭镇清水村三社人。

曾福荣：张清泉缝纫班师兄。青塘乡橄榄村六社人。

柳如月：张清泉缝纫班二师姐。北岭镇开源村四社人。

徐阳阳：张清泉三师姐。缝纫班石门镇青阳村六社。

老　陶：冬阳县城最老的国营茶馆负责人。

张清河：张文山三子，先务农办养殖场、外出打工，先后在方月市清溪县大台乡
　　　　干沟湾采石场当工人、采石组组长、销售部主任、副场长、场长，方月
　　　　市恒生商贸有限公司董事、副总经理。

徐　月：张清河爱人。方月市清溪县大台乡干沟湾采石场工人。纳西族，老家在
　　　　明河县玉峰乡。父母健在，有一哥哥、一妹妹。

小　强：张清河与徐月的儿子。

张清明：张文山四子，习惯捏着左手食指。先后任苍龙镇农技员、镇政府办主
任、副镇长、镇长、党委书记，冬阳县委副书记、县长、县委书记、县
人大常委会主任，方月市人民政府副市长。

周　巧：张清明妻子。苍龙供销社农资门市营业员，后下岗，个体户。

周光亮：周巧的爹，冬阳县北岭镇箐河村一社人。

罗明先：周巧的妈妈。

悦　悦：张清明、周巧的女儿。

秦玉华：先后任苍龙镇财政所的会计、后调临河镇的财政所工作。

何芡芡：冬阳"健身空间"股东。秦玉华大学同学。

杨小春：苍龙村六社人。苍龙镇农技站临时工，后到冬阳糖厂当工人、后下岗当
个体户。

杨天云：杨小春爹爹。

钟桂连：杨小春妈妈。

刘　涣：冬阳糖厂原料科工作人员，杨小春糖厂同事。

朱　光：杨小春男人。冬阳县临河镇粮站站长。

朱　杨：杨小春的儿子。

香　玉：杨小春家的小保姆。

"天边孤鸟"：杨小春网友。

吴　欣：杨小春同居者。冬阳县城关三小教师，后为副校长。

"鸽子"：杨小春网友。冒名冬阳中天化工厂总经理漆中伟。

张清阳：张文山五子，乳名叫小五，先后务农、当兵、跑摩托车出租、县冬阳北
岭检查站聘用人员、务农、办农产品公司和基地。

赵翠香：张清阳妻子。冬阳酒厂合同工。阳县小河乡云岭村三社人。

赵万清：赵翠香的爹。

郑世英：赵翠香的妈妈。

汪兴会：赵翠香的大嫂。

赵得明：赵翠香的大哥。

秋　生：张清阳、赵翠香的儿子。

刘向龙：苍龙镇向河村二社人，张清阳战友，入伍一起分到沈阳。

李　皓：冬阳茂源商贸公司经理。

汪敬友：冬阳铁路工务段的段长。

刘青云：冬阳县石门镇中心校校长。

张清丽：张文山大女。

陈德军：张文山大女婿。开源州南月县大河乡牛坪村一社人。

陈志华：陈德军、张清丽的大儿子。

陈小英：陈德军、张清丽的女儿。

张文山：冬阳县苍龙镇苍龙村二社人，张清丽、张清泉、张清明、张清河、张清阳的父亲。

杨世芬：张文山妻子。

张天雷：张文山、张文美、张文仙、张文彩的父亲。

李　峰：冬阳县苍龙镇苍龙村二社人，苍龙糖坊老板。

王仕芬：李峰妻子。

李晓雪：李峰女儿，张清明的初恋，东阳县苍龙镇苍龙村二社人。

罗风云：李峰女婿，浙江东华县人，先后在浙东建筑公司昆明、三亚工程部任经理。

罗　骏：李晓雪和罗风云的大儿子。

罗心月：李晓雪和罗风云的女儿。

李晓军：李峰长子。先跑运输，后当苍龙村一社社长、苍龙村主任。

刘春花：李晓军妻子。

刘宏亮：苍龙镇苍龙村二社蔗农。

王德秋：王仕芬远房侄子。

张清石：张文宽儿子。

王良成：张清阳酒厂师傅。

何从宽：冬阳县苍龙镇党委书记、冬阳县柳坪乡党委副书记。

赵显堂：苍龙镇党委副书记、镇长、党委书记，冬阳县商业局长。

蒋新田：苍龙镇党委副书记。

刘开军：苍龙镇农技站长、副镇长、党委书记。青塘乡牛坝村人。

郭明芬：刘开军的妻子。

刘　娟：刘开军的大女儿。

刘明辉：刘开军的小儿子，云南大学读研究生在读。

何寿喜：苍龙镇党委书记。

韩风云：苍龙镇党委副书记、镇长，由小河乡党委副书记任上调入。

陈建国：苍龙镇党委副书记。

郑开锋：苍龙镇人武部长、副镇长。

石开均：财政局预算科科长，后下派到苍龙镇任镇长助理。

王兴强：苍龙镇副镇长。

邱天友：苍龙镇上的团委书记。

李　勇：苍龙镇人民政府办公室主任、镇民政办助理。

王　伟：苍龙镇团委书记、苍龙镇政府办主任。

丁　俊：苍龙镇科协秘书长、蚕桑站、农技站长。

彭文香：苍龙镇妇联主任、党委副书记。

张　萌：苍龙镇财政所会计。

张洪全：苍龙镇农经站长。

杨明远：苍龙镇农机站长。

李光明：苍龙镇党委办主任，玉泉镇原办公室主任。

刘　静：苍龙镇团委书记。

王天福：苍龙镇林业站长。

杨天友：苍龙镇国土办主任。

王世学：苍龙镇水利员。

李志详：苍龙镇农经站长。

张洪全：苍龙镇统计站长。

杨明远：苍龙镇农机站长。

秦永智：苍龙镇农村合作基金会会长。

柳开良：苍龙镇司法助理员。

杨秋林：苍龙镇伙食团炊事员。

刘　非：苍龙中学的校长。

王青山：苍龙兽医站找兽医。

杨小宝：张清河养殖场请的临时工。

孙小莲：杨小宝女人。望龙村人。

张文宽：张清河的大堂叔，苍龙二社社长。

王　鹭：冬阳糖厂工人。冬阳县分管工业的副县长王云海女儿。

王玉青：冬阳糖厂工人。杨小春与朱光的婚姻介绍人。

廖光明：浙江光大商贸有限公司冬阳分公司总经理。

李中民：冬阳县最有名的律师。

赵　建：冬阳县农牧局园艺站的果树专家。

秦　超：冬阳县苍龙镇派出所所长。

刘起明：冬阳县苍龙信用社主任。

王东成：苍龙镇派出所所长。

刘永俊：冬阳县苍龙镇企业办主任。

汪正富：苍龙镇水管站长。

钟明远：冬阳县苍龙信用社主任。

王建康：苍龙村的党支部书记。

刘树财：苍龙村村主任。

刘广德：苍龙村支部书记。

杨世富：苍龙村村委会主任。

杨天贵：苍龙村民兵连长。

刘启云：村文书兼会计。

杨有贵：白龙村党支部书记。

王新华：白龙村村主任。

赵青云：白龙村民兵连长。

张太华：向河村党支部书记。

刘福友：向河村村主任。

王大勇：向河村民兵连长。

杨天龙：野鸭塘村的党支部书记。

李学德：野鸭塘村村主任。

杨　云：野鸭塘村一社社长。

张显骏：白云村村委会主任。

刘富强：龙爪村的支部书记。

王东山：龙爪村委会主任。

李星光：挂龙爪村的镇干部。

杨世雄：黄龙村支部书记。

刘天贵：黄龙村委会主任。

刘永军：黄龙村二社的社长。

彭兴德：向河村三社人，土葬纠纷的当事人。

孙永朝：苍龙村六社人，苍龙远近闻名的阴阳先生。

王大妈：周巧在苍龙供销社工作时的邻居。

李大军：黑谷村三社的小蚕供育户。

王代发：黑谷村六社的小蚕供育户。

彭合才：黑谷村四社的小蚕供育户。

赵天星：黑谷村二社的小蚕供育户。

王东成：苍龙派出所所长。

董年华：冬阳县公安局副局长。

杨大彪：冬阳县刑警大队副大队长，调任苍龙镇派出所所长。

杨　虹：冬阳县幼儿园教师。

小　赵：冬阳县岔河养路段道班工人。

蒋　明：省委书记。

梁　维：省委副书记、省长。

万长风：省委书记。

李中明：省委副书记、省长。

王志鹤：省委常委、省委秘书长。

杨苍青：省政府秘书长。

赵贤德：方月市委书记，后任省委常委、组织部部长。

郭一峰：市委副书记、市长。

陆建华：方月市委常委、市委秘书长。

王　峻：方月市委常委、组织部部长。

魏福斌：方月市委常委、常务副市长。

肖　繁：方月市委常委、市委秘书长。

徐大江：方月市委组织部副部长。

韩卫东：方月市建委主任。

李震宇：方月市水电局长。

孙　林：方月市计委主任。

李赐予：方月市委常委、市委组织部部长。

王世杰：方月市委副书记。

代　林：方月市委常委、宣传部长。

魏福斌：方月市委常委、常务副市长。

张　凯：方月市市公安局长。

刘　洪：冬阳县县委书记。

卢志远：冬阳县委副书记、县长。

李东山：方月市委组织部副部长，冬阳县委书记，方月市委副书记、书记。

王长河：方月市农牧局副局长，冬阳县委副书记、县长，青流县委书记。

秦跃军：冬阳县委副书记。

柳　辕：省计委项目处处长、冬阳县委书记、省计委任副主任。

梁　生：冬阳县副县长。

吴兴德：冬阳县副县长。

唐先河：冬阳县纪委书记。

陆　飞：冬阳县委组织部常务副部长。

杜　亮：冬阳县纪委副书记。

甘石全：冬阳县委副书记。

王万康：冬阳县委副书记。

王云海：冬阳县副县长。

谭元军：冬阳县计委主任、副县长。

曾　同：冬阳县政府办主任、副县长。

梁成峰：冬阳县委常委、组织部部长，县委副书记。

郑培发：冬阳县委原常委、县委办主任、组织部长。

刘贤智：冬阳县委常委、政法委书记。

刘　菲：冬阳县委常委、宣传部长。

陆　飞：冬阳县委组织部常务副部长。

方　中：冬阳县委副书记、纪委书记。

赵其中：冬阳县监察局副局长。

郑培发：冬阳县委常委、县委办主任。

朱阳华：冬阳县财政局长。

陈发强：冬阳县林业局长。

杨光荣：冬阳县林业局副局长，冬阳县林业局专案组长。

李　军：冬阳县计委主任。

刘建民：冬阳县农牧局副局长。

周　军：冬阳县税务局的局长。

王光荣：冬阳县农牧局农技站站长。

黄　维：泰新房地产公司发展部经理。

汪　洋：浙东公司三亚工程部工程师。

赖兴南：冬阳县农资公司经理。

谭永生：冬阳县委组织部部长。

王　原：冬阳县法院的院长。

康　阳：冬阳县农牧局局长。

徐　智：冬阳县计委副主任，冬阳县驻苍龙镇甘蔗生产工作组组长。

齐　刚：冬阳县委书记刘洪秘书。

杨镇天：冬阳糖厂厂长。

李　泰：冬阳糖厂副厂长、厂长。

王志良：冬阳县公安局长。

张　毅：冬阳县公安局长。

何　宇：冬阳县司法局局长。

徐可为：冬阳县法院院长。

李新发：冬阳县农办主任。

杨　彪：冬阳县水电局局长。

秦一箫：冬阳县政府办主任，冬阳县委常委、县委办主任。

赵　刚：冬阳县农牧局长、冬阳县合作基金会的会长。

范　斌：冬阳县纪委副书记、监察局局长。

杜　宇：冬阳县委常委、常务副县长，县委副书记、县长。

刘　杰：冬阳县公安局长。

钱　军：冬阳县交通局长。

肖民义：冬阳县政府办主任。

刘南勋：冬阳县政府副县长。

高　原：临河镇的党委书记。

王　群：冬阳县卫生局长。

王　雄：冬阳县秀山林场场长。

郭天明：冬阳县弯腰树林场场长。

李智和：冬阳县牛肩头林场场长。

杨世宣：冬阳县花瓶子林场场长。

黄天云：冬阳县林产公司经理。

蒋晨光：冬阳县农牧局农经站站长、冬阳县合作基金会副会长。

徐志辉：冬阳林业公安科科长。

杨兴华：冬阳农业高新技术试验示范基地管委会主任。

吴中凡：方月市青流县公安局长。

黄　楷：冬阳县临河镇党委书记。

陈启元：冬阳县临河镇党委副书记、镇长。

刘　克：冬阳有名的"史官"。

李大虎：张清明秘书。

王立秋：冬阳县委司机。

刘　纬：冬阳县政府司机。

李震东：方月市青流县委书记。

刘南宇：方月市青流县长。

李志豪：方月市清溪县大台乡干沟湾采石场场长，方月市恒生公司董事长、总经
　　　　理。

刘　江：方月市恒生公司董事、监事长。

杨太平：方月市恒生公司副总经理。

卢中天、谭发树、方建军：方月市恒生公司董事。

刘　云：方月市清溪县大台乡干沟湾采石场副场长。

邱卫冬：方月市清溪县大台乡干沟湾采石场场办主任、副场长。

刘青颜：方月市恒生公司财务人员，注册会计师。

李永才：方月市清溪县大台乡干沟湾采石场采石组组长。

胡光辉：方月恒生公司青流分公司经理。

杨德伟：大台乡干沟湾采石场销售组组长。

赵小军：大台乡干沟湾采石场工人。

田上华：大台乡干沟湾采石场发货员。

唐　英：大台乡干沟湾采石场财务部出纳。

李飞雁：大台乡干沟湾采石场财务室出纳。

柳　含：大台乡干沟湾采石场财务室会计。

冯尚德：方月市青流县预制板厂厂长。

钟天德：大台乡干沟湾采石场工人。

谢中贵：大台乡干沟湾采石场采石班班长。

王二宝：大台乡干沟湾采石场工人。

刘二娃：大台乡干沟湾采石场工人。

杨有福：大台乡干沟湾采石场工人。

杨远高：冬阳县北岭检查站聘用检查员。

王太华：冬阳县北岭检查站聘用检查员。

郑超怀：冬阳县公安局民警。

胡绍文：冬阳县公安局交警队警员。

文开山：冬阳县工商局工作人员。

李　俊：冬阳县税务局工作人员。

王永才：冬阳县林业局工作人员。

陈兴强：冬阳县农牧局植物动物检疫工作人员。

沈　华：冬阳县交通局稽征所工作人员。

余　亮：冬阳县交通局运管所工作人员。

郭明青：冬阳县北岭检查站站长。

廖开银：冬阳县林源镇的党委书记。

郑起泰：冬阳县林源镇镇长。

许大海：林源镇木材商。

梁世阶：冬阳县中医院退休有名老中医。

老　谭：苍龙供销社老主任，失火者。

哑　巴：救张清明的老者。

梁三娃：冬阳县农资公司长期雇佣搬运工。

唐　逸：冬阳县文教局局长。

赵广博：冬阳县城关三小的校长。

王队长：苍龙镇龙口水库施工队队长。

陈婆婆：黑龙村二社高天明的女人，高天明30年前得脱阳症去世。

高宏光：陈婆婆大儿子。有一儿一女，大女高小月，在读大一，二儿子高维扬在
　　　　冬阳中学度高一。

高宏志：陈婆婆二儿子。有两子：大儿子高维山，在冬阳中学读高一，二儿子高
　　　　维亮在苍龙中学读初二。

赵大江：苍龙集镇杀猪匠。

曾宗发：蔗农。有一子二女，老大是个儿子，老二老三是女子。他家父母都还健
　　　　在，都有70多岁。

王新桂：曾宗发女人。

聪　儿：曾宗发的二女儿。

杨代强：苍龙镇白龙村一社蔗农。

杨代华：杨代强弟，苍龙镇白龙村一社蔗农。

赵安富、徐天龙：黑谷村七社蔗农。

王才军：苍龙镇黑谷村九社蔗农。

王青友：苍龙镇黑谷村三社人。

王青全：苍龙镇黑谷村三社人。
杨天华：苍龙镇黑谷村三社人。
杨天国：苍龙镇黑谷村三社人。
刘德名：苍龙镇黑谷村三社人。
郭世宣：苍龙镇黑谷村三社人。
李　宏：苍龙镇黑谷村三社人。
张有全：苍龙镇黑谷村三社人。
赵飞龙：苍龙镇黑谷村三社人。
赵飞虎：苍龙镇黑谷村三社人。
刘升阗：百货公司经理。

张氏家族相关情况：
张天雷的妻早在 10 年前已去世。张天雷有两个弟弟——二弟张天风，妻朱氏已逝；三弟张天雨，妻杨氏。

张天雷有三儿两女：
老大张文山、老二张文海、老三张文云、三女张文美嫁在苍龙村三社孙家，女婿孙光栋；四女张文仙，嫁在向河村二社王家，女婿王华贵；五女张文彩，嫁在石门镇秦家湾，女婿秦朝华。

张天风有两个儿子：
老大张文宽，媳妇王文美；老二张文阔，媳妇李明连。

张天雨只有一儿一女：
大儿张文远，媳妇杨正春；女儿张文芳，嫁在中坝村三社，女婿刘万友。

张氏家族"清"字辈的堂侄孙儿、媳妇：
张清石、刘义玫、张清月、张清水、王代华、张清山、刘一芳、张清松、赵广会等子侄兄弟媳妇 30 余人。

　　（注：人物简谱中不同人物出现任同一职务，属于时间不同。其余次陪衬人物略）

《安宁秋水》版本信息

图书在版编目(CIP)数据

安宁秋水：上中下 / 李吉顺著. -- 成都：四川民族出版社. 2019.8

ISBN 978-7-5409-8549-3

Ⅰ. ①安… Ⅱ. ①李… Ⅲ. ①长篇小说-中国-当代 Ⅳ. ①I247.5

中国版本图书馆 CIP 数据核字(2019)第 175898 号

安宁秋水(上中下)
AN NING QIU SHUI(SHANG ZHONG XIA)

李吉顺 著

责任编辑　周文炯
封面设计　力扬文化
责任印制　谢孟豪
出版发行　四川民族出版社
地　　址　四川省成都市青羊区敬业路 108 号
邮政编码　610091
印　　刷　成都兴怡包装装潢有限公司
成品尺寸　150mm×213mm
印　　张　49
字　　数　1500 千字
版　　次　2019 年 8 月第 1 版
印　　次　2019 年 8 月第 1 次印刷
书　　号　ISBN 978-7-5409-8549-3
定　　价　150.00 元 (全三册)

后 记

文以载道、文以化人。文学的魅力是无形的，也是无限的。

一切皆因文学而起。因为文学，2013年7月，我与李吉顺在广西南宁第七届全国中青年文艺评论家高级研修班上认识。

光阴似箭，如今几近10年，依稀记得那时我们在一个学习小组，一起讨论当前文艺的各种现象，留下了"仓促"而珍贵的同窗之谊。

虽然短暂的南宁时光在漫长的人生旅途上，并没有增添多少令人难忘的景致，甚至连那时学习讨论的具体内容和绝大多数朋友的面孔都在遥远的时空中了无痕迹了，正如苏轼所感慨的那样："人似秋鸿来有信，事如春梦了无痕。"

也许，因为我与李吉顺在当时都是讷于言的"年长者"吧，虽然学习期间，接触不多，言谈不深，至今也还未再见，却从未相忘。

印象中，李吉顺虽不多言语，内心却无比浩瀚，既在文学创作上有远大的抱负，也在书法绘画方面术有专攻。当然，真正让我青眼侧目的是眼前150万字的三部九卷本长篇小说《安宁秋水》。

这部长篇巨著最初以《长路》为名，在搜狐读书原创频道连载并参加了中华书局、江苏文艺出版社、北京时代华语有限公司与搜狐等联办的2008原创文学大赛，荣获了青春励志类优秀奖，2019年小说由四川民族出版社出版，不久便在喜马拉雅平台上线播出，获得了较大反响。

看到《安宁秋水》，阅读之后，我虽然感到其间还有一些不尽人意的地方，但是不禁为李吉顺在文学创作上的收获击节、赞叹。无论是丰富的题材内容，还是宏大的结构规模，抑或是鲜明的人物群像，《安宁秋水》都充分彰显了李吉顺为时代立传、为生活讴歌的现实主义精神和理想主义情怀。

感动之余，我以《改革开放时代的社会图景与青春乐章》为题，为《安宁秋水》写了一篇评论，谈了我的一些观点。随后，又有了组织一些关于《安宁秋水》的评论文章，结集出版一部评论专集的进一步想法。

鲁迅在谈及木刻艺术和地域文学的时候说："现在的文学也一样，有地方色彩的，倒容易成为世界的，即为别国所注意。打出世界去，即于中国之活动有利。"

《安宁秋水》主要取材于川西南安宁河流域的生活习俗和城乡社会发展变迁，有着浓郁的地域色彩和鲜明的时代征候，因此从地域角度来探讨《安宁秋水》的思想艺术特色应该是切题的。

当然，编辑此书的初衷不止于此，说抛砖引玉也好，说投石问路也罢，我们真诚地希望借助《〈安宁秋水〉与当代小说地域价值探索》为当代小说创作积累一点材料，提供一份记录，留下一些思考。

"横看成岭侧成峰，远近高低各不同。"学难尽涯，诗无达诂。本书既有名家的观点，也有学子的评论，还有读者、听友的反应和作者的心声，虽不能说都是激扬文字，但努力做到众声喧哗，不到之处还请方家批评。

李洪华于南昌

2022 年 11 月 12 日